26년
항공사
지상직을
마치며

이제
출발합니다

26년
항공사
지상직을
마치며

이제 출발합니다

김정희 지음

추천의 글

아시아나항공 인재개발팀에서 10년 넘게 항공사 취업의 꿈을 면접하고, 그렇게 뽑은 후배들에게 꿈과 독서를 가르치면서 '자신이 꾸고 있는 꿈의 실체를 잘 알지 못한다'라는 생각을 참 많이 했다. 학생들 책임이 아니라 어른들 책임이다. 자녀와 제자들이 꿈을 체험해볼 수 있는 기회도, 정보도 주지 않고 그저 선택만 강요한 부모와 스승들 책임이다. 함께 근무하다 먼저 떠나온 내게는 가슴이 먹먹하리만치 애잔한 글이지만, 항공사를 꿈꾸는 젊은이들에게는 자신의 꿈을 이해하기에 이만한 글이 없다고 생각한다. 항공사를 꿈꾸는 자녀 또는 제자를 둔 부모와 스승에게도 일독을 권하고 싶다.

- Dream Maestro 김상경

(『나는 내가 원하는 삶을 살고 싶다』 저자)

조금만 읽어보려고 했지만 단번에 끝까지 읽었다. 책 안에는 저자의 삶이 있었다. 또한 '스스로 노력하지 않으면 아무것도 이룰 수 없다'라는 저자의 마음가짐도 있었다.

나도 언젠가는 이런 글을 쓰고 싶다. 내가 어떤 삶을 살아왔는지, 살면서 어떤 일에 즐겁고 어떤 일에 괴로워했는지, 후회되는 것은 없는지, 다른 이들에게 말해주고 싶은 것은 무엇인지 등에 대해서 말이다. 솔직하고 덤덤한 문장으로 풀어내는 재미있고 감동적인 이야기를 통해 어떤 분은 자신의 못다 이룬 과거의 꿈을 돌이켜볼 수 있을 것이고, 항공사 지상직으로 진출을 희망하는 분이라면 꿈을 키워볼 수 있는 좋은 기회가 될 것이다.

- 우석대학교 항공서비스학과 교수 박영식

(전 아시아나항공 캐빈 매니저)

Prologue

저는 공항서비스 직원입니다.
승무원이 아닙니다.

외부에 교육을 가면 자기소개를 하는데 아시아나항공에서 근무한다고 하면 승무원이냐고 항상 물어봤다. 그래서 그런 자리가 불편했다. 새벽에 택시를 타고 출근하는 직원이 공항에 가자고 하면 승무원이냐고 물어보기도 한단다.

"아니요, 공항에서 근무합니다."
"그러면 지상직 승무원이네요."

동료들은 택시를 탈 때 이런 대화를 자주 하게 된다고 했다. 아니라고 말하기도 지쳤다며 웃어넘긴다고 했다. 우리끼리는 듣기 싫은 말이다. 승무원이냐고 물어보는 질문은 불편했다.

아시아나항공은 다섯 가지의 직무로 구분된다. 운항직, 캐빈서비스직, 정비직, 일반직, 운항관리직이다. 그중 일반직은 일반지원, 영업서비스직, 공항서비스직으로 나뉘고 또 공항서비스 직무군은 공항서비스 기획, 공항서비스 지원, 여객공항서비스, 화물·운송서비스로 구분된다(아시아나항공 채용사이트 기준). 그러므로 공항에서 유니폼을 입고 일하는 직원은 공항서비스 직원이다.

인터넷 검색에는 공항에서 근무하는 일이 지상직인지, 지상직 승무원이 맞는지 물어보는 질문이 올라와 있다. 공항에서 근무하는 종사자가 증가하다 보니 정확한 명칭이 궁금해진 것이다. 그러나 '승무원'은 배나 비행기, 차 등의 교통기관에 직접 탑승하여 손님들을 보살피는 사람을 말한다. 공항에서 근무하는 직원은 교통기관에 직접 탑승하지 않는다. 그러므로 이것만은 확실하게 말할 수 있다.

“저희는 지상직도 아닙니다. 승무원도 아닙니다. 그냥 공항에서 근무하는 직원입니다.”

2009년 9월 알랭 드 보통의 책 『공항에서 일주일을 - 히드로 다이어리』가 출간됐다. 런던 히드로공항(LHR)에서 일주일을 머물면서, 공항이라는 장소에 대한 에세이를 쓴 것이다. 히드로공항의 기획으로 유명 작가가 공항에 머물면서 작가의 시선으로 ‘공항’에 대한 이야기를 쓴 것이다. 그렇다면 나도 공항에서 근무한 경험을 바탕으로 글을 써볼 수 있겠다고 생각했다. 그렇게 글을 쓰고 싶다는 마음이 들었고, 또 누군가에게는 도움이 될 수 있다는 응원의 말에 책 쓰기에 도전했다.

항공계는 변화하고 있다. 우선 국내외로 저가항공사가 성업하면서 자연스럽게 대형 항공사만 있을 때와는 달리 항공업에 종사하는 사람이 늘어났다. 더불어 공항에서 근무하는 지상직에 대한 관심도가 높아졌다. 항공사 지상직 학원도 있다. 2020학년도 경희사이버대학교에서는 항공, 공항서비스경영 전공이 신설되어 신입생을 모집하고 있다.

그러나 여기엔 어두운 면도 있다. 최근 공항 직원이 탑승구에서 손님한테 뺨을 맞고, 폭력을 당했다는 사건이 뉴스에 보도됐다. 공항 직원은 협력사 직원이었다. 탑승수속 카운터를 비롯해 대부분 업무를 협력사에서 하고 있기 때문이다. 이와 같은 운영방식에는 여러 문제가 있지만 나는 직원의 감정을 보호해주지 못한다는 점에 주목한다. 공항에서는 손님이 잘못해서 비행기를 놓치거나 물건을 분실한 경우에도 직원에게 소리를 지르거나 욕설을 하는 등 분풀이의 대상으로 삼는 경우가 있다. 적극적으로 돕지 않았다, 말투가 기분 나쁘다, 째려봤다, 인상이 안 좋다 등 상대가 토해내는 부정적 감정을 직원으로서는 듣고 있는 수밖에 없다. 그러다 직원도 더는 견디기 어려운 시점에 도달하면 같이 큰소리가 나기도 한다. 상황은 최악으로 향한다. 손님과 직원의 문제에 주위 사람들이 개입되기 때문이다. 핸드폰을 동영상으로 전환하고 빨간 버튼을 누르는 순간 기자가 되는 시대이다. 예전에는 어느 방송국, 신문사에 누구한테 신고한다고 했지만, 이제는 그럴 필요가 없다. 전후 사정도 모르는 사람들에게 사건이 일방적으로 노출되면 그 피해는 직원이 감당하게 된다.

항공사 직원도 밀레니엄 세대로 교체되고 있다. 90년대 중반에서 후반으로 점점 이동하고 있다. 이번에 아시아나항공 조업사 AQ에 입사한 직원들은 1993년에서 1997년생이다. 밀레니엄 세대는 사고방식과 생활 습관이 이전 세대와 전혀 다르다고 한다. 따라서 그들을 이해하는 일이 여러 분야에서 중요하고, 잘 관찰해보아야 할 것이다. 그러나 공항에서 여러 세대를 만나본 경험에 의하면 어느 세대든지 '태도'가 중요하다고 생각한다. 내가 생각하는 태도는 인성과 감정 조절이다. 인성은 기본적인 예의와 함께 이타심으로 상대방을 이해하고 도우려는 자세를 취하는 것이 중요하다. 감정을 잘 다스린다는 것은 부정적인 감정으로 비이성적인 판단을 하지 않도록 하는 것이다. 이 책을 이전 세대가 밀레니엄 세대에게 전해줄 수 있는 진정한 마음이라고 생각해주길 바란다. 또한 우리 세대끼리는 '그땐 그랬지'라고 추억할 수 있는 책이 되었으면 참 좋겠다.

지혜로운 공항 생활

첫째, 수속 절차 준수와 규정 안내는 꼭 해야 한다.

공항은 다양한 업무를 여러 기관과 함께 하는 곳이다. 공항공사, 세관, 법무부, 각 항공사, X-RAY 검색대, 면세점 등이 협조적으로 일을 해야 한다. 누구를 위해서? 공항을 이용하는 고객을 위해서. 하지만 제일 중요한 것은 자신을 보호하는 것이다. 직원에게 업무나 서비스 교육을 할 때도 강조했다. "실수를 줄이는 것이 자신을 보호하는 것이다"라고 말했다. 실수를 줄이는 방법은 무엇일까? 규정과 절차를 지키는 것이다.

항공기가 집중되어 있는 시간을 피크 타임(Peak Time)이라고 한다. 이때는 손이 보이지 않게 키보드를 쳐야 한다. 수속하는 직원의 유형은 크게 두 종류다. 무조건 수속만 빨리하는 것이다. 손님에게 선호 좌석이나 회원 번호는 확인하지 않고 좌석 배정을 하고 수하물을 보내면 끝이다. 인사도 하지 않는다. 탑승권과 여권을 전달하면서, 손님이 가기도 전에 '다음 손님' 하고 외친다. 다른 직원은 수속도 빨리하면서 입도 쉬지 않는다.

쉴 새 없이 규정을 말하고 절차를 준수하며 일한다. 키보드를 치는 속도도 비슷하다. 일어나서 손님을 맞이하면서 전체적으로 가방 크기와 개수를 사전에 확인한다. 선호 좌석을 물어본다. 수하물 규정을 안내하여 손님에게 생각할 시간을 제공한다.

'일어서서 인사하기'는 환영의 인사를 위한 절차이다. 다른 면으로는 앉아서는 보이지 않는 상태를 확인하는 것이다. 몸이 불편한 곳은 없는지? 수하물의 개수는 몇 개인지? 악기가 있나? 어린이를 동반하나? 등 전체적으로 스캔을 할 수 있다. 이 과정을 통해 적정한 좌석으로 배정하고, 얼마든지 손님을 배려할 수 있는 실마리를 가지게 된다. 다리 아픈데 자꾸 일어서라고 하는 일이 아니다. 이런 서비스 절차는 이유가 있어서 만들어졌다. 필요해서 생긴 규정과 절차이므로 지켜져야 한다.

둘째, 공감 능력과 측은지심이 필요하다.

내가 겪었던 일이다. 인천공항에 도착해서 위탁 수하물을 찾으려고 기다리는데 가방이 보였다. 가방을 끄는 손잡이가 빠져 있었다. 가방을 찾았지만 핸들 카트 알루미늄 부분이 찌그러져서 꼼짝도 하지 않았다. 수하물 사고로 접수할 수 있는 일이었지만 여행자 보험으로 처리했다. 수선비는 25,000원이었지만 보험 덕분에 자기부담금 10,000원을 공제한 15,000원을 입금 받았다. 그러나 이 돈을 받기 위해 제출해야 할 서류가 많았다. 출입국 사실 증명서를 출력했다. 샘소나이트에도 확인서 요청을 하고 항공사에도 수하물 사고 신청서를 요청했다. 15,000원을 받기 위한 수고였다. 프린트를 뽑아서 작성하고 서류를 첨부하는 일을 해보니 상당히 번거로웠다. 가슴이 뜨끔했다. 수하물에서 근무할 때 직원끼리 했던 말이 생각났다. "보상을 받으려면 그 정도 수고는 해야지 않나?" 해보지도 않고 무심히 했던 말에 대해 진심으로 반성했다. 그 정도는 수고스러웠다. 손님한테 너무 잘하려고 하지 말라고 말했던 선배를 비난할 처지가 아니었다.

항공사 업무는 워낙 광범위하다. 손님이 해결할 수 있는 일보다 직원이 개입하면 좀 더 수월하다. 직원 성향에 따라서 공감을 잘하고, 도움을 주고자 하는 경우가 있는데 그러다 보면 같은 업무를 해도 손님에게 다른 요청을 많이 받는다. 사소하게는 "손을 다쳤는데 밴드 있어요?"부터 "연고는요?" 하물며 "휴지는 있어요?"까지. 자잘한 요청에 내가 만만하게 보이냐면서 푸념을 할 수도 있다. 그러나 생각해보자. 누구나 따뜻해 보이는 사람에게 부탁하지, 찬바람이 쌩하게 부는 직원에게는 말도 붙이지 못한다.

셋째, 자신의 감정을 알아차리고 해소할 수 있어야 한다.

스트레스는 축적된다. 신체나 정신적으로 반응을 보이기도 하지만 순간적으로 잘못된 판단을 하게 된다. 앞선 감정이 사소한 일을 크게 만들 수도 있다. 오래전에 있었던 일이다. 여자 손님이 직원에게 불만을 하면서 외모를 비난했다. 화가 난 직원은 손님의 배우자 전화번호를 알아내고 이상한 문자를 보냈다. 그러다 사이버 수사대에 걸려서 한바탕 난리가 났었다. 10년도 넘은 일이지만 아직도 그때의 충격을 기억하고 있다. 직원은 손님에게 손이 발이 되게 빌었고, 손님도 직원의 외모를 비난했기 때문에 그 나름대로 원만하게 해결이 되었다. 평소에 조용한 직원이었는데 한순간의 부정적 감정으로 이성적 판단을 하지 못했다.

카운터 교대를 하면서 다른 항공사 직원과 문제가 생긴 적도 있다. 김해공항은 시간대별로 카운터를 사용한다. 외항사 직원은 우리 직원에게 사용하지도 않는 카운터에 놓인 음료수병을 치우라고 했다. 그냥 치울 수도 있는 문제였지만 그 순간 서로에게 한 말 때문에 화가 나 소란이 일었다. 그런데 외항사 직원이 공항공사 CS팀에 불만을 접수했다. 직원이 손님인 척하며 접수를 한 것이다. 해당 항공사 매니저와 본인을 만나 사과를 받았다. 그러나 그 직원은 모두가 있는 앞에서는 잘못했다고 했지만, 마주칠 때마다 냉소적인 태도를 보였다. 불만을 받은 직원이 심적으로 타격을 받는다는 것을 악용한 사례였다. 정작 본인도 직원이면서 말이다. 동종 업계의 약점을 이용한 좋지 않은 사례이다.

개인적인 성향에 따라 스트레스 상황을 마주하면, 상대를 더 괴롭히는 방식으로 행동을 하는 경우가 있다. 사실 가장 큰 피해를 보는 사람은 자기 자신이다. 자신을 변명하고, 괴롭히는 행동이기 때문이다. 따라서 본인의 능력으로 해결할 수 없는 상황을 만난다면 매니저에게 보고하고 해결할 수 있도록 조치해야 한다. 자신이 감당할 수 없는 상황을 계속 끌고 있다가는 심리적으로 벼랑 끝에 몰려 이성적 판단이 불가해지기 때문이다.

그러므로 평소에 자신의 감정을 알아차리는 연습이 필요하다. 불안, 두려움, 분노, 수치심, 모멸감 등과 같은 부정적 감정은 나쁘지 않다. 그런 감정을 숨기고 외면하다 보면 발생하는 극단적인 판단이 위험한 것이다. 의식적으로 화난 감정을 인정하고 곧 진정이 된다고 생각하면 도움이 된다. 눈을 감고 3분 정도 기다리거나, 크게 호흡을 하면 좋다. 책을 필사하거나, 왼손으로 삐뚤빼뚤 적어보기, 감사일기, 마보 앱을 활용하면 감정 조절에 도움을 받을 수 있다.

넷째, 서비스, 지리, 역사, 심리 등 지식 확장에 관심을 가져야 한다.

자신이 하는 일에 대한 책을 한 권도 읽지 않는다는 사실은 놀랍지 않은 일이다. 한 직장에서 20년, 30년을 항공사 직원으로 일했지만, 여전히 10년 차, 20년 차 신입직원은 주위에서 많이 볼 수 있다. 정작 본인들은 그 사실을 인지하지도 못한다. 아시아나항공에는 인재상이 있다.

성실하고 부지런한
연구하고 공부하는
진지하고 적극적인
서비스 정신이 투철한

나는 이 인재상에 적합한 직원이 되고 싶었고 '연구하고 공부하는 아시아나'가 제일 마음에 들었다. 하나를 배우면 심화된 내용까지 알기 위해 투자했다. 한번은 서비스 코디네이터 교육에서 '와이스토리의 스토리텔링 그림카드' 놀이를 했다. 강의할 때 임기응변으로 순발력을 키울 수 있다고 했다. 검색을 해보니 부산에 본사가 있었다. 내게 도움이 될 것이라 판단했고 회사에 다니면서 중급과정까지 마쳤고, 지난 11월에 고급과정까지 수료했다.

서비스나 심리 관련 책에서는 다양한 사례와 함께 자신을 보호할 수 있는 전술을 배웠다. 직원은 비이성적 상태의 손님이 취하는 태도를 읽고, 적절하게 대응할 수 있어야 한다. 아무것도 모르고 들이대다가는 뒷일을 감당하지 못한다. 현장에서는 발생한 일에 대한 사실보다는 직원이 취한 태도로 문제 포인트가 넘어간다. 직원의 응대 태도가 기분 나쁘다는 것이 문제의 원인으로 보기 때문이다. 나의 경우는 폭언이나 욕설은 참겠는데, 말꼬리를 잡으며 비아냥거리는 것은 세 번 이상 참지 못한다. 거짓말도 마찬가지다. 타협되지 않는 것은 세 번까지 참는다. 네 번째는 응대할 수 없음을 말하곤 했다.

김승호 대표는 저서 『생각의 비밀』에서 '지리 공부가 공간이라면 역사 공부는 시간이다', '지리적 상식만 알아도 합리적이고 상식적인 판단을 할 수 있고, 역사는 세계사 연표만 조금씩 이해하고 있다면 우리의 사고나 판단은 놀랍도록 달라진다'라고 말했다. 절대 공감이 되는 말이다. 역사나 지역의 상징물은 손님과 가볍게 대화할 수 있는 이야깃거리를 제공하고 지리적 상식은 스케줄을 변경하거나 안내를 할 때 도움이 된다. 적어도 자기 항공사가 취항하는 도시를 기준으로 인접한 도시를 알고 있다면 빛을 발휘할 것이다.

공항서비스 지상 직원으로 도전해볼 영역은 많다고 생각한다. 스스로 일의 수준을 결정하고, 하는 일에 가치를 부여한다면 더욱 일하는 보람을 느낄 수 있을 것이다.

목차

제2장 가슴 시린 나날들

제3장 공항 지상직 에피소드

제4장 컴플레인 처리의 달인

제5장 희망퇴직이란

1장

아시아나에 입사하다

1. 이를 악물고

여고 3년 동안 문예부로 교지 만드는 일을 했다. 남포동 인쇄소 골목에서 교정을 보고 있었다. 추운 겨울날 좁은 골목에서 앉을 곳도 없었다. 낡은 문간에 기대서서 글자를 뚫어지게 쳐다보았다. 인쇄소의 짙은 잉크 냄새가 좋았다. 그때는 내가 출판사 직원이 된 것 같았다. 문예부를 하면서 자연스럽게 국어 선생님들과 친해졌다. 국어 선생님이 특활 담당이었다. 고1 때 우리 학교에 첫 발령을 받은 이진미 선생님은 작문을 가르치셨다. 학교 밑에서 자취를 하셨는데 같이 밥도 먹었다. 글을 쓰는 것과 교지 만드는 작업 과정을 이야기하며 시간을 보냈다. 진정으로 존경하는 스승님이다.

1989년 7월 여름방학 직전에 선생님께서 고려대학교 탐방을 제안하셨다. 세 명은 힘들고 두 명만 함께 갈 수 있다고 하셨다. 나와 희영이가 가려고 했었다. 그런데 다른 친구가 너무 가고 싶어 해서 양보했다. 희영이는 선생님과 서울을 다녀온 후 공부에 자극을 받았다고 했다. 열심히 공부하더니 이화여대에 진학했다. 만약에 내가 양보하지 않고 선생님과 같이 갔더라면 대학 진학에 성공했을까? 알 수 없는 일이다. 하지만 스스로 기회를 포기했다는 생각 때문에 오랫동안 후회하고 자책했다.

학교 공부보다는 다른 일에 관심이 많았다. 중학교까지 걸스카우트에 목숨을 걸었다. 고등학교에 가서는 문예부를 지원했다. 체육대회를 할 때마다 배구선수로 뛰었고, 선배들 교실을 오가며 쾌활하게 지냈다. 영어 선생님은 대학에 진학해야 하니, 고3 때는 체육대회에 참석하지 말라고 했다. 배구선수는 절대로 하지 말라고 신신당부를 했었다. 그 말을 듣지 않았다.

문예부 선배들은 쟁쟁했다. 성적은 전교 상위 등수였다. 자부심도 있었다. 문예부는 교지를 만든다고 했다. 책도 많이 읽어야 하고 공부도 잘하면 좋겠다고 했다. 책을 읽기는 했지만, 열성적으로 읽지는 않았다. 니체에 관심이 생기는 정도였다. 시집을 좋아했고 소리 내어 읽기를 즐겼다. 피천득의 '인연' 때문에 수필과 산문집을 좋아했다. 축제 때는 시화전을 준비했다. 교지에 실을 특집을 위해 다른 학교와 독서토론도 했다. 사회 준비를 하면서 분주했었다. 집에서는 조용하게 공부하지 않고 이런 일로 시간을 보내는 아이였다.

국어국문과에 원서를 두 번 냈다. 어느 학교도 나를 입학시켜 주지 않았다. 대학입시에 실패했다. 고생하시는 엄마에게 자식들이 한 방에 대학에 입학을 해주는 것이 큰 효도임을 알면서도 그렇게 하지 못했다. 이름 없는 합격자 명단을 보고 돌아서는데 차마 고개를 들 수 없었다. 담임선생님은 학교에서 가까운 전문대학을 가라고 하셨다. 그냥 그곳에서 열심히 해보라고 하셨다. 나는 여러 학과 중에서 등록금이 비싸지 않은 관광과를 선택했다. '용 꼬리보다 뱀 대가리 되기'를 선택했다. 용 꼬리도 아니지만, 선택은 내 마음이니까. 대학에 가서도 교양 국어 강사와 소통할 수 있었다. 고된 마음을 털어놓았는데 강사님은 자책하지 말고 지금처럼 열심히 하라고 격려해주었다.

대학을 입학한 후에는 서면의 한 영어학원에서 하루를 시작했다. 학원을 마치고 학교에 도착하면 교탁 맨 앞에 앉아 수업에 열중했다. 친구도 만나지 않았다. 학과 친구는 몇 명하고만 말했다. 수업이 끝나면 현대 관광통역학원에서 영어 공부를 했다. 컴퓨터 활용능력을 키우기 위해 집 근처에 있던 컴퓨터학원에도 다녔다. 편입보다는 취업을 잘해야겠다는 생각으로 전공에 집중했었다.

부모님께 부끄러운 딸이 되고 싶지 않았다. 엄마를 더 슬프게 하고 싶지 않았다. 그 시절 부모, 다들 힘들게 살았다고 하지만, 우리 엄마는 내 엄마라서 더 마음이 아프다. 서울에서 부산까지 시집와서 친구 한 명 없이 세 남매만 보고 사셨다. 새벽에 아침밥 챙겨 먹이고, 밤에는 항상 대문 밖에 나와서 기다리고 계셨다. 신경질쟁이 큰딸은 얼마나 툴툴거렸는지 모른다. 아빠는 아침밥을 같이 먹을 때면 생선 가시를 발라 밥숟가락에 얹어줬다. 숟가락만 툭 내밀고, 김 싸서 먹으라고 해도 말도 하지 않았다. 뚱하니 입을 삐죽거리고, 말 시키지 말라는 표정을 지었을 터이다. 학교만 안 가면 밥숟가락을 확 뺏어버리고 싶으셨다고 하셨다. 팔십인 아빠는 아직도 생선 가시를 발라주신다. "너 조기 좋아하잖아, 어서 먹어."

그 시절 나는 작은방 책상에 앉아 공부했다. 보라색 솜을 덮고 앉아, 저녁 먹을 때 문밖으로 나왔다. 대단한 엉덩이 힘이지만 공부와는 상관이 없었다. 정확하게 기억나지는 않는다. 책만 펴놓고 오만 가지 공상을 하고 있었을 것이다. 『자고 가는 저 구름아』, 『테스』, 『바람과 함께 사라지다』, 『릴케의 시집』, 『사랑의 기술』, 『차라투스트라는 이렇게 말했다』, 『참을 수 없는 존재의 가벼움』과 같은 책들과 씨름했다. 무슨 말인지 도통 이해할 수 없었다. 릴케의 시는 사랑과 고뇌하는 마음만 느껴졌다. 내 삶도 고통스럽다고 생각했었다. 시인이 되고 싶었다. 국문과에 진학해서 멋들어진 대자보도 흰색 전지에 적어보고 싶었다. 내 가슴은 끓고 있었다.

그 시절 나를 극복하기 위해서는 내가 정해놓은 틀에 갇혀야 했다. 그렇게 해서라도 만회해야 했다. 친구들보다도 한 해 늦었고 좋은 대학도 가지 못했다. 장학금도 받아야겠고 취직도 잘해야 했다. 잠을 줄였고 말도 거의 하지 않았다. 다행스럽게도 관광 관련 공부가 재미있고 적성에 맞았다. 관광법규, 관광자원론, 관광호텔영어 등의 전공과목은 여행사와 호텔 분야 공부였다. 호텔 분야도 괜찮겠다고 생각했었는데, 항공사에 취직하는 것이 선호도 1위라고 했다. 당시 아시아나항공이 후발로 운항하고 있었지만, 대한항공 지상직을 목표로 준비를 했었다. 취업하기 위해 일반영어와 상식시험을 준비했다. 두꺼운 일반상식은 공부하기가 영어보다 어려웠다.

아시아나항공에서 입사지원서가 먼저 도착했다. 성적순으로 지원서를 주었다. 입사지원서를 받아 부모님께 보여드렸다. 원서를 받은 것만으로도 마음고생했다며 격려해주셨다. 영어학원에서 학교로, 다시 영어학원으로, 죄책감과 자기 비난으로 대학 1학년의 시간은 지나갔다. 지원서를 받은 것만으로도 좋았다. 혼자 위로했다. 일 년이지만 정말 애썼다고 말했다.

2. 가슴에 배지를 달다

아시아나항공에서 입사지원서가 왔다는 소문이 강의실을 시끄럽게 했다. 조교가 지원서는 성적순으로 줄 것이라고 했고, '내 차례까지 오겠지'라고 생각하니 손에 땀이 났다. 책상에 앉아서 조교가 들어오길 기다리는데 비행기를 탔던 기억이 났다. 아홉 살쯤, 대한항공 비행기를 탔었다. 외갓집이 서울인데 비행기를 타고 갔다. 당시 승무원의 유니폼이 어땠는지 그런 기억은 없다. 어린아이에게 흰색 사탕을 건네며 웃어 보이던 승무원의 모습은 어렴풋이 기억났다. 다정하고 온화했던 이미지로 좋다고만 생각했다. 처음 타는 비행기의 설렘보다 승무원이라는 사람에 대한 따뜻한 느낌을 생생하게 기억하고 있었다. 아시아나항공 입사원서를 받았다. 일반, 영업과 공항에서 일하는 직원을 뽑는다고 했다. 어떤 일을 하는지 전혀 몰랐지만 궁금하지도 않았다. 항공사가 취업 선호 1위였기 때문에 학과 친구들은 부러워했다. 10명 정도 응시했다. 아시아나항공에 시험을 볼 기회를 먼저 얻었다. 우리 학교에서는 두 명만 합격했다.

서울시 중구 회현동 4가 금호그룹 빌딩 2F. 서울 여객지점 예약과. 첫 근무지이다. 건대 입구에서 지하철 2호선을 탔다. 종합운동장에서 4호선으로 갈아타고 회현역에 내렸다. 종합운동장에서 4호선으로 갈아탈 때 푸시 맨을 보고 놀랐었다. 서울에 사람이 많다는 실감을 했었다. 지하철을 갈아타는 것보다 2

호선을 타고 을지로 입구까지 오는 노선이 편했다. 갈아타는 것보다 조금 더 걸었지만, 주위를 보면서 걷는 재미가 있었다. 서울의 넓은 도로와 높고 화려한 백화점을 볼 때마다 입이 벌어졌다. 서울 사람들이 부산을 보고 시골이라고 했다. 서울에서 생활해보니 이유를 알 수 있었다. 신세계백화점은 회사에서 지하도를 대각선으로 건너면 있었다. 롯데백화점은 을지로 입구에서 회사 방향으로 오른편에 있었다. 부산에 있는 백화점은 백화점도 아니었다. 규모와 시설 모든 면에서 압도당했다. 10년 넘게 차이 났다. 서면 태화쇼핑, 남포동 미화당백화점, 동래 시외버스터미널에 있던 세원백화점 정도가 있었던 것으로 기억난다. 추억 속으로 사라진 백화점이지만 동시대를 살았던 우리의 기억 속에는 남아 있다. 친구와 서면에서 만날 때는 '태화쇼핑 앞에서 만나자' 했었다.

1993년 5월 18일에 입사해서 두 달 정도 신입직원 교육을 받았다. 부산에서 올라간 동기 10명 중 3명은 영업, 나머지 7명은 공항 부문으로 배정을 받았다. 영업은 국제선 항공권 발권을 배웠다. 학교에서 항공사 발권에 대한 교육과정도 없었다. 지방에서 온 동기들은 쩔쩔맸었다. 서울 동기들은 바로 업무에 투입해도 될 만큼의 실력이 있었다. 자존심이 상했다. 교육담당 대리에게 물어보고 또 물어보았다. 평균 이상은 하게 되었다. 국제 여행의 기본인 편도여행, 왕복여행, 일주여행이 있다. 지금은 자동화 발권이지만 초창기에는 항공권에 수기로 적어서 발권했다. HIP 체크를 할 때는 '히프'라고 하며 소리 죽여 낄낄거렸다.

회사 배지를 받았다. 로고가 찍혀 있는 어떤 물품을 봐도 가슴이 벅찼다. 자신이 자랑스러웠다. 빨강, 흰색, 파랑, 노란색의 넓은 저고리를 입은 사람이 오른쪽으로 고개를 돌리고 있다. 양팔은 하늘로 향해서 활짝 벌리고 있다. 새끼손가락 한 마디도 되지 않는 배지를 왼쪽 가슴 위에 달았다. 집에 갈 때마다 배지를 달고 공항에 갔다. 승무원이 "직원이세요?" 하고 물어보는 것이 좋았다. 그러면 기분에 따라 눈을 찡긋하기도 하고, 가볍게 고개인사를 해주었다.

20대 초반의 나이, 사회 초년생의 자부심이다. 학교는 실패했지만 좌절하지 않았다. 꼭 취업은 잘하겠다고 마음먹었다. 목표는 없었지만 지난 1년간은 허투루 시간을 쓰지 않았다. 지독하게 자신을 채찍질했다. 그 결과로 내가 아시아나항공에 입사한 것이다. 대학입시 실패로 낮아진 자존감을 찾았다. 학교는 나를 선택하지 않았지만, 회사는, 금호그룹은, 아시아나항공은 나를 선택했다. 진학 실패로 입을 닫고 살았던 내가 조금씩 원래의 모습으로 돌아왔다. 초등학교 시절에 걸스카우트를 했다. 어깨띠에 기능장을 붙이는데, 다 붙이고 싶었다. 기능장 대회에 나가고, 수영도 배워서 개구리 모양의 기능장도 획득했다. 야영에 참여해야지 받을 수 있는 기능장은 엄마를 졸라서 가게 해달라고 했다. 어깨띠에 기능장을 모두 달았다. 그런데 어깨띠가 어디 갔는지 찾을 수가 없어 아쉽다.

서류 전형에서 합격한 후 부산에서 1차 면접을 봤다. 면접 옷은 흰색 블라우스에 검정 치마였다. 학교 친구들은 미장원을 간다고 했다. 비싼 돈을 주고 미장원을 가야 할 필요성을 느끼지 못했다. 면접 날 아침 아주머니 한 분이 오셨다. 화장과 머리를 걱정하던 엄마가 이웃집 아주머니에게 도움을 요청하셨다. 전직 미용실 원장님. 엄마 화장대 앞에 앉았다. 쪽머리와 옅은 화장을 했다. 분홍 립스틱을 옅게 바르고, 낮은 쪽머리로 했다. 미스코리아 스타일 머리는 노!

"됐다, 됐다."

합격자 발표 전날 엄마는 꿈을 꾸셨다고 했다. 꿈에서 합격이라고 했다면서 좋아하셨다. 엄마는 내가 합격했으면 좋겠다는 말을 했다고 하셨다. 기억나지 않는다. 또 이 회사에 꼭 다니고 싶다고도 했단다. 그 말을 듣고 밤낮으로 불경을 외우셨다고 했다.

합격자 발표를 했는데 합격이 되었다. 감격스러웠다. 소름이 돋았다. 눈물이 났다. 나를 토닥였다. 엄마에게 합격 소식을 전했다. 엄마는 축하한다는 말과 함께 평생 잊을 수 없는 말씀을 하셨다. "열심히 성실하게 일해야 한다. 아기를 낳을 때 피를

서 말 흘리는데 그만큼의 고통과 노력이 필요해.” 열심히 일하라는 잔소리 정도로 생각했다. 하지만 이 말은 26년 동안 회사 다니면서 새긴 말이다. 시간이 흐른 뒤에 부처님이 하신 말씀인 줄 알았다. “남자의 뼈는 평생 일을 해 파랗고 여자의 뼈는 아기를 낳느라 피를 서 말이나 흘려 그 뼈가 붉을 것이니라.” 어마어마한 고통을 의미하는 것이다. 엄마의 말씀은 아시아나항공을 다니는 동안 직장을 대하는 태도였다. 책임감과 성실 그리고 노력과 희생과 함께.

대학 2학년 3월 말에 제주도로 졸업여행을 다녀왔다. 4월에 아시아나항공에 입사 지원을 했다. 4월 한 달은 영어 구술시험과 임원 면접을 봤다. 신체검사도 하면서 서울을 두세 번 정도 다녀왔다. 최종발표가 나고 1993년 5월 18일 입사했다. 내 나이 22살이었다.

“내가 너 뽑았잖아.”

최 상무님은 복도에서 만날 때마다 말씀하셨다. 나도 그렇게 생각하고 있었다. 마지막으로 임원 면접을 봤었다. 질문이 기억나지는 않지만, 답변을 끝낸 후 상무님과 눈이 마주쳤다. 웃어주시는 모습을 보고, 안도의 한숨을 쉬었다. 이후로도 나의 든든한 지원군이 되어주셨다. 내 가슴에 색동저고리 입은 배지를 달게 해주었다.

입사 이후로는 낯선 서울 생활이 시작됐다. 입사하고 싶은 마음에 연고가 없는데 있다고 말한 동기가 있었다. 나도 연고가 없기는 마찬가지였지만, 친오빠가 서울에서 학교에 다니고 있었다. 신입 교육을 받는 한 달 동안은 회사에서 숙소를 제공해줬는데 결국 그 이후 몇 달 견디지 못하고 퇴사를 했다. 힘들게 들어온 회사였는데 6개월도 다니지 못했다. 서로를 도와줄 여력조차 없었다.

3. 지점에서 일인자를 보내세요

아침 근무(조근) 후 퇴근하는데 회사에서 전화가 왔다. 서비스 교육에 지점 대표로 가라고 했다. 서비스 교육에 대한 통보서를 봤던 기억이 났다. 지점에서 서비스를 책임질 수 있는 여직원으로, 최고 선배를 보내라고 적혀 있었다. 그런데 내가 왜 가야 하지? 선임자도 아니고, 서비스를 책임진다는 것도 부담스러웠다. 그러나 가라고 하면 가야 하는 현실이 더 싫었다. 정말이지 쟁쟁한 선배들이 많은데 왜 서비스 교육에 참석하라고 하는지 알 수가 없었다. 담당 대리는 내 적성이 서비스 업무에 맞을 것이라 판단했다고 말했다. 지점장님도 동의하셨다고 했다. 그렇게 시작된 서비스 업무와의 인연은 마지막까지 나와 함께했다.

2000년대에는 고객 중심 서비스가 더욱 많은 비중을 차지했다. 항공사로는 대한항공이 독보적인 길을 걷고 있었다. 1988년 금호그룹에서 민간기업으로 서울항공이 출범했다. 같은 해 12월에 아시아나항공으로 사명을 변경하고 서울→부산 국내선을 운항했다. 대한항공과 아시아나항공 체제가 되었다. 통신에서도 KT 이외에 데이콤이 생겨났다. 아시아나항공은 데이콤과 전산, 이벤트 등의 제휴를 맺었다. 동종 업계의 경쟁자가 없다가 후발 기업이 생기면서 선발 기업에도 많은 변화가 있었을 것이다.

당시 아시아나항공은 서비스를 강화하고 교육과 관리를 하기 위한 서비스 품질관리가 시행 중이었다. 항공사가 서비스를 대표하는 기업으로 인식되며 고객은 항공사 서비스를 기대하게 되었다. 기대한 만큼 욕구가 충족되지 않으면 고스란히 고객 불만으로 접수되었다. '고객은 왕'이었던 시절이었다. 그래서 어떤 서비스 현장에서도 이 문구 아래서 자유롭지 못했다. 당연히 회사에서도 서비스 품질 향상을 위해 암행 점검을 했다. 관리자나 점검자는 기둥 뒤에 숨어서 직원들을 관찰했다. 지적 사항이 있으면 바로 내려와서 잘못된 부분을 말했다. 사회적인 분위기에 맞춰서 보다 체계적인 서비스 교육과 관리가 필요했다.

후발 기업으로 나선 아시아나항공은 차별화를 위해 '서비스, 친절한 서비스'를 걸고 나왔다. 허리를 90도로 숙여서 인사를 하며, 5대 접객 용어로 직원들에게 인사를 교육했다. "안녕하십니까? 어서 오십시오. 감사합니다"라는 인사말을 선창하면

복창하는 교육이었다. 인사할 때는 두 손을 아랫배에 올리고 90도로 허리를 숙였다. 공수 인사 또는 배꼽 인사라고도 한다. 교육에 참석하기 위해 서울 강서구 마곡동 교육장으로 갔다. 참석자 명단을 보니 각 지점, 각 부문에서 일인자들이 왔었다. 이름만 봐도 알 수 있는 직원들이 한 명씩 들어오는데 내가 여기 왜 있는지 미쳐버릴 것 같았다. 아니나 다를까 상무님이 이름을 부르면서 한마디 하셨다.

"부산공항에 김정희!"
"(기죽은 목소리로) 네."
"지점에서 일인자들 오라고 했는데, 너는 일인자 아니잖아! 왜 왔어?"

다른 직원들은 까르르 웃었다. 당황스러웠다가 오기가 생겼다.

"지점장님이 가라고 해서 왔는데요."

약간은 퉁명스럽게 대답했다. '이제부터 내가 일인자 하면 되지, 내가 간다고 한 것도 아닌데 뭐가 문제야!'라는 생각에서였다.

이후로 이번 교육에 참석했던 직원들은 본사와 지점의 중간자 역할을 하게 되었다. 서비스 품질과 고객 불만과 같은 중대한 업무가 우리에게 맡겨졌다. 중추적인 역할을 하는 인재로 성장했다. 덕분에 나 또한 성장하며 입지를 구축할 수 있었다. 지점장에 따라 일정 부분 권한도 생겼다. 이에 맞춰 점차 책임과 의무도 가중되었다.

이 교육을 통해 회사의 정책과 방향에 대해 같이 고민하는 시간도 가질 수 있었다. 당연히 회사를 대하는 마음과 태도도 달라졌고 엄마의 '피 서 말' 이야기는 가슴에 와 닿았다. 인천공항 프리미엄 그룹장 김화정 차장은 "아시아나와 결혼했어요"라고 말했고 이 말은 전설이 되었다. 나는 이미 결혼도 했고 아들 두 명이 있다. 아시아나와 결혼했다고는 말할 수 없었지만, 출산할 때 흘리는 피만큼 열심히 할 것을 다짐했었다.

"무조건 처음, 먼저 한다."

나의 다짐이다. 결과는 턱걸이만 해도 괜찮다. 먼저 시험에 응시하는 것이 목표였다. 먼저 한다는 것은 기회가 많은 것이고, 또 먼저라는 기회를 잡으려면 무엇보다 준비가 필요했다. 회현동 본사 1층에 사내도서관이 있었다. 예약과는 쉬는 시간이 근무 타입에 따라 다르게 배치된다. 혼자서 쉴 때는 어김없이 도서관으로 갔다. 휴식시간 30분 중 20분 정도 있을 수 있었다. 점심시간에도 구내식당에서 밥을 먹고 도서관으로 향했다. 그냥 그 시간이 편했다. '책 좋아하는, 열심히 하는, 배우려는 자세가 좋다'라는 말을 들었다. 틈틈이 책을 읽었다.

국제선 판매과로 직무전환이 되었을 때의 일이다. 전화예약 업무에서 벗어나서 좋아했었다. 당시 나는 국제선 취항을 위해 준비하고 있었고, 해외 출장도 갈 수 있다고 해서 영어 공부가 필요했다. 오전 8시까지 출근이라서 새벽 시간을 활용할 수 있었다. 출근 전에 종로 파고다학원에서 영어 수업을 들었다. 한날은 늦잠을 자서 부랴부랴 집을 나섰다. 수업이 끝난 후 뒤에서 등을 두드렸다.

"일부러 옷에 상표 안 뗐어요? 요즘은 그게 유행이니까."

얼굴이 화끈거렸다. 1994년 티피코시가 유행했다. 티피코시는 캐주얼 브랜드로 일부러 상표를 떼지 않을 이유가 없었다. 잠결에 입고 나왔는데 상표 달린 것이 문제가 아니었다. 옷을 뒤집어서 입고 있었다.

'일인자만 오세요'라고 한 서비스 교육에서 뼛속까지 아시아나 사람이 되었다. 상무님도 그렇게 말해서 미안하다고 하셨다. 부산공항 서비스를 위해서 잘해주길 바란다고 하셨다. '그래! 결심했어! 내가 일인자가 되어볼게.' 부산지점 서비스 일인자로 반드시 성과를 내겠다는 다짐을 했었다. 그날 이후로 서비스에 관련된 책을 찾아서 읽기 시작했다. 사내 강사 기본 교육과 서비스 강사 지원도 했다. 서비스 강사는 첫해에는 후배가 하고 싶어 했다. 흔쾌히 할 수 있도록 응원해주었다. 두 해째부터는 먼저 시작한 후배와 같이 서비스 강사 활동을 했다. 한 달에 한 번, 두 달에 1박 2일 일정으로 본사 교육에 참석했었다. 부산공항에 신입, 전입 직원이 오면 서비스 교육을 했다. 퇴사하기 직전까지 서비스 품질관리와 고객 불만 VOC 업무를 했다. 나는 아시아나항공 부산지점에서 서비스 일인자로 책임과 의무를 다했다고 생각한다.

4. 선배님은 롤 모델입니다

"대리님은 저의 롤 모델이에요. 그동안 부족한 저를 챙겨주셔서 감사합니다."

몇 해 전 퇴사하는 후배가 내게 건넨 말이다. 후배와는 국내선에서 귀빈 의전과, 지상 업무 그리고 실적을 관리하는 총괄 업무를 같이 했다. 말수도 적고 조용하게 지내던 후배라서 의외의 말을 듣고 놀랐다. 결혼하면서 회사를 그만두게 되었는데 내가 자신의 롤 모델이라고 했다. 배움에 대한 열정적인 태도와 선배로서 책임감 있는 행동을 보고 그런 생각을 했다고 한다. 바쁘게 생활하는 선배가 대학 강의를 한다는 소식은 부러움과 축하를 한꺼번에 받을 만한 일이라고 했다. 당시에는 남자 과장에게만 강사의 문이 열려 있었다. 그렇기 때문에 대학에서 강사로 활동하고 싶었던 여성 후배들에게 있어 여자 선배의 앞선 걸음이 반가웠을 것이다. 나에게도 강사 활동은 하고 싶은 일이었다. 그러나 아이 키우는 일이 모든 일보다 우선이었던 나는 1년만 강의하고 그 자리를 후배에게 넘기기로 했다. 그리고 여성 강사의 자리가 하나의 모델로 남을 수 있도록 그리고 약속대로 후배에게 강사 자리를 인계했다.

내가 맡았던 강의에 대해 더 이야기해보자면 다음과 같다. 학교에서도 전공 실무가 필요한 과목에는 항공사, 호텔, 여행사에서 근무하는 직원을 강사로 모셔 실무적인 분야를 가르친다. 그 시절에는 회사에서 학교 출강이 인정되었기에 남자 과장님 두 분이 겸임 강사를 했었다. 그러던 것이 여직원으로서는 처음으로 내가 부산 경남정보대학 관광학부에 겸임전임강사로 출강했다. 1학기는 관광 정보론, 2학기는 항공예약 발권을 강의했다.

다만 학교에 수업 갈 때마다 한 가지 생각이 머릿속을 맴돌아 힘들었다. 바로 내가 '우물 안 개구리'였다는 생각이었다. 솔직히 말하면 세상 돌아가는 사정도 잘 몰랐다. 강사 대기실에서는 학벌과 자신들이 어떻게 공부를 했는지, 어떤 학교에 시간강사 자리를 구했는지, 왜 못 했는지 등의 이야기가 오갔다. 학교 이야기가 나올 때면 혼자서 땅바닥만 쳐다봤다. 심장에서 열이 오르는 기분이 들면, 가만히 일어서서 문을 열고 나왔다. 그들의 삶의 현장은 치열했다. 내 삶에서 학벌을 제외하면 아쉬울 것이 없는데 발목을 잡힌다. 그곳에서 나는 다짐했다. 4년제 학위를 받고 일반 대학원으로 진학하고야 말겠다고. 간절했지만 어리숙했던 과거를 후회했다.

매주 수요일에 학교 수업을 했다. 회사에서는 주휴로 매달 쉬는 요일이 정해져 있었다. 주 6회 근무하던 때였다. 연차를 사용하지 않으면 하루 쉬는 날 강의를 한 것이다. 연속 강의로 두 시간씩 세 타임을 뛰었다. 아침 9시부터 5시까지 점심시간 2시간을 빼고 6시간을 수업한 것이다. 학생을 만나고 강의를 하는 일이 그만큼 좋았다. 욕심이 나기도 했다. 하지만 두 아들을 챙기고, 수업 준비도 해야 하고, 살림도 하려니 잠을 잘 수가 없었다.

큰애가 7살 때였다. 유치원에 다녀온 아이에게 간식으로 도넛을 주었다. 나는 아이가 먹는 동안 엎드려서 부엌 바닥을 닦고 있었다. 고개를 잠시 들었는데, 아이가 눈을 아래로 떨구고 도넛을 들고만 있었다. 얼굴을 보니 곧 울 것 같았다. 아이에게 물었다.

"왜? 우유 더 줄까?"
"엄마! 엄마는 왜 이렇게 힘들게 살아요?"
"으응? 엄마? 엄마는 하고 싶은 일이 많아서?"

어린 아들의 눈에도 엄마는 하는 일이 많아 보였다. 회사도 가지 말고, 다 끊으라고 울음을 터트린 적도 있었다. 또 이런 일도 있었다. 유치원에서 한 '부모님 자랑하기'라는 주제의 참관 수업이었다. 아이는 자신만만하게 앞으로 나갔다.

"우리 엄마는 대학교 선생님입니다. 그리고 아시아나항공에 다닙니다. 우리 엄마는 '일하는 엄마'입니다."

아이는 엄마 자랑에 신이 났었다. 선생님을 먼저 말하는 것으로 보아 회사원보다는 선생님이 더 자랑스러웠는지 모르겠다. 그러나 나는 마음 한쪽에 쿵! 하고 무언가 떨어졌다. 우리 엄마는 '일하는 엄마입니다' 하고 친구 앞에서 말한 것이 속상했었다. 나도 요리도 잘하고, 유치원 다녀오면 꼭 안아주는 엄마가 되고 싶었다.

스승님은 내게 말씀하셨다.

"몸 상태가 좋을 때는 모든 것을 다 잘할 수 있다, 몸이 좀 아프더라도, 힘든 일이 있더라도 그 상황을 참고 견디면서 일상을 정상적으로 해낼 때 비로소 한 단계 성장합니다."

몸살감기로 열이 펄펄 나서 눈도 뜰 수 없는 날도 있었다. 남편은 회사에 전화하고 가지 말라고 난리를 쳤다. 듣지 않았다. 새벽 5시다. 아파도 출근한 후에 집으로 돌아와야 했다. 회사에 출근해 '정말로 이만큼 아픕니다'를 확인시켰다. 연차를 내고 집으로 왔다. 남편은 이런 모습에 동의할 수 없다고 했다. 그러나 나는 함께 일하는 사람들에 대한 최소한의 약속이라고 생각했다. 한 명이 아프다고 출근하지 않으면 최소 인원으로 일하는 공항에서는 업무량이 늘어났다. 당연히 '진짜 아픈지, 아프면 얼마나 아픈지'에 대한 뒷말이 많을 수밖에 없다. 그런 상황들이 싫었다. 아프더라도 출근할 수 있으면 일단은 출근하자는 것은 자신과의 약속이다. 그렇게 하는 것이 '프로답게 일하는 것이다'라고 생각했다.

타 항공사로 이직한 후배 민주에게서 크리스마스카드가 왔다. 별일 없었냐는 안부와 함께 이직할 때 솔직한 모습을 보이지 않아 마음에 걸린다는 말이 적혀 있었다. 걱정도 많이 해주고, 좋은 말도 많이 해주셨는데 진실하지 못한 모습을 보여 너무 죄송하다고 했다. 나는 이해한다. 승무원으로 이직을 결심하고, 면접을 보러 다닐 때 사실대로 말할 수 없었던 마음을. 눈치를 채고 진지하게 이직을 준비하느냐고 물어봤는데 인정하지 않았던 일이 계속 마음에 걸렸던 모양이다.

나 또한 서울에서 근무할 때 승무원 시험을 보려고 난리 친 적이 있다. 딱히 하고 싶었던 것은 아닌데, 시험이라도 한번 쳐보고 싶었다. 예전에는 성적표를 시스템으로 출력할 수 없었다. 누군가 학교에 가야 했다. 성적표와 해당 서류를 받아서, 우편으로 보내주어야 했다. 아빠에게 부탁했다. 승무원은 안 된다고 하셨다. 연락드린 다음 날 비행기를 타고 서울로 바로 올라오셨다. 승무원은 절대 안 된다고 했다. 어떻게든 서류를 준비하려고 했다. 휴가를 낼 수 없어서 집에도 갈 수 없었다. 조교에게 전화하고 사정했지만 조교도 거절했다. 이런 일로 학교와 관계가 끊어지면 원서가 들어오지도 않는다고 했다. 그래서 나 혼자 회사에서 분주했다. 무슨 일 있냐고 물어보는 선배에게 솔직하게 말하지 못했다. 그런 마음이 어떤지 알기에 민주의 고민을 덜어주고 싶었다. 이렇게나마 '영원한 후배 민주가'라고 적힌 카드를 받으니 마음이 흐뭇했다.

(여담이지만 승무원 시험 원서는 서류준비도 하지 못했다. 얼마간 잠잠했었는데, SBS 방송사가 개국했다. 이번에는 리포터를 하겠다고 했었다. 한 번 한눈을 팔아보니 자꾸 눈이 돌아갔다. 친오빠는 나 때문에 살 수 없다고 했었다.)

"수련이는 과장님이라면 껌뻑 죽는다."

민정이가 말했다. 수련이는 예뻐하는 직원이다. 하나라도 더 잘 알려주고 싶었던 후배였다. 결혼해서 인천공항으로 전출을 했다. 사내 메일로 인사를 전해왔다. 자신이 '무뚝뚝한 경상도 가시나'라서 표현하지는 못했지만 신입부터 지금까지 내가 자신의 멘토라고 했다. 직장생활을 기본부터 할 수 있게 도와주셔서 다른 과장님들보다는 더 많이 그리울 거라고도 했다.

"과장님 밑에서 보고 배울 수 있어서 행운이였습니다. 과장님 이름, 부산공항에 먹칠하지 않도록 하겠습니다. 과장님 저를 믿고 이끌어주셔서 감사했습니다."

'말'로 표현하지 못해 글로 썼다는 내용을 보고 수줍어하던 수련이 모습이 눈에 선했다. 오래 일하다 보니 모두 떠났다. 인천공항으로 전출했고, 아이를 낳은 후에 퇴직했다. 그들에게 애정을 많이 쏟았기에 마음이 아팠다. 그러나 헤어질 때는 무심하게 떠나보냈다. 이별의 아쉬움보다 하루하루 살아내는 삶이 힘겨웠기 때문이다.

"선배님은 제 멘토예요." 서울을 떠나올 때 말하지 않았다. 아니 못 했다. 그 선배는 가까운 듯 먼 선배였다. 체감이 그랬다. 거의 10년 전 부산 김해공항에서 만났다. 반가웠다. 원광대학교 교수로 재직 중이라고 했다. 혜경 언니는 충분히 해낼 수 있었다고 생각했다. 서울 여객지점에서 같이 근무했다. 공부에 대한 열정과 일하는 스타일을 닮고 싶었다. 손님에게도 공손하면서도 차분한 음색으로 대화를 했다. 자연스럽게 손님을 리드하는 모습을 보고 감탄을 했었다. 닮고 싶어 했던 모습을 옆에서 눈여겨봤다. 지금의 내 모습이 예전에 혜경 언니의 모습은 아닐까 생각했다. 부산에 내려와서도 언니 소식을 들었고 대학원 공부와 출강을 계속한다고 했다. 열심히 살아가고 있는 선배의 소식에 계속 자극을 받고 있었다. 선배의 발걸음을 보며 나도 모르게 따라가고 있었다. 퇴직하고 다른 일을 할 수 있다면 강의를 하고 싶다는 생각을 했다.

항공 업무 들여다보기

학교에서 내가 강의한 것은 대한항공을 판매하는 여행사 대리점에서 사용하는 TOPAS(토파스)라는 시스템이다. 학교에서 TOPAS 교육시스템을 구매했던 터라 기본 예약 만들기, 이름 변경, 일정 변경 그리고 Special Meal(SPML) 입력 등을 실습할 수 있었다.

대한항공과는 다르게 아시아나항공 여행사 대리점은 ABACUS(애바카스)라는 시스템을 사용했다. 기본적으로 사용하는 지시어는 TOPAS와 거의 똑같았고 공항에서 사용하는 시스템도 비슷했다. 지시어를 단축해서 사용하는데 부호가 달랐을 뿐이다. 같은 기반의 시스템이었기 때문이다. 현재 아시아나항공과 대한항공은 AMADEUS(아마데우스)를 사용한다.

공항은 CM(Customer Management) 시스템을 이용하여 탑승수속과 출발 탑승 업무를 하고 있다. 이 외에 김해공항에서 출발하는 타이항공, 캐세이퍼시픽드래곤항공, 필리핀항공, 실크에어(싱가포르항공과 합병) 등이 사용하고 있는 차세대 시스템이다. 예전에는 지시어를 입력하는 방식이었는데 CM은 메뉴바를 활용하여 해당 카테고리를 찾아가는 방식이다. 화면에 메뉴가 뜨고 이를 보고 찾아가기 때문에 외울 필요가 없다. 필요한 내용이 어디에 숨어 있는지만 잘 찾으면 된다. 덕분에 아날로그 세대보다 디지털 세대인 90년생이 활용하기에 편리하다. 나는 디지로그 중간쯤이다. 기능키를 손으로 익히고 머리로 외웠다. 마우스에만 의존해서 업무를 하기에는 속도가 떨어져 답답했기 때문이다.

5. 서비스 암행 점검, 홍콩

고객 만족팀에서 해외지점 서비스 실태 조사를 위해 서비스 점검을 한다고 연락이 왔다. 해외 출장은 본사와 김포(GMP), 인천(ICN)공항 서비스(SVC) 담당자가 주로 가는데 이번에는 지방에 근무하는 나에게 기회가 왔다. 다만 미주나 유럽은 해당 팀이나 인천 지역 직원에게 배정되었다. 나에게는 홍콩(HKG)에 다녀오라고 했다. 유럽이나 미주로 가면 좋았겠지만 상관없었다. 지방 직원이 해외로 서비스 점검을 다녀오는 경우는 매우 드물기 때문이다. 여러 해 동안 서비스 품질관리와 교육을 담당했다. 김포공항 국내선에 서비스 점검을 한 적은 있었지만, 해외 출장은 처음이라서 가슴이 설레고 기대되었다. 잘 해내고 싶었다. 보고서도 멋지게 제출하고 싶었다. 서비스 점검은 암행으로 진행됐다. 사전에 홍콩 시내와 공항지점에 연락하지 말라고 했다. 현장의 모습을 제대로 조사할 수 없기 때문이다. 그렇게 나의 첫 해외 출장은 007 작전을 하듯 비밀리에 진행됐다.

오랫동안 항공사에 근무했지만, 여행을 많이 다니지는 못했다. 결혼도 빨리했고, 첫아이도 결혼한 이듬해에 낳았다. 19개월 차이로 작은아이도 가졌다. 가족이 함께 간 첫 해외여행은 방콕(BKK)이었다. 큰애가 6살, 둘째가 4살 때였다. 여러 나라를 다녀오지 못했는데, 홍콩과 하와이(HNL)는 두 번씩 다녀왔다.

기억을 돌이켜보니 나의 첫 해외여행은 회사에서 보내줬다. 각 부문 간의 이해 목적으로 '해외 탐방'이라는 프로젝트를 진행했었다. 방콕, 싱가포르, 홍콩 등 우리가 취항하는 항공사 중 아시아 지역으로 배정되었다. 항공사는 부문 간의 소통과 화합이 중요하다. 서로 다른 업무를 유기적으로 수행해야 한다. 안전사고나 고객 불만이 발생하면 이해관계로 인한 문제해결에 어려움을 겪는다. 김포공항에 모여 홍콩행 비행기에 탑승했다. 지점 후배 은량, 예약 영업팀 경희, 정비사, 여객지점에 과장님, 임신한 선배 등과 함께 출발했었다. 오랫동안 좋은 추억으로 기억되는 시간이다.

두 번째 홍콩 방문도 출장이었다. 이번에는 홍콩 시내와 공항지점에 암행 서비스 점검이 목적이다. 혼자 가는 출장은 솔직히 부담스러웠다. 암행이라서 누구한테 말하지도 못했다. 사무실을 찾아가지 못하면 낭패다. 해외 탐방으로 홍콩에 갔을 때, 사무실 찾기가 힘들었던 기억이 있다. 점검하는 것은 문제가 되지 않았다. 하지만 홍콩공항 사무실을 찾아가는 것은 걱정되었다. 홍콩에는 부산공항에서 같이 근무하셨던 심 차장님이 계셨다. 홍콩에 가는 이유는 말씀드리지 않고, 도착 후 마중을 나와 달라고 부탁드렸다. 차장님은 무슨 일로 오냐고 물어보셨다. 솔직하게 말씀드리지 못했다. 더 묻지 않으셨다. 차장님도 내가 지점에서 담당하는 업무가 서비스인 줄은 알고 계셨기 때문이다.

본사 고객 만족팀에 먼저 들렀다. 사전에 아무 정보도 없었다. 어느 항공기에 탑승하는 줄도 몰랐다. 담당자에게 서비스 점검 자료와 방법, 항공권 정보 등 제반 사항을 전달받았다. 자료는 한 뭉치였다. 인천공항에서 홍콩을 갈 때는 캐세이퍼시픽항공, 올 때는 우리 비행기를 이용했다. 잘할 수 있을지 걱정이 앞섰지만, 한편으로는 기분 좋은 긴장감이 차올라 짜릿했다. 속으로는 흥얼흥얼 노래를 불렀다. 드디어 출발이다. 완벽주의 성격에 맞는 멋진 보고서를 작성하리라! 전체적인 브리핑을 받고 일어섰다. 뒤통수를 통해 전달되는 담당자의 한마디!

"과장님, 완전 암행으로 하려고 했는데, 지점장님들께는 점검 일정을 말씀드렸어요."

"네, 그러셨군요."

아무렇지 않은 듯 대답했지만 속으로는 안심했다.

오쇠동 본사 앞에서 인천공항으로 가는 셔틀을 탔다. 캐세이퍼시픽항공 카운터부터 점검해야 했다. 홍콩에 본사를 둔 항공사들은 매우 깐깐했다. 홍콩과 쌍벽을 이루는 나라는 싱가포르이다. 항공사 서비스는 싱가포르항공(SQ)이 1위였다. 캐세이퍼시픽(CX)항공도 기내와 탑승수속 서비스에서 평가가 좋았던 것으로 기억한다. 부산에서는 드래곤항공(KA)을 수속했다. CX 자회사다. 탑승수속을 할 때 수속 직원 서비스와 업무 태도를 확인했다. 마일리지 우수회원에 대한 탁월한 서비스를 요청했다. 기내에서는 매 편 손님에게 직원 평가에 대한 점검이 요청되었다. 한 달을 주기로 평가를 해서 조업사에 통보했고, 개선을 요청했었다. 그렇기 때문에 점검하기가 어렵진 않았다.

캐세이퍼시픽 항공사의 점검 평가는 좋았던 것으로 기억한다. 공항 지상직 직원은 업무 절차에 따라 착실하게 진행했다. 일부러 창가 좌석이 있는지, 비상구 좌석은 앉을 수 있는지를 물어봤다. 다리가 아픈데 비상구 좌석을 달라고 했다. 손님들이 흔히 비상구를 요청할 때 자주 사용하는 말이다. 캐세이퍼시픽 직원은 비상구 규정을 안내하고, 앞좌석으로 앉으시면 어떨지 물어봤다. 내 기준에서는 완벽한 대응방법이었다. 나도 그렇게 대응하기 때문이다. 괜찮다고 하면서 그냥 복도 쪽으로 요청했다. 처음에 창문 쪽이라고 했기 때문에 좌석을 변경했을 것이다.

기내에 탑승한 후 객실 서비스 점검을 시작했다. 외국 항공사 비행기라서 한국인 승무원은 보통 두 명 정도 탑승을 했다. 출발지 국가 기준으로 현지 승무원이 탑승해서 현지인을 돕는다. 기내 식사 시간이 되었다. 히잡을 쓴 여성이 김치를 달라고 주문을 했다. 김치를 좋아하는 것으로 보였다. 여성은 승무원을 세 번째 호출했다. 승무원은 김치를 드리면서 마지막이라고 말했다. 더는 김치를 드릴 수 없다고 했다. 손님은 김치를 툭 치며 낮은 목소리로 중얼거렸다. 승무원이 떠난 후 손님은 김치를 세 봉지째 먹었다. 세 번째 김치는 마음이 상했는지 이전보다는 덜 맛있게 씹는다. 그러나 보이는 것이 전부가 아니다. 비행기를 자주 이용하면서 매번 김치를 많이 달라고 하는 손님일 수도 있다. 그 때문에 이 점에 대해서는 평가하지 않았다. 나의 눈으로 봤을 땐 객실 서비스도 훌륭했었다. 기억에 남는 에피소드는 김치를 세 번 요청한 외국인. 평가는 손님이 할 것이다. 기내에서 실시하는 서비스 평가지가 김치를 더 달라고 한 손님에게 쥐어진다면 어떤 평가가 될지는 알 수 없다. 이렇게 정성적 판단이 우선한다는 점에서 서비스 평가는 모호한 구석이 있다.

홍콩공항에 도착하자 팻말을 든 한 남자가 마중 나와 있었다. 가볍게 인사하자 자신을 조업사 직원이라고 소개했다. 덕분에 복잡한 홍콩공항 사무실 찾기는 깔끔하게 해결되었다. 공항 사무실에 들어서니 심 차장님이 반갑게 맞아주셨다. 가족들과 사이판 여행을 하고 오늘 도착했는데 나를 만나기 위해 집에 가셨다가 다시 공항에 오셨다고 했다. 진심으로 감사했다. 공항지점장님과 인사를 하고 간단하게 저녁을 먹었다. 홍콩공항 서비스 점검은 출국할 때 한다고 말씀드리고 헤어졌다. 심 차장님은 오랜만에 만난 후배에게 홍콩 야경을 보여주겠다고 했다. 홍콩이 중국으로 반환되기 전에는 야경이 끝내줬는데, 반환된 후에는 불도 다 켜주지 않는다고 했다. 그래서인지 예전에 봤던 모습과는 달랐다. 화려함이 없어 보였다. 홍콩 침사추이 산책로에 '스타의 거리'가 있다. 장국영이 생각났다. '영웅본색 1, 2' 비디오를 봤었고, '영웅본색' 주제가 '당년정(Love of the past)'을 부르고 다녔었다. 잠시 눈을 감고 기억을 떠올렸다.

다음 날에는 홍콩 시내 지점으로 갔다. 시내 지점장님과 인사를 나누며 홍콩 이야기를 했다. 아침 신문에 실린 내용을 몇 개 말씀하셨다. 홍콩은 교통사고나 참혹한 장면의 사진을 모자이크 처리하지 않고 게재한다는 것이다. 그날도 한 장의 사진이 있었다. 잔인했다. 끔찍한 장면으로 점검자를 혼란스럽게 만들려고 하시냐고 물었더니 지점장님은 말도 안 된다며 웃었다. 직원들과 인사를 가볍게 한 후 점검내용에 대해 브리핑을 했다. 점검내용은 '절차에 따라 업무를 하는가?', '사전에 준비를 잘 하는가?', '회원 여부는 확인하는가?', '표정과 언어는 적절하게 사용하는가?'였다.

사실 나는 암행 점검을 좋아하지 않는다. 누군가를 숨어서 관찰하는 자체가 싫었다. 그러나 암행 점검은 서비스 담당자가 하지 않더라도 공항에서는 흔하게 볼 수 있는 장면이다. 예전에는 탑승수속 카운터가 잘 보이는 위치의 기둥 뒤에 숨어 직원들의 움직임을 관찰했다. 때때로 워키토키로 매니저에게 연락이 왔다. 눈에 거슬리는 모습을 지적하거나 호통을 치기 위해서이다. 외항사 지점장도 몰래 숨어서 카운터를 지켜보고 브리핑을 했다. 항시 감시 속에서 살았다. 이런 방식을 싫어했던 나는 현재 문제점과 애로 사항이 있으면 알려달라는 방식으로 점검을 진행했다. 홍콩지점은 체계적으로 업무가 되고 있었고 회사 서비스 방침도 잘 알고 있었다. 직원 간의 관계도 좋았다.

1박 2일, 짧은 일정이었다. 해외공항 서비스 점검 출장은 일상에 지친 나를 비일상 속으로 떠나게 했다. 해외에 체류하여 살아가는 지점장과 이민 2세 거주자를 보면서 막연하게 좋을 것이라는 생각을 깨는 계기가 되기도 했다. 그러나 여전히 나는 해외 직원이 같이 참석하는 교육이 좋다. 나라마다 현재 실정을 들을 수 있고 이해하는 폭을 넓힐 수 있기 때문이다. 서울에 근무하는 직원에게는 별거 아니겠지만 지방은 다르다. 서비스 점검도 내가 한 번 다녀온 이후로 아무도 간 적이 없었다. 회사에 대한 애정도 자신과의 관계 유지를 잘한 덕분이라고 생각이 들었다. 회사에 늘 불평불만 하는 직원은 회사로부터 받은 것이 없다고 생각하는 경우가 많았다. 자신이 어떤 노력을 했는지는 생각하지 못하고 말이다. 본사나 회사에서 하는 일에 참석하라고 하면 무슨 핑계를 대고 하지 않는다. 가지도 않는다. 그러나 늘 불만을 말하고, 다른 사람이 본사 행사에 참석하는 것에 불편하다고 화를 낸다. 그런 직원에게 책임감 있는 일을 시켜보라고 조언했었다. 그런 직원은 기회를 줘도 거절했다. 책임지는 일을 왜 해야 하는지 반문하면서 말이다.

당시 홍콩공항 지점장님이 부산공항 국제선 지점장으로 오셨다. 공항 업무에 능통하시고 직원들과 교류도 잘하시는 분이셨다. 그런 분과 함께했던 홍콩공항은 흠잡을 것이 없었다. 카운터와 출발 서비스는 모두 양호했다. 일어서서 손님을 맞이하고, 선호 좌석, 회원카드 소지 여부 그리고 위탁 수하물 확인을 절차대로 진행했다. 표정도 홍콩인 특유의 눈을 약간 크게 뜨며 웃어 보였다. 내가 경험했던 홍콩 항공사들은 치밀하고, 꼼꼼하고, 정확한 것을 요구했다. 1분의 차이도 기억하길 요구했다. 오래전 일들도 기억해낼 것을 요구했다. 고객 불만이 접수되거나 수하물 사고가 발생하면, 기억력의 한계를 느낄 만큼 따져 물었고, 자세하게 리포트를 해달라고 했다. 나도 업무적으로 완벽을 추구했다. 그들 못지않았다. 문제가 될 만한 사람과 상황은 감이 온다. 그러면 사전에 적어놓는다. 몇 초까지는 아니지만 몇 분까지는 확인한다. 수하물 시스템에 입력이 가능한 것은 빠뜨리지 않고 업데이트를 했다.

귀국 편은 우리 비행기이다. 아시아나 비행기. 우리 비행기가 제일 편안하고 좋았다. 회색 좌석 커버는 다른 색들과 조화를 이루어 위안과 휴식의 기운을 준다. 편안하고 고급스러운 서비스를 지향하기 때문이다. 유니폼 색깔도 브라운을 유지하고 있다. 항공기에 탑승하자마자 잠이 들었다. 밤 비행기였는데 긴장이 풀어진 탓이다. 겨우 정신을 차리고 점검을 했다. 지나가던 남자 승무원에게 점검자 신분이 들통나기도 했지만 기내에서는 아무런 일도 발생하지 않았다. 이틀 동안 있었던 일과 사람들을 생각했다. 무사하게 마치고 돌아올 수 있어서 감사했다.

출발 전에 무슨 큰 임무를 받은 사람처럼 성과물에 욕심을 냈었다. 다른 사람의 잘못을 콕 집어내고, 개선시키고, 성과를 인정받고 싶었던 마음이 부끄러웠다. 해외에서 너무나 잘하고 있었다. 열악한 환경에서 업무 하는 직원들에게 미안했었다.

"서비스 점검 총평은 대체로 양호. 개선 사항 NIL(없음)."

6. 저가항공 바람이 분다

금호 아시아나계열사인 에어부산이 벌써 10년이 넘었다. 에어부산은 부산, 경남 지역의 향토기업과 부산은행, 넥센, 부산롯데호텔 등이 공동 출자해서 설립한 저비용 항공사(LCC: Low Cost Carrier)이다. 지금은 김해공항 근처에 본사 건물이 있다. 처음에는 부산상공회의소 내에 있었다. 당시 아시아나항공 사장은 부산 출신이셨다. 일반 직원들이 회사 정책에 대해 어떻게 진행되는지는 알지 못했다. 회사에서 알려주는 소식보다 공항공사 직원, 여행사 사장을 통해서 입수되는 정보로 알게 되는 것이 전부였다. 모두가 쉬쉬하는 분위기 속에 직원들만 애가 탔었다.

저비용 항공사가 생긴다는 소문이 나기 시작하자 빠른 속도로 진행되었다. 부산에 회장님이 다녀가신 후 에어부산에 출자한 기업의 회장과 사장단이 모습을 보였다. 아시아나항공 부산공항 국내선은 순식간에 철수되었다. 모든 일은 소문이 난 후 몇 달이 걸리지 않았다. 세계적으로 저가항공 바람이 불어서 금호그룹도 에어부산을 만든 이유도 있겠지만, 부산에서 아시아나항공은 살아남기가 매우 어려웠다. 전라도 기업으로 부산-김포 노선은 감당하기 힘들었다. 대한항공과 아시아나항공의 부산→서울 탑승률은 비교할 수 없었다. 시장 점유율은 당연히 대한항공이 높았고, 시간대와 공급석은 월등했다. 예전부터 경상도와 호남의 지역적인 문제로 부단히 노력해도 상황은 호전될 수가 없었다. 직원들은 경영에 대해서 알지 못하지만 체감할 수는 있었다. 언젠가는 국내선을 철수할 것 같은 생각을 했었다. 그런데 자회사로 에어부산이 생길 줄은 몰랐다.

몇몇 직원을 전출시켰다. 미혼인 후배들이 인천공항으로 이동했다. 국제선도 인원 충원이 필요했기 때문에 많은 직원이 서울로 올라가지는 않았다. 왜 우리만 가야 하냐며 억울해했다. 어린 후배는 집을 떠나 새로운 곳으로 가야 했다. 나는 서울에서 전입 왔기 때문에 대상에서 제외됐다. 국제선으로는 마지막에 이동하고 싶었다. 국내선은 스케줄 근무가 규칙적이여서 생계형 직장맘에게 좋은 자리였기 때문이다. 하지만 국제선에서 근무하다 휴가 중이었던 후배가 복직하면서 국내선으로 발령이 났다. 장기휴가 후 국제선으로 복직시키지 않는다는 지침이 적용된 것이다. 이 일은 국내선 철수 6개월 전에 일어났다.

아시아나항공과 에어부산은 지금까지도 공동운항을 하고 있다. 손님들은 자회사인데 왜 이렇게 안 되는 것이 많냐고 불만을 했다. 10년이 지나도 여전히 같은 불만이다. 아시아나항공은 스타얼라이언스 회원사이다. 스타얼라이언스 골드 회원들은 공동운항인 줄 모르고 예약을 했거나, 알았더라도 자회사이기 때문에 라운지 이용과 수하물 혜택을 받을 수 있다고 생각했다. 하지만 사용이 불가하다. 아시아나항공 발권분으로 항공권을 구매해도 마일리지 적립을 할 수 없다. 하루라도 불만이 없을 때가 없었고 걸핏하면 국내선의 책임자로서 달려가야 했다.

국제선 수하물 연결도 문제였다. 항공사 간에 수하물 연결 협정이 체결되었을 때, 최종 목적지까지 가방을 보낼 수 있다. 기본적으로 저가항공사는 수하물 연결이 불가하다. 예를 들어 손님이 부산→나리타(NRT)를 에어부산 공동운항 편(아시아나항공)을 탑승하고, 나리타(NRT)에서 호놀룰루(HNL)는 델타항공(DL)을 탑승할 경우 수하물 연결이 불가하다. 즉 가방은 일본에서 찾게 된다. 공동운항이란 두 항공사 사이에 노선 확대 등의 이유로 판매되는 좌석이다. 운항사는 실제로 탑승하는 항공사를 말한다. 아시아나항공과 공동운항 하는 에어부산이라고 하면, 운항사는 에어부산이 된다. 그러므로 모든 규정은 에어부산에 따르며, OZ9752와 같이 네 자리로 표시되어 있다. 수하물 무게도 문제다. 미주는 일반석 기준 23kg, 가방 2개가 무료 수하물이다. 이 외 나라들은 일반석 기준 중량은 같지만, 개수(Piece System)일 경우는 1개만 무료이다. 구간마다 다르게 수하물 규정이 적용되므로, 초과수하물 요금이 발생하게 된다. 현장에서 많이 발생하는 문제다. 하지만 손님이 정확하게 확인하기 어렵다. 회사 정책으로 많은 부서가 위탁되었다. 정확한 안내를 받거나 도움을 받기도 어려운 상태가 되었다.

부산지점에서 수속했던 저가항공사는 세 곳이다. 부산(PUS)에서 칼리보(KLO)를 운항하는 D7(에어아시아 필리핀), 부산(PUS)에서 홍콩(HKG)을 운항하는 UO(홍콩익스프레스), 부산(PUS)에서 나트랑(CXR), 하노이(HAN)를 운항하는 VJ(비엣젯항공)이다. 드래곤항공(KA)은 캐세이퍼시픽(CX)과 합병되어 캐세이 드래곤항공으로 명칭이 변경되었다. 최근에는 홍콩익스프레스항공도 캐세이퍼시픽과 합병되었으나 명칭은 변경되지 않고 유지하고 있다. 합병에 합병했다. 자꾸 변하는 항공사 이름에 직원이 직접 방송을 할 때마다 헷갈렸다. 자기 항공사 이름을 잘못 방송하면 해당 항공사 직원의 따가운 눈초리도 감당해야 했다.

LCC 항공사들은 수하물 무게가 항공료에 포함되어 있지 않다. 항공사마다 규정이 다르다. 사전에 탑승하는 항공사 홈페이지를 방문해서 규정을 확인하는 것이 좋다. 대부분 규정을 알고 있다. 하지만 규정을 아예 모르거나, 잘못 이해해서 가지고 오는 경우 문제가 됐다. 항공권을 발권할 때 위탁 수하물 무게 포함 여부를 확인해야 한다. 사전에 요금을 내면, 현장에서보다 훨씬 저렴하게 이용할 수 있다. 공항 카운터에서 결제하면 요금은 비싸면서 무게는 적게 주어진다. 위탁 수하물은 32kg이 넘지 않도록 해야 한다. 대부분의 항공사에서는 수속이 불가하다. 가방을 분리할 것을 요청하고, 추가 비용이 발생하는 것은 손님 몫이다. 시스템의 자동화와 달리 수하물을 항공기로 이동하기 위해서는 수작업을 한다. 무거운 가방으로 인해 안전사고가 발생하는 것이 문제다. 항공사에서 32kg 넘는 가방을 허용하지 않는 이유다.

부산에서 칼리보로 여행하기 위해 외국인 여자 손님이 왔다. 칼리보를 떠나는 항공권을 보여달라고 했다. 노트북에 있다고 했다. 도착지 국가의 비자가 없으면, 자기 나라를 떠나서 여행을 계속한다는 것을 증명하기 위한 항공권이 필요하다. 수속할 때 적정한 서류가 없으면, 직원은 좌석 배정을 하지 못한다. 외국인 손님은 노트북에 저장되어 있다는 항공권을 찾지 못했다. 새로 사기로 했다. 그런데 현금도 카드도 없다고 했다. 자신의 컴퓨터에 내장된 카드만 있다고 하는데 작동이 되지 않았다. 큰 가방도 있었는데 32kg이었다. 위탁 수하물 요금도 내야 한다고 안내했다. 손님은 홈페이지에서 무료로 32kg까지 보낼 수 있다는 안내를 봤다고만 했다. 시간도 없는데 말이다. 갑자기 울기 시작했다. 가방 안에 물건을 뒤적이더니 책과 소지품 정도를 챙기고 다 버리겠다고 했다. 처음부터 도와주려고 했는데 아무것도 해결되지 않았다. 여정 확인서만 가지고 있었더라면 탑승할 수 있었다. 손님은 칼리보행 에어아시아 비행기에 탑승하지 못했다.

부산에서는 인천으로 가는 내항기가 있다. 내항기는 인천에서 출발하는 국제선 항공편을 탑승할 때만 이용할 수 있다. 인천에서 입국이 불가하다. 실수로 입국하면 당일에 출국하지 못한다. LCC 항공사들은 환승 카운터나 탑승구에서 좌석 배정을 할 수 없다. 이 말은 좌석 배정과 짐 연결이 불가하다는 것이다. 인천 출발 항공사가 LCC일 때에는 부산→인천 비행기에 탑승하지 못한다. 예외적으로 아시아나항공의 자회사 에어서울(RS)은 탑승이 가능하다.

지난 9월 초에 있었던 일이다. 러시아에서 온 단체 손님이었는데 부산→인천 OZ8534 편을 타고, 이스타항공으로 연결되는 손님이었다. 내항기 탑승이 불가하니 수속을 거절했고 손님은 대안을 제시해달라고 항의했다. 그러나 발권한 여행사에서 일 처리를 잘못한 것으로 재발행이 불가했다. 대안은 없었다. 국내선 항공권을 새로 사서 인천공항으로 가야 했다. 그럼에도 손님은 자꾸 도와달라는 말만 반복했다. 이유를 물었다. 알고 보니 인천공항에서 입국할 때 편의를 봐준 것이었다. 그러나 부산에서는 결정하지 못한다. LCC 수하물 연결이 불가하니 수하물 이동하는 직원이 수작업으로 옮겨야 할 것이다. 당연히 인천에서도 협조하지 않겠다고 했다. 인솔자에게 출발 편에 대해 여정을 변경하라고 안내했다는 것이 이유였다. 알겠다고 하고는 약속을 지키지 않았다. 결국 인솔자는 포기하고 인천공항으로 이동해야만 했다.

아시아나항공과 대한항공은 FSC(Full Service Carrier)이다. 항공기를 이용한 여행이 특별함에서 일상으로 이동하는 데 LCC 항공사들이 큰 역할을 했다. 세계적인 추세로 많은 저가항공사가 생기고 있는 환경에서 FSC가 살아남는 방법도 가격경쟁이다. 어떤 경우에는 동일 노선에서 LCC보다 낮은 요금의 항공권이 있을 때도 있다. FSC만의 서비스 경쟁력과 편안함과 쾌적함은 없다. 대형 항공사도 저가항공사처럼 선호 좌석에 대한 판매로 가격경쟁에 뛰어들고 있다. 아시아나가 조업하는 항공사 중에서 중국 국제항공(CA)이 맨 앞 열과 비상구 좌석 판매를 시작했다. 중국 남방항공(CZ)은 프리미엄 이코노미 좌석 판매를 했다. 일반석 요금에 일정 금액을 추가하면 편안한 좌석을 이용할 수 있다. 최근에는 타이항공(TG)조차 첫 열과 비상구 열 전체를 USD 50에 판매하기 시작했다. 물론 아시아나항공도 좌석이 넓은 비상구 좌석과 첫 열에서 네 번째 열까지 판매를 하고 있다. 라운지 이용과 가방 우선 탑재 서비스를 제공한다. 서비스는 기종에 따라 다르다. 유료 좌석을 선택할 때에는 서비스 내용을 자세하게 확인해볼 필요가 있다. FSC 항공사도 변화하는 시장 환경에 살아남으려니, 가격 위주로 방법을 모색한 것이다.

김해공항 공항공사에서 주최하는 에어포트 포럼에 참석했었다. LCC를 많이 유치하겠다는 발언에 격분했던 기억이 났다. 김해공항 국제선은 공간이 협소하여, 공용으로 카운터를 사용하고 있다. 그런데 저가항공을 계속 받겠다는 발표를 했다. FSC

항공사 입장에서는 탐탁하지 않았다. 카운터 배정은 일 년에 두 번 한다. 동계와 하계 때 항공기 운항 편수와 시간에 따라 배정을 한다. 항공기 운항 시간에 따라 공항공사 담당자가 카운터 배정을 계획한다. 항공사에 자료를 배포하고 협의가 필요한 경우 조율을 했다. 항공사 사이에 신경전이 오가는 때이다. 6개월마다 업무환경을 놓고 벌어지는 모습이다. 카운터를 이동하지 않고 안정되게 일할 수 있는 환경이 절실하게 필요하다.

우리나라에는 2004년 티웨이항공(TW, 한성항공 상호변경), 2005년 제주항공(7C), 2007년 이스타항공(ZE) 그리고 2008년 진에어(LJ)와 에어부산(BX)이 설립됐다. 최근 신문기사에서 제주항공 영업 순이익이 아시아나항공을 이겨서 2위 자리를 차지했다고 한다. 『인간을 탐구하는 수업』 책에서 외국의 저가항공 서비스를 소개하고 있다. '사우스웨스트항공(WN)과 제트블루항공(B6), 두 회사 모두 미국 국내선이 주요 노선인 저가항공사이지만 초우량 기업으로 유명한 항공사다. 서비스라고는 거의 기대하기 어려웠던 미국 국내선에 혁명을 일으켰다'라고 했다. 사우스웨스트항공 성공 사례는 FUN 경영으로 이미 유명하다. 제트블루항공은 '항공여행에 인간성을 되돌린다'는 슬로건으로 신뢰를 바탕으로 경영을 한다고 한다.

작년 이맘때쯤에 '신뢰'를 고민했었다. 회사도 지점도 위태로웠다. 상호 간에 신뢰라고는 없었다. 바닷가에 마른 모래알처럼 알알이 흩어졌다. 고민해서였을까? 교보문고에 갔을 때

두 권의 책을 들도 왔다. 『초격차』와 『신뢰의 힘』을 읽으며 회사가 무너질 수도 있겠다는 생각을 했다. 조직을 이끄는 데 중요한 요소인 신뢰가 사라져버렸기 때문이다. 특히 『신뢰의 힘』 저자는 미국 저가항공 제트블루항공 회장으로 신뢰의 중요성을 10가지 법칙으로 강조했다. 우리 조직은 그러한 신뢰의 문화가 구축되어 있지 않음을 알 수 있었다. 국내외 저가항공이 신뢰와 인간성 그리고 재미로 직원에게는 신뢰와 고객에게는 서비스를 제공하고 있다. 이런 환경 속에서 FSC 항공사가 살아남을 방법이 가격경쟁뿐인지 고민해봐야 할 것이다.

7. 청와대에서 날아온 노란 봉투

반으로 접혀 있는 노란색 대봉투. '뭐지? 이 봉투는?' 하고 생각했다. 우편함을 열고 꺼냈다. 봉투는 금딱지로 봉해져 있다. 봉황문양과 가운데 무궁화가 새겨져 있었다. 뒷면을 보니 '청와대'라고 한글과 영문으로 박혀 있었다. 서울 통의동 우체국. SEOUL KOREA. 아시아나항공 김정희 귀하로 적혀 있었다. 가슴이 철렁했다. 청와대에서 나한테 무슨 볼일이 있는 걸까? 자세히 보니 회사 이름이 적혀 있었다. 마음이 조금 진정됐다. 고급스러운 느낌이었다. 찢어지지 않게 스티커를 살짝 뜯었다. 한 장의 종이가 들어 있었다. 위쪽 가운데 스티커와 똑같은 문양이 금빛을 내고 있었다.

"김정희 님 안녕하십니까? 오는 10월 30일 항공의 날을 앞두고 김정희 님의 노고에 대해 감사의 마음을 전하고자 이렇게 서신을 보냅니다."

항공의 날을 맞아 항공사 직원에게 보내진 편지였다. 노고에 대해 감사의 마음을 전한다는 문구를 보니, 나라에 충성하고 공을 세운 군인이 된 기분이 들었다. 나의 노고를 알아준다고? 감사하다고? 머릿속은 새하얗게 변했다. 울지 않았으면 내가 아니다. 살다 보니 청와대에서 편지도 날아오네. 서신은 2001년 10월 25일. 내용은 인쇄되어 항공사에 근무하는 몇 명? 몇백 명에게 보내졌을 것이다. 하지만 나의 이름이 적혀 있는 편지는 오직 한 장, 나만의 것이다. 가보로 길이 남을 것이다. 93년도에 입사해서 8년을 근무한 시점이다. 10월 30일이 항공의 날이다. 아무 의미가 없던 날이 그 해는 아주 특별한 해가 되었다. 항공의 날 기념행사는 관심도 없었다. 사내 게시판에 기념 표창받은 직원이 아는 사람인지 아닌지 정도만 확인했다. 지방에서는 상을 받을 일도 없었다. 본사나 서울지역 근무자의 행사라고만 생각했다. 서신을 받고 한동안 감격했다. 어린 아들에게도 보여주며 자랑했다. 아이들도 엄마 훌륭하다고 했다. 편지 맨 밑에는 김대중이라고 적혀 있다.

정신을 차리고 보니 누가 추천했는지 궁금했다. 이런 일은 먼저 본사 담당자가 지점 관리자에게 연락해서 추천인을 받는다. 지점장님이나 관리과장님에게 전달됐을 것이다. 다음 날 출근할 때 서신을 가지고 갔다. 우리 지점에서는 나만 받았다. 아무도 받지 않았다고 하며 부러워했다. 다들 가보로 액자에 넣어서 보관하라고 했다. 동료 선후배도 열심히 하니까 이런 편지도 받는다고 말해줘서 고마웠다. 열심히 더 잘해야지 다짐했었다. 점점 뼛속까지 아시아나 사람이 되어갔다. 공개적인 칭찬을 받은 셈이다.

청와대에서는 항공의 날을 앞두고 항공업계 종사자의 노고에 감사한 마음을 보내기 위해 서신을 보냈다고 했다. 항공의 날은 1948년 10월 31일 대한국민항공사가 서울/부산을 민간항공기로 처음 취항한 날을 기념하기 위해서 정해졌다고 한다. 특히 청와대로부터 편지를 받았던 2001년에는 인천국제공항이 개항되었다(3월 29일). 인천국제공항은 개항하며 세계의 허브공항 역할을 하게 되었다. 자동 시스템으로 수하물이 분류된다는 사실이 놀라웠다. 접시 모양으로 날아다니면서 가방을 받는다고 했다. 접시가 수하물 꼬리표에 입력된 항공사를 찾아가는 것이다. 운항하는 비행기 번호와 일치하지 않으면 미분류로 처리된다고 했다. 이 외에 시스템 오류나 직원의 과실로 잘못 입력된 경우에도 정확하게 운반되지 않는다고 했다. 첨단화되고 대규모의 인천공항을 직접 확인하기 위해서 단체로 인천국제공항에 견학을 갔었다.

인천국제공항의 개항과 함께 내항기 노선이 생겼다. 부산과 제주, 지방에 거주하는 승객의 국제선 이용이 편리해졌다. 내항기가 운항하지 않을 때는 불편했다. 부산에서 김포공항 도착 후 인천공항으로 이동했다. 김포/인천은 리무진과 같은 육상교통을 이용하여 이동해야 했다. 아시아나의 경우에는 위탁 수하물이 최종적으로 연결되는 경우는 인천공항에서 첫 출발이 아시아나항공이고 국내선도 에어부산 공동운항 편이나 에어부산을 이용해야 한다. 리무진은 부산에서 구매하고 당사와 연계된 표를 샀다. 그러면 최종 목적지에서 가방을 받을 수 있었다. 하지만 2019년 7월 1일부로 국내선 수하물 연계 서비스가 리무진 회사의 적자로 전면 중단되었다. 김포공항에 도착한 가방들을 인천공항 출발하는 리무진에 옮겨 싣는 작업을 리무진 회사 직원이 했기 때문이다. 지방에서 인천으로 연결하는 시외버스와 기차가 생겼다. 이로 인해 이용객도 감소가 되었다.

부산에서는 2012년에 4월, 대한항공을 시작으로 내항기가 운항했다. 손님들이 제일 궁금해하는 것은 위탁 수하물 연결이다. 가방은 이동할 때 가지고 다니기 불편하다. 아시아나항공의 경우에는 인천공항 도착 후 연결하는 항공편의 시간이 짧지 않으면 부산에서 최종 목적지까지 수하물 연결서비스를 한다. 최소연결시간(MCT: Minimum Connection Time)은 항공기를 갈아타는 데 최소한 필요한 시간을 의미한다. 아시아나항공 연결일 때는 50분, 외국 항공사이고 같은 1터미널은 70분, 그리고 탑승동이나 2터미널에 있는 대한항공, 델타항공 등은 3시간 정도의 시간적 여유가 필요하다. 수하물이 안전하게 실리는 시간이다. 아시아나의 경우에는 터미널 1에서 2로 이동하는 손님이 계시면 연결시간이 부족함을 알려드린다. 손님의 좌석을 앞으로 배정하고 수하물도 빨리 이동할 수 있도록 우선하기 표를 붙인다. 연결시간이 많이 부족하면 처음부터 수속을 거절한다. 여정이나 날짜를 변경하도록 했다. 어느 정도 인천공항에서 협조가 되면 조치할 수 있다. 각 내용은 이용하는 항공사 직원의 안내를 받는 것이 좋다.

2011년은 9월 11일에 미국에서 참담한 테러가 일어난 해이기도 하다. 비행기가 높은 건물을 통과하는 장면은 보고 있으면서도 눈을 의심하게 했다. '저거 진짜 비행기 맞아?'라며 입을 벌린 채 두 눈만 껌벅였던 그때를 잊을 수가 없다. 많은 희생자를 낳은 사건이며 항공업계에는 '보안'이라는 키워드가 중요해졌다. 며칠 전 항공기 사고에 대한 미스터리 극장과 같은 프로그램을 보았는데 예전에는 총도 아무런 제재 없이 가지고 탈 수 있었다고 나왔다. 지금은 특정 서류 없이는 절대 불가한 일이다.

위탁 수하물 반입금지에 대한 안내는 매우 중요해졌다. 앵무새처럼 반복했다. '가방 안에 라이터, 보조 배터리, 전자담배 있으세요?'라고 안내를 한다. 해당 물품은 기내에 가지고 가도록 안내하고, '보안 질의'도 해야 했다. '직접 가방을 싸셨는지?/남한테 부탁받은 물건은 없는지?/잠시 어디에 둔 적은 없는지?'였다. 카운터 주위에 남아 있는 가방도 마음대로 이동하거나 열지 못한다. 냄새를 맡거나 맛을 보는 행위도 안 된다. 폭발물과 같은 위험 물품일 수도 있다. 공항 경찰대에 연락해서 전문요원들이 확인하고 조치를 취한다.

이처럼 9·11 테러 이후에는 항공에서 안전보안이 가장 우선한다. 위탁 수하물 지입금지 물품도 항공기 안전사고와 테러리스트들이 사용했던 물품과 관련된 것이다. 테러가 발생할 때마다 금지 물품이 됐다. 테러 관련 전화에 대한 응대도 매뉴얼도 있다. 김해공항에도 두 번 정도 협박 전화가 왔었다. 항공보안은 9·11 테러 이전과 이후로 확연히 달라졌다. 항공사 직원들의 업무도 보안이 확대되면서 손님께 안내할 내용이 많아졌다. 보조 배터리, 충천하는 배터리, 몇 개까지 되고, 습식? 건식? 눈에 보이지 않는 안전과 보안은 사람의 생명을 지키는 기본적인 일들로 가장 우선시되고 있다. 항공기 보안 업무는 수하물 개수가 시스템과 실제 맞는지 일치시키는 일에서 출발한다. 시스템에 수속 된 손님과 실제 탑승한 손님이 일치하는가? 위탁 수하물 개수는 일치하는가? 확인한다. 이 외에 여러 가지가 있지만 당장은 이 두 가지 일치가 중요하다. 불일치하면 항공기도 출발할 수 없고, 직원들은 지연을 줄이기 위해 빠르게 확인 작업을 했다. 전문용어로 '쥐 잡는다'라고 한다. 시스템이나 인적 실수인지를 찾아내고 일치가 되면, 항공기는 출발을 위해 문을 닫는다. 출국 직원의 워키토키 목소리가 반갑다.

"항공기 도어 클로즈(D/C: Door Close) 합니다."

새로움이 열리는 일과 항공기의 안전과 보안이 강화된 일을 겪었던 2001년 10월 30일 항공의 날. 청와대는 항공업계 종사자들에게 고마움을 표하고 싶어서 서신을 보내는 프로젝트를 한 모양이다. 운 좋게 내가 받게 되었고 그 글들을 마음에 새겼다. 대통령님이 나에게 읽어준 것같이. '수고와 헌신, 밤낮도 없이 공휴일과 명절도 없이 생활하고 있다는 것을 잘 알고 있다. 자부심으로 이 어려움을 극복하는 데, 다시 한번 힘써주시기 바란다. 가족 모두의 건강과 행복을 기원한다.'

지나친 의미 부여라고 할지 몰라도 한 장의 편지는 사명이라는 이름으로 행동하게 했다. 출근할 때 광안대교 위를 달린다. 바람이 얼마나 세게 부는지 핸들을 잡고 있어도 옆 차선으로 밀려났다. 여차해서 빗길이나 바람에 휩쓸리면 광안리 바다로 떨어진다. 두 손으로 꽉 잡은 채 광안대교를 달렸던 날들이 얼마나 많았던지 모른다. 흔들리는 다리 위, 빗속을 뚫고 나아갈 수 있었던 힘은 어디에서 나오는 것일까? '너의 노력에 감사하고, 어떻게 일하는 줄 알아'라고 말해주었던 한 장의 편지 덕분이라고 생각했다.

대한민국 대통령

김정희님 안녕하십니까?

오는 10월 30일 항공의 날을 앞두고 김정희님의 노고에 대해 감사의 마음을 전하고자 이렇게 서신을 보냅니다. 올해는 우리 항공업계 종사자는 물론 국민 모두에게 참으로 뜻깊은 해입니다. 바로 지난 3월 29일 인천국제공항의 새로운 역사가 시작된 해이기 때문입니다.

돌이켜보면 우리 항공산업의 역사는 반세기 전인 1948년으로 거슬러 올라갑니다. 서울/부산간 민간항공기가 처음으로 취항한 이래 지난해 우리나라의 항공산업은 여객부문 세계11위, 화물부문 세계3위로 성장하였습니다. 국가의 중요한 기반산업으로 자리잡은 것입니다.

이 모두가 김정희님을 비롯한 우리 항공업계 종사자 분들의 수고와 헌신의 결과라고 생각합니다. 그야말로 밤낮도 없이 공휴일과 명절도 없이 생활하고 있다는 것을 잘 알고 있습니다. 참으로 감사하고 치하해마지 않습니다.

더욱이, 지난달 발생한 미국 테러사태와 이에 따른 보복전쟁의 여파로 우리의 항공운송산업은 그 어느때 보다도 어려운 상황에 처해 있습니다. 이러한 때일수록 항공산업에 대한 김정희님의 자긍심과 부단한 노력이 절실히 필요하다고 생각합니다.

지난 반세기동안 우리나라 항공운송업계를 이끌어온 자부심으로 다시한번 어려움을 극복하는데 힘써주시기 바랍니다. 정부도 여러분을 도와서 우리나라를 21세기의 항공선진국으로 도약시키기 위해 더욱 노력하겠습니다.

다시한번 그 동안의 노고에 감사드리며, 김정희님과 가족 모두의 건강과 행복을 기원합니다.

2001년 10월 25일

대 통 령 김 대 중

2장

가슴 시린 나날들

1. 수술 동의서

아침에 눈을 뜨니 5시 30분이다. 부른 배를 부여잡고 정신없이 동서 고가를 내달렸다. 여섯 시 오 분 전 사무실에 겨우 도착해서 방송실로 걸어갔다. 국내선에서 근무할 때는 임신을 하면 방송실에서 근무했다. 방송실에서는 대한항공 직원과 같이 근무를 하고 공항 청사에서 듣게 되는 모든 방송을 했다. 항공기 출·도착 사인을 넣었다. 탑승수속, 탑승 방송, 손님 찾기, 분실물 보관 방송 등을 했다.

지각하지 않아 다행이라고 생각했다. 방송실 의자에 앉았는데 배가 자꾸 아팠다. 피가 나는 느낌이 나서 화장실에 갔다. 하혈이다. 임신 8개월째로 며칠 전 병원에 다녀왔었다. 갑자기 많아진 양수로 다음 주 검진 때에도 많으면 빼야 할 것 같다는 의사의 말을 듣고 왔었다. 겁이 덜컥 났다. 공항 병원에서는 산부인과에 가서 누워 있어야 하니 조퇴하라고 했다. 그러나 방송실 업무를 대신할 직원이 없어서 집에 가지 못했다. 선배는 하혈은 멈추었으니 참아보라고 했다. 같이 근무하던 대한항공 직원이 아시아나항공 방송을 대신해주었다.

하혈한 후 체력이 급속도로 떨어졌다. 나흘만 있으면 음력 설날이었다. 친정에 와 있었기 때문에 명절 준비로 집에 다녀와야 했다. 새벽에 잠을 자는데 일정한 간격으로 통증이 왔다. 두 번째 출산이라 자궁이 열리는 느낌을 알아챌 수 있었다. 골반이 벌어지고 아랫배가 묵직했다. 병원에 가야 했다. 남편을 깨웠다. 서둘러 옷을 입고 자모병원으로 갔다. 당직 의사는 지금 아기가 나오면 위험하다고 했다. 링거에 진통 억제 주사약을 넣었다. 진통이 조금 잦아드는 것 같았지만 이내 구토와 하혈이 시작되었다. 진통도 멈추지 않았다. 그렇게 이틀 밤을 보내고 삼 일째 새벽, 참는다는 것이 불가능했다. 폐가 아직 미완성인 팔삭둥이. 인큐베이터와 인공호흡기가 있는 병원을 수소문했다. 부산대 병원은 모두 사용 중이라고 했다. 초량에 있었던 성분도 병원에 인공호흡기가 있다고 했다. 성분도 병원은 소아청소년과로 유명한 병원이었다. 특히 신생아를 잘 보는 의사 선생님이 계셨다.

진통 억제 주사를 떼면 아기가 바로 나올 수 있다고 했다.

구급차에 의사와 간호사가 같이 탔다. 계속되는 진통에 정신을 잃지 않으려고 애를 썼다. 이동 중에 출산할 수 있다고 했는데 아기가 나오지 않았다. 시간이 갈수록 배 속에서 위로 올라가는 느낌이 들었다. 어느 순간 명치가 눌러지면서 숨을 쉴 수가 없었다. 간호사에게 이러다가 죽겠다고 했다. 의사가 나타나서는 뭔가를 잘랐다. 한자리에 있던 세 사람은 태아의 변으로 똥물이 된 양수를 뒤집어썼다.

태아는 위에서 아래로 미끄럼을 타듯이 흘러내렸다. 지금 나오면 안 된다고 참으라고 했다. 이 상황에서 참으면 딱 죽을 것 같았다. 그러나 태아가 위험하다는 말에 정신을 차리고 온몸에 힘을 주었다. 허벅지 안쪽에 힘을 넣고, 두 눈을 감았다. 몰아치는 숨을 참으며, 태아가 흘러내리지 않게 주먹을 꽉 쥐었다. 엄마가 꽉 붙들고 있으니, 제발 조금만 기다려 달라고 기도했다. 그렇게 도착한 분만실에서 모든 것은 일사천리로 진행되었고, 아기가 세상에 나왔다. 응급 신생아 담당 의사 선생님이 왔다. 아기를 데리고 나가기 직전, 손발이 10개고 정상인지를 물었다. 그렇다고 답해주며 빨리 나가셨다. 허둥지둥 나가는 뒷모습이 어렴풋이 기억났다. 정신을 차리고 보니 입원실이었다. 병실 천장이 눈에 들어왔다. '나는 살았구나' 하고 생각했었다.

막 태어난 작은아들의 몸무게는 2.65kg. 인큐베이터에는 들어가지 않아도 되었다. 인공 산소호흡기는 필요했다. 회진 온 의사 선생님이 나를 보더니 뭐가 그리 좋냐고 물었다.

"아기가 살 확률이 높아서 얼마나 다행인지 몰라요."
"산모 몸조리나 잘하세요. 피를 많이 흘렸어요."

그때는 몰랐다. 태어날 당시 살 가능성이 매우 낮았다는 사실을. 남편이 산모에게 진실을 말하지 않았다는 것은, 누가 말해주지 않아도 알아챘을 것이다. 그렇게 소중하고 힘겹게 만난 작은아이이다.

신생아 폐가 엉망이라고 했다. 간호사는 남편을 불러 매점에서 '신비의 묘약' 한 병을 사라고 했다. 현금 백만 원. 동물과 식물과 어디선가 좋다는 것은 모두 들어 있단다. 작은아이는 생명력이 강했다고 했다. 아주 심각한 상태였는데도 한 병으로 상태가 호전되었다. 보통 3~4병을 맞는데, 더 맞을 필요가 없었다. 한 달 반 정도 치료 후 퇴원을 했다.

19개월 차이 나는 큰아이와 함께 돌보는 것은 작은아이에게 무리가 되었다. 그렇게 작은아이는 일 년 정도 외갓집에서 지냈다. 시집가지 않은 이모가 누가 조산아인지도 모르게 키워냈다. 나의 엄마는 외손주를 끔찍이도 보살폈다. 팔순 증조할머니도 어린 생명체를 무릎에 놓고 놀아주셨다. 손등이 새까맣게 그을려 있고 턱이 세 개로 접힌 아기를 보자, 의사 선생님은 대단하다면서 엄지를 들고 '대단해, 대단해'라고 칭찬하셨다.

『마음도 번역이 되나요』라는 책이 있다. 다른 나라 말로 옮길 수 없는 세상의 낱말을 소개한다. 이탈리아어에는"COMMUOVERE[콤무오베레]"라는 낱말이 있다. 마음이 따뜻해지도록 감동받는다는 뜻으로 보통은 눈물이 뚝뚝 흐를 만큼 감동적인 이야기를 들었을 때 쓴단다. 이 말처럼 나는 아직도 둘째의 출산 이야기를 눈물 없이는 말하지 못한다. 20년이 지나도 얘기할 때마다 목이 잠긴다. 아직도 28살의 나를 생각하면 어떻게 그 시간을 견뎠는지 물어보고 싶다. 안아주고 싶다. 감동적인 사람의 이야기, 가슴 아픈 사람의 이야기다. 상처를 치료하지 않고 연고만 바르다가 딱지가 앉아버렸다. 그때 마음이 어땠는지는 물어보지도 않았다. 오랜 시간이 지났어도 여전히 뺨을 타고 눈물방울이 쏟아져 내렸다. 멈추기를 기대하지 않을 것이고, 그냥 내버려둘 것이다.

2. 돌고 돌아 졸업장

학교를 졸업하면서 바로 편입하고 싶었다. 목표는 있었지만, 구체적인 계획은 없었다. 하고 싶다는 생각만으로 부족했다. 취직 먼저 해야겠다는 생각을 했다. 틈틈이 편입 영어를 공부했다. 그러나 조기 취업으로 편입은 일단 보류했다. 나의 최대 취약점은 4년제 대학 졸업장이 없는 것이다. 친구들은 취직 좋은 데 했으면 그만이라고 했다. 가진 자의 거만함이라고 생각했다. 그러나 나는 동의할 수 없었다. 당시 금호그룹은 중국어와 한자를 중요하게 생각했다. 중국어를 잘하면 특채로 채용된다는 이야기를 들었다. 그래서 몇몇 선배들이 다니는 한국방송통신대학의 중어중문학과로 편입했다. 중국어 한 자도 모르면서 3학년에 들어갔다. 개강 전 과제가 많았다. 본문을 쓰고, 해석을 적어야 했다. 중국어학원을 등록하고 글자부터 익혔다. 학원에서는 발음 익히기에는 영웅본색[英雄本色, yīng(1성) xióng(2성) běn(3성) sè(4성)]이 '딱'이라고 했다.

중앙대 중문과를 졸업한 선배의 도움을 받아 과제를 했다. 과제를 하는 동안에 기본을 좀 더 익힐 수 있는 시간이 되었다. 뚝섬에 있던 방통대에 출석 수업을 다녀오고 학교에 가지 않았다. 학생들이 많았다. 연령대가 다양했다. 22살짜리 눈에는 뭐가 보였을까? 많은 과제를 하고, 순서대로 읽고 해석하는 것도 해냈는데 포기했다. 오빠한테 그냥 가기 싫다고 신경질만 냈다.

공부도 공부지만 대학교 생활이 더 하고 싶었다. 텔레비전에 나오는 그런 모습의 대학 생활을 하고 싶었던 모양이다.

새 학기가 시작되는 봄에 송정 바닷가에는 MT 온 대학생들이 많다. 학생들을 볼 때마다 부러웠다. 남편과 산책하다가 송정 민박집을 지날 때면 특히 그랬다. 고기 굽는 냄새, 369게임 하는 모습, 삼색 슬리퍼를 신고 삼삼오오 거리를 걷는 모습. 바닷가 모래사장에서 공놀이하는 모습을 보면 "나도 끼워줘"라고 말하고 싶었다.

남편은 부러움에 가득 찬 나의 눈을 가리며 빨리 가자고 재촉했다. 하나도 재미없고 술만 먹는다고. 허무하게 방통대를 중단한 후에 부산에 내려왔다. 공항에 적응한다고 다른 생각을 할 겨를이 없었다. 결혼도 빨리하게 되었고, 임신도 바로 했다. 계획한 것은 아니지만 생기면 낳기로만 했었다. 임신한 사실은 동의대 정치외교학과에 편입 합격을 한 후였다. 학업을 계속하는 것에 동의하지 않았다. 합격해서 다니겠다고 했지만, 정외과를 나와서 뭘 하려고 그러냐고 했다. 배우고 싶었다고 했다. 국문과, 신방과, 정외과 그리고 사회학과 중에서 가고 싶었기 때문에 정외과를 선택했었다. 동의대가 학교와 회사 중간 거리에 있었기 때문에 병행할 수 있다고 생각했다. 하지만 설득하지 못했다. 등록도 하지 못하고 좌절되었다. 입덧도 심해서 그만두길 잘했다는 소리를 들었다.

세월이 지나도 학위에 대한 미련은 사라지지 않았다. 틈틈이 책을 읽고 사는 일로 만족하지 못했다. 회사도, 가정도, 자식도 뭐 하나 수월한 것이 없었다. 엄마의 기도가 없어서 자식들이 힘든 것은 아닌지 고민했다. 때로는 아이들 방문 앞에서 엎드려 참회 기도도 했었다. 종교가 절실히 필요할 때는 불교식으로 도움을 요청했다. 종교를 믿지 않고 자식을 위해 어떻게 기도할까 생각했었다. 큰아들이 고3이 되었다. 계속 쳐다보고 있으면 잔소리를 할 것이고 서로 마음만 상할 것 같았다. 방법을 찾아야 했다. 책 제목은 기억이 나지 않지만, 책 읽는 일도 기도를 하는 것과 같다고 했다. 책을 정성을 다해 읽었고, 헌납은 책값으로 대신했다. 불안한 마음이 조금씩 편해졌다. 그리고 지금이 대학 공부를 시작하는 좋은 시기가 아닐까 생각했다.

먼저 퇴사한 후배가 고려사이버대학교 영문과로 공부를 해서 학생을 가르치는 일을 한다는 소식을 들었다. 오프라인 수업을 가는 것보다 주부나 직장인이 공부하기에 편리했다. 온라인 수업의 장점이다. 시간에 구애받지 않고 활용할 수 있었다. 관심이 생겨서 찾아보고 학교와 학과를 결정했다. 학과는 관광계열로 찾아보았다. 학교는 한양사이버대나 경희사이버대 중에서 선택하려고 했다. 두 학교 모두 아시아나항공 예약과 출신 선배가 교수진에 소개되어 있었다. 내심 부러웠다.

경희사이버대학교에 관광·레저 항공경영학과 3학년으로 편입을 결정했다. 조기 취업으로 배운 것이 거의 없었는데 수업이 너무 좋았다. 교양수업도 좋았다. 3학년 1학기를 마치고 복수전공을 생각했다. 상담심리학과로 복수전공을 결정하고 학점을 맞춰나갔다. 공부 자체로 너무 흥미롭고 새로운 세계였다. 학교에서 어떤 과목을 가르치는가에 대한 정보도 얻었다. 실습생이 오면 수업 전에 물어봤었다. "학교에서 나라별 규정도 배우죠?", "3 Letter code 정도는 몇 개나 알고 있어요?" 답변에 따라 수업내용을 가늠할 수 있었다.

학교에 입학하고 5월에 조교에게서 연락이 왔다. 교수님을 뵈러 오라고 했다. 뵙고도 싶었다. 김포공항에서 내려 지하철을 타고 경희대학교에 도착했다. 윤병국 교수님을 찾아갔다. 교수님은 지난 9월에 '국민 여가 관광진흥회 이사장'으로 선임되셨다. 경희사이버대학교 대학원은 아시아나항공과 협력체결이 되어 있었다. 좋은 말씀도 많이 해주셨다. 대학원은 꼭 일반대학원에서 배우라고도 하셨다. 대학원 등록금이 비쌌다. 어떤 목적이 생겨서 필요하면 다닐지 몰라도 확신이 서지 않았다. 그저 웃으면서 '네'라고 대답했다. 점심을 학교식당에서 사주셨다. 젊은 분위기가 좋았다. 심장이 끓어서 견딜 수 없었다. 식사 후에는 그냥 집에 가지 말고, 도서관이랑 학교를 둘러보고 가라고 하셨다. 인증 사진을 보내라고 하셨다. 경희대 도서관을 이용할 수 있는 학생이 되었다.

학과 과목 중에 코칭 수업이 있었다. 배우 김지석의 아버지로 김온양 교수님이셨다. 배우자분도 50세에 대학원에 진학해서 교수가 되었다고 했다. 배움에는 때가 없다고 했다. 상담심리학은 심적으로 힘든 시기를 보낼 때였다. 교수님께 도움을 받았다. 메일로 상담도 해주셨다. 이야기 치료라는 과목에 흠뻑 빠졌다. 이야기 자체에 관심을 가지는 계기가 되었다. 기말시험은 3문제로 상황을 주고 이야기 치료 관점에서 대화 내용을 작성해야 했다. 최대한 성실하게 답변을 작성하려고 했다. 성적은 B 정도면 잘했다고 생각했는데 A+를 받았다. 교수님께 제대로 채점하신 것이 맞는지 확인하고 싶었지만 참았다. 아름다운 마무리를 위해서였다.

여전히 사회는 학벌을 요구한다. 학력을 파괴하는 분야도 있다고 하지만 실제로 그런지는 모르겠다. 기업이나 기관에서는 강사 조건을 제한했다. 석사 이상, 논문작성 가능한 대표 강사. 학교 수업에도 대졸 이상으로 명시되어 있었다. 이런 현실에서 대학원 진학을 고려해야 했다. 대학조차 기・승・전 취업을 위해서 진학을 하고, 직장은 안정적인 공무원을 선호한다. 한편 자신이 선택한 길에서 대학이 필요 없다고 생각하면 과감히 진학하지 않는 경우도 볼 수 있다.

중요한 것은 배움에 대한 자세를 유지하는 것이다. 분류와 편집 그리고 검색에 유용하다는 에버노트, 유튜브 영상작업을 위해 필요한 앱과 도구들, 손 마인드맵과 씽크와이즈, PPT, 어학 공부(영어, 중국어, 이탈리아어), 스토리텔링은 계속 배우고 익혀야 할 성장 도구이다. 그 중심에 독서와 독서모임 그리고 꾸준한 글쓰기가 있다. 앞으로 어떤 분야에 관심이 생기든 배움에 대한 열정은 지속할 것이다.

3. 눈물이 뚝뚝

대한민국에서 워킹 맘으로 살아가기 힘들다는 것은 점점 낮아지는 출산율을 보면 알 수 있다. 1996년 4월 5일 결혼을 했고, 두 번의 출산을 했다. 내 나이 26살과 28살이다. 세상 물정도 모르고 살았다. 인생의 큰 전환점이다. 여자에서 엄마가 되었다. 엄마로 살아가기 위해 책을 통해 준비했다. 출산에 관한 책을 샀다. 출산 준비부터 출산한 후, 돌보는 방법까지 상세하게 적혀 있었다. 태교를 위해서 모차르트 테이프와 CD를 들으면서 출퇴근을 했다. 수학이 약했던 학창 시절을 떠올리며 EBS 중학 수학을 시청했다. 이유식 만드는 책도, 『삐뽀삐뽀119』라는 육아서도 미리 사서 읽었다. 아플 때 당황하지 않도록 최대한 처치 방법을 외우려고 했다.

아이들을 키우면서 책에 대한 재미를 알게 해주고 싶었다. 육아와 교육에 대한 철학이다. 책과 함께 교구 수업을 추구했기 때문에 영유아기 교육에는 '몬테소리 교구'가 눈에 띄었고,

'교원전집'을 통해 다양한 분야의 책을 접할 수 있게 했다. 교구와 전집 비용이 만만치가 않았다. 교구는 지로로 10회 나누어 냈고, 카드 무이자 할부가 될 때 전집을 샀다. 자녀 성장 투자비가 많이 들수록 엄마의 옷장은 초라했다. 유니폼을 입는 직장이라 다행이었다. 책과 함께 다양한 경험을 할 수 있게 해주고 싶었다. 직장인 엄마로 정보가 부족한 부분은 '잠수네 커가는 아이들' 사이트에서 얻었다. 학습과 유용한 책 정보 그리고 체험 등 다양한 정보를 얻었다. 직장에서는 알게 된 정보를 후배에게 알려주었다. 자연스럽게 정보가 많고, 공부에 열성인 엄마로 소문이 났다. 큰아들이 뮤지컬과 진학을 위해 연기학원에 다닌다는 소문이 났을 때는, 공부로 유난스러웠던 사람이 허락했다는 사실에 더 놀랐었다고 했다.

본사 교육 기간 중 '입시 설명회'가 있었다. 유명한 컨설팅 대표로 상담만 해주는 데도 비용이 비싼 학원이라고 했다. 학부모들은 SKY를 포함한 하늘 아래 11개 대학만 대학인 줄 안다고 했다. 예체능 진학에 관련된 내용은 없었다. 다만 자녀가 챙겨도 실수가 있을 수 있으니, 엄마의 재확인이 꼭 필요하다고 알려주었다. 학원에서 알아서 잘 해주는 법은 거의 없다고도 했다. 실기시험을 치는 과는 특히, 명심해야 한다고 강조해서 말했었다. 절대 놓치지 않으리라 다짐했었다.

김해공항의 시월은 안개로 인해 항공기가 비정상으로 많이 운항했다. 안개가 발생하면 저시정으로 시야가 확보되지 않아 착륙이 주로 제한되고 심하면 이착륙이 불가하다. 아침이 밝아오면 걷히기는 한다. 빠르면 7시 정도에 개지만, 예보가 9시가 넘어갈 경우가 많았다. 이렇게 되면 최초 날씨로 인한 항공기 연결 관계로 줄줄이 지연된다. 어떤 항공편은 연결 지연을 막기 위해 불가피하게 결항을 시키기도 한다. 그렇지 않으면 전편이 장시간 지연되어 더 큰 문제가 발생하게 된다. 운항 담당 부서에서 전체 스케줄을 확인하고 정리를 한다. 이면에는 각 공항에서는 결항하는 비행기가 발생하지 않도록 강력하게 요청하기도 했다. 운항과 신경전을 벌이면서 최악의 상황을 막아야 했다.

2015년 10월에 안개로 인해 항공기가 비정상으로 운항했었다. 전세기로 운항 중이던 하얼빈(HRB)행 항공기를 결항시켰다. 전세기는 일정 시기에 단체성으로 운영하는데, 대부분 중국 현지인 단체였다. 지점에서는 결항하지 말라고 강력하게 요청했는데, 항공기 연결로 어쩔 수 없다고 했다. 최초 지연이나 결항 사유가 날씨로 인한 것은 천재지변에 속한다. 본사에서는 중국 손님에 대한 호텔 제공을 해줄 수 없다고 했다. 손님들은 좌석 배정을 완료하고, 출국장에서 대기 하고 있었다. 결항이 되니 난리가 났다. 중국인 가이드는 호텔 제공을 요구했다. 의사소통도 어려웠다. 한국 가이드와 연락을 취했다. 합의점을 찾고 정리를 해야 하는 상황이다. 여행사에서는 대형버스로 운송비를 부담하겠다고 했고, 항공사에서는 호텔을 제공해달라고 했다. 본사에서는 아무것도 제공하지 못한다고 했다. 호텔이 해결되지 않으면 아무것도 진행할 수 없었다. 난동으로 분위기가 흘렀다. 지점에서 거듭 요청하여 밤 10시가 넘은 시간에 승인이 되었다. 지칠 대로 지친 중국인 손님들은 호텔로 이동하는 것도 싫다고 했다. 공항 경찰대와 함께 아무리 설득해도 출국장에서 나가지 않았다. 김해공항은 군 공항이고 24시간 운영하지 않기 때문에 손님들이 공항 청사에 있을 수가 없었다. 꼼작도 하지 않는 중국 손님을 억지로 이동시킬 수도 없었다. 새벽 한 시가 넘었다. 20명 정도 남았다. 공항공사와 경찰대에서 손님을 보호해주기로 했다. 내일 새벽 출근이다. 공항에서 보호한다고 하니 퇴근하기로 했다. 새벽 두 시다. 지금 퇴근해서 다섯 시까지 다시 공항에 와서 일해야 한다. 어제 못 간 하얼빈 손님들을 수속했다. 한국인 가이드들이 고생했다며 말을 건넸다. 중국 손님도 감사하다고, 수고했다고 말해주면서 카운터를 떠났다. 이런 말에 또 힘을 내서 일했다.

사건이 있던 날, 그다음 날은 큰아들 수시시험이 있었고 나는 아들과 서울행 새벽 기차를 타야 했다. 몸 상태가 완전히 엉망이었다. 이런 일을 한 번씩 겪을 때마다 탈진이 됐다. 간혹 발생하는 상황이지만 정신과 몸은 항상 최악이었다. 퇴근 후 몇 시간 잠을 잤다고 생각했는데, 밤 10시다. 여섯 시간을 깨지 않고 잤다. 신발을 벗고 들어서는 아들에게 수험번호는 잘 확인한 것이 맞냐고 누워서 물었다. 확실하게 확인했다고 했다. 그 말이

꿈결같이 들렸고, 그냥 찰떡같이 믿고 잠자리에 들었다.

서울역에서 내려 한국예술종합학교로 향했다. 시험시간보다 조금 일찍 도착해서 목을 푼 후 시험장으로 이동했다. 수험표를 들고 시험장에 입장한 아들을 보고 돌아서는데 한 여학생이 울고 있었다. 순간 가슴이 철렁했다. 뒤를 돌아보니 아들이 고개를 숙인 채 나오는 것이다. 여학생과 마찬가지로 접수번호를 보고 실기시험 시간을 확인한 것이다. 목구멍이 타들어 갔다. 진학을 위한 첫 시험을 보는 학교에서 이런 일이 생기다니 믿을 수가 없었다. 학원 선생님이 아들과 스타일이 가장 맞을 것 같은 학교라고 했었다. 한예종은 누구나 가고 싶어 하는 학교이기 때문에 상황을 받아들이기 어려웠다. 지하철에서 내려 웃으면서 택시를 타고 왔던 그 길을 땅만 보고 빠르게 걸었다. 머릿속은 이틀 전 항공기 비정상이 발생했던 때로 시간이 흘러갔다. 원망의 화살이 그날로 향했다. 내가 죽고 싶었다.

아들은 엄마 뒤를 따르며 죄송하다는 말을 반복했다. 그 소리가 메아리처럼 울리면서 내 가슴을 쳤다. 완벽하다, 일 잘한다, 손님한테 잘한다는 소리를 들으면 뭐 하냐 말이다. 대학시험이라는 큰일을 치르는 아들 수험표 하나 피곤하다고 확인하지 않았으면서 말이다. 자녀 말 믿지 말고 꼭 확인해야 한다는 말을 입시전문가한테 들었으면서 말이다. 이렇게 된 것은 내 책임이다. 엄마 노릇을 하지 못한 나를 때려 부수고 싶었다. 서울역까지 오는 지하철 안에서도 쏟아지는 분노는 주체할 수 없었다. 아들 감정이 어떨지는 돌아볼 수 없었다. 감기에 걸려 있었다. 마스크 사이로 꺽꺽 소리가 세어 났다. 유리창으로 비치는 얼굴은 일그러지고 눈은 퉁퉁 부어 있었다. 옆에서 아무 말 않고 서 있는 아들이 보였다. 외면했다. 서울역에 도착해서야 아들의 손을 잡았다.

"괜찮다."

겨우 토해낸 한마디였다. 햄버거 가게에 들어갔다. 자리에 앉고 아들을 쳐다보니 입술이 하얗게 말랐다. 주름진 입술 사이에 피가 맺혀 있었다. 아무 말 없이 먹고 난 후 털어버리자고 했다. 우리 둘만의 비밀로 가슴에 묻자고 했다. 남편도 가슴이 아플 테니 둘 다 괴로워할 필요는 없다고 생각했다. 준비 기간이 짧았기에 불합격이 당연하다고 말했다. 그땐 차라리 속 편하다고 생각했다. 마음의 병이 되는 줄도 모르고 말이다.

『100인의 배우, 우리 문학을 읽다』라는 오디오북을 들으면서 출퇴근을 하던 때이다. 새벽 4시 30분쯤 되었을까? 자동차 앞면 유리창에 울면서 엄마 뒤를 따라오는 아들이 보였다.

"진수의 얼굴에는 어느 결에 눈물이 꾀죄죄하게 흘러 있었다./진수는 입술에 내려와 묻는 짭짭한 것을 혀끝으로 날름 핥

아 버리면서, 절름절름 아버지의 뒤를 따랐다."(『수난이대』 중)

아들은 아무 말 없이 앞서 걸어가던 엄마를 보면서 무슨 생각을 했을까? 자기 잘못이라고 울면서 따라오고 있었을까? 만도와 진수의 상처는 자신의 잘못이 아닌데도 서로 상처를 견디며 살아야 한다. 자신의 실수로 시험을 보지 못한 아들의 후회와 챙겨주지 못한 엄마의 아픔을 서로 위로해야 했다. 엄마는 자신을 용서하지 못했다. 상처가 너무 컸다. 지나간 일이지만 회사를 떠나고 싶었던 큰 사건 중의 하나다.

오랜 시간이 지난 지금도 그날의 기억이 스치기만 해도 아프다. 눈물을 훔쳐 닦아야 했다. 한 모금 물도 마셔야 했다. 지금도 뜨거워진 눈을 감싸고 잠시 숨을 골랐다. 큰아이 첫 대학 실기시험 치던 날, 한마디도 없이 무섭게 걸어가던 내 모습. 작은아이 출산과 관련된 날들, 손가락 발가락 10개인지 물어보고 정신 줄을 놓던 내 모습. 나를 감당했던 것은 '눈'이었다. 운전하면서 소리 내어 울었다. 차에서 내리면 아무렇지 않은 척했다. 몸은 스트레스를 저항했다. 내 몸은 종합병원이 되어갔다.

4. 황반변성, 실명이라고?

'중심성 망막염'은 흔한 질병이라고 한다. 영화배우 김수로에게도 찾아왔다고 한다. 영화 '흡혈형사 나도열(2006년 2월 개봉)'을 찍을 당시 특수분장 렌즈를 착용했다고 했던 그는 갑자기 물체가 겹쳐 보이는 증세로 안과를 찾았는데, 원인은 피로와 스트레스였다. 증상은 시력이 떨어지고 직선인 물체가 굽어 보이고 동그란 점이 생겼다고 했다. 이 기사는 2011년쯤에 김수로가 한 프로에 나와서 이야기를 해서 알게 됐다. 어떤 기사에는 '실명'이라는 제목으로 실렸던 것으로 기억한다.

2000년 9월, 눈에 이상이 생겼다. 3월에 라식수술을 하고 6개월 정도 지난 때이다. 추석 연휴 때 설거지를 하는데 창문으로 보이는 아파트가 휘어져 보였다. 라식을 한 병원에 찾아가서 후유증이 아니냐고 했다. 라식은 각막이고 예상되는 병은 망막이라고 했다. 큰 병원에 가서 검사를 받아보라고 했다. 작은아이 출산 후 망막아세포종 검사를 위해 한 달에 한 번 성분도 병원 안과에 갔다. 성분도 병원에서 약물을 투입 후 몇백 장의 사진을 찍는 검사를 했다. 병명은 중심성 망막염. 담당 의사는 부산대학병원을 추천해주었다. 모교 병원으로 추천서를 써줄 수 있다고 당장 가보라고 했다. 의사 파업 중으로 추천서가 있어도 초진은 접수가 불가하다고 거절했다. 여기저기 전화해서 도움을 요청했다. 어렵게 인제대학교 백병원에서 검진을 받을 수 있었다.

백병원 안과를 찾아갔다. 직선이 곡선으로 보이고 시야 중심에 동그란 점이 생겨서 시력을 측정할 수 없었다. 한마디로 안 보였다. 오른쪽 눈이 정상이라서 보는 데는 문제가 없지만 초점과 시력이 맞지 않아 어지럼증과 두통이 있었다. 안과 병동에 도착하니 시력을 잃은 사람들이 많았다. 두려웠다. 시력을 잃을 수도 있다는 사실을 받아들일 수가 없었다. 담당 교수는 최근에 심하게 충격 받은 일이 있었냐고 물었다. 과로나 스트레스를 많이 받는지도 질문했다. 두 아들을 둔 일하는 엄마라고 했다. 항공회사에서 하는 일이 뭔지 물어서 공항 카운터에서 일한다고 했다. “혈관에도 문제가 없고 30대 초반의 젊은 여자가 중심성 망막염이라니”라고 의사는 중얼거렸다. 그리고 “무의식중으로 받는 충격도 있으니 심신을 편안하게 가져보세요”라고 했었다. 중심성 망막염은 40대 중반의 중증 당뇨병 환자가 합병증이 눈으로 올 때 걸리는 병이라고 했다. 약을 처방받고 6개월 정도 병원에 다녔더니 괜찮아졌다. 이 병으로 인해 한 가지 버릇이 생겼다. 한쪽 눈을 가린 후 직선이 곡선으로 보이는지 확인했다. 엑셀 시트가 물결치거나 희미해 보이면 당장 병원에 가야 했다.

눈은 피곤하거나 심적으로 힘들 때면 어김없이 염증으로 시달렸다. 동네 안과병원을 들락거리며 안구건조증 치료와 염증이 심한 왼쪽 눈 치료를 받았다. 아침에 일어나니 왼쪽 눈이 결막염에 걸린 것처럼 충혈되었다. 출근해서 타이항공 수속을 하는데, 볼거리 하는 것처럼 눈 주위가 퉁퉁 부어올랐다. 조퇴하고 안과를 갔더니 염증이 많아서 그런 것 같다고 하며 치료를 받았다. 한숨 푹 자고 나니 괜찮아진 것 같은데 눈 속에서 실오라기 같은 것이 날아다녔다. 비문증 같기도 하지만 또 망막에 고장이 난 것 같았다. 해운대 백병원 안과에 갔다. 시력이 떨어지지 않고 결손이 생기지 않아서 일단 지켜보자고 했다. 망막 사진을 보니 출혈이 있었던 흔적은 있는데 검사를 해보자고 했다. 일 년 정도 한 달에 한 번 검사만 했다. 별말 없이 괜찮다, 또 괜찮다 소리만 듣고 병원비를 냈었다.

일 년 후 운전을 하는데 초점이 맞지 않고 동그란 점이 시야를 가렸다. 한쪽씩 눈을 가려보니 확실히 왼쪽 시력이 떨어졌다. 동네 안과에 찾아가서 부산에서 망막을 잘 보는 의사 선생님을 추천해달라고 했다. 부산성모병원에 윤희성 교수님을 추천해주었다. 교수님은 왼쪽 눈에 주사를 맞아보자고 하셨다. 아바스틴이라는 약물로 한 병에 서너 명이 맞을 수 있다. 매주 목요일은 눈 주사 맞는 환자들이 모였다. 주사 맞을 시간을 예약하고 왔다. 약국에서 일주일 동안 넣을 안약을 처방받았다. 어떻게 주사를 하는지 궁금해하면서 일주일이 지났다.

살다 보니 눈에 주사를 맞는 날이 왔다. 3층 망막센터에 도착하니 이름표를 준다. 이름표에는 왼쪽 눈 아바스틴, 나이, 이름이 적혀 있었다. 이름표를 달았다. 황반변성은 노화의 일종이지만 시력을 잃는 병이다. 황반변성은 눈 안쪽 망막 중심부에 있는 황반부에 변화가 생겨 시력장애가 생기는 질환이다. 대부분 70세 정도의 어르신들이 많았는데 모두 어쩌다 젊은 나이에 이런 몹쓸 병에 걸렸냐고 안타까워하셨다. 어떤 분은 "안경도 안 썼네, 아직은 괜찮은가 봐? 젊어 좋아"라고 하셨지만 웃을 수 없었다. 모두 두 번 이상 주사를 맞으셨다며 경험담을 풀어놓는다. 머리에는 비닐 모자를 쓰고 있었다.

주사를 맞기 전 빨간약으로 눈 주위 전체를 소독했고 안약으로 마취를 했다. 치과 의자 같은 곳에 누워 왼쪽 눈만 보이게 한 후 기다란 주사로 흰자위를 찔렀다. 눈이 엉덩이가 되었다. 뾰족한 바늘이 눈앞에서 찌를 곳을 찾고 있었다. 엉덩이에 바늘이 들어가는 느낌과 같았다. 주사기를 눌러서 약이 투입될 때는 머리통이 터지는 줄 알았다. 라식을 받을 때도 각막을 고정하는 장치가 눈알을 누를 때 아팠다. 그런 느낌의 수천 배나 되는 압력이 눈을 통해 뇌로 전달되었다. 머리 뚜껑이 날아갈 것 같았다. 누워졌던 의자가 올라왔다. 의자에서 일어나는데 눈알이 풍선이 되는 느낌이 들었다. 그냥 아무렇지 않게 걸어 나왔지만 아팠다. 저녁도 먹지 않고 계속 누워 있었다. 익숙하지 않은 통증은 밤새 잠을 설치게 했다. 다음 날은 염증이 생기지 않았는지 확인하기 위해 아침 일찍 병원에 갔다. 그렇게 두 번 주사를 맞았다. 신생혈관이 자라지 않았다. 시야에 보이는 동그란 점은 영양 공급을 받지 못하는 혈관에서 새로운 혈관이 자라서 시야를 막는 것이라고 했다. 루테인도 열심히 챙겨 먹었다.

중심성 망막염을 진단받았던 날이 생각났다. 병원에 다녀온 후 혼자 울다가 어린 아들을 목욕시키기 위해 욕실에 물을 받아두었다. 작은아이는 욕조에 있고 큰아이가 장난을 친다고 욕실 불을 껐다. 순간 눈앞이 캄캄해졌다. 잔상의 빛으로 감은 눈앞에 형제의 윤곽이 그려졌다. 시력을 잃고 나면 이렇게라도 볼 수 있을까? 버티고 서 있던 다리에 힘이 잔뜩 들어갔다. 불을 켜달라고 말할 수 없었다. 두 녀석을 부둥켜안고 가만히 있었다. 그 정도로 실명이 된다는 말은 충격이었다. 말로 표현할 수 없는 두려움이었다.

고민했다. 볼 수 있을 때 많이 볼 것이냐? 아니면 무조건 조심하고 그냥 눈을 감고 있어야 할까? 우는 것은 아무 의미가 없었다. 그때 즐겨 보는 TV 프로그램이 웃음을 줬다. tvN에서 방송한 '비밀 독서단'이었다. '재미와 의미', 좌절보다는 재미와 의미를 찾아보자고 생각했다. 마음을 바꾸니 행동이 달라졌다. 볼 수 있을 때 보자고 결론을 짓고 책을 무작위로 사들였다. 한 달에 20~30만 원은 책을 사는 데 지출되었다. 마음에 들고 읽고 싶다는 생각이 조금이라도 드는 책은 무조건 장바구니에 담고 결제했다. 미친것처럼 보였다. 아무도 말리지는 못했다. 아프니까. 충격이니까. 혼자 충족이 될 때까지 내버려두었다. 모두 기다려주었다. 어느 날은 점자를 배워야겠다고 생각했다. 검색하고 있는데 남편이 봤다. 기가 막힌다며 말을 잇지 못했다. 이제 그만 좀 하라는 짧은 말을 던지고 나가버렸다.

2015년에는 회사에서 봉사활동으로 시각장애인을 위한 점자책을 만드는 작업을 했다. 몇 권의 책을 직원들과 나누어서 형식에 맞추어 타자했다. 책도 읽고 점자책 만드는 일에 참여해서 좋았다. 기도하는 마음으로 했고, 시각장애인에게 즐거움을 줄 수 있다는 생각에 감사했다.

빛을 잃어간다는 전제가 깔린 생활은 썩 달갑지 않다. 아주 가끔은 잊고 있지만, '언젠가 그때가 오면 어떻게 해야 하나?' 라는 생각은 지금도 어쩌지 못한다. 한강 작가의 『희랍어 시간』은 시력을 잃는다는 사실이 받아들여지지 않을 때 만났다. 말을 잃어가는 한 여자의 침묵과 시력을 잃어가는 한 남자의 빛이 만나는 이야기로 진행된다. 눈과 말을 잃는다는 조건이 나와 같았다. 시력을 잃어간다는 것은 말도 함께 더뎌졌다. 어느 순간부터 바로 대답하지 않는 버릇이 생겼다. 답을 할 수가 없었다. 눈과 함께 말을 잃어가고 있었다. 돌파구가 필요했다. 좋아하는 책을 통해 다시 힘을 낼 수 있는 시간이 필요했다.

누구나 저마다의 아픔과 병을 안고 살아간다는 사실을 알게 되었다. 시각장애인 총신대 총장이 '아침마당'에 출연한 것을 보았다. 살면서 힘들지 않고 시련이 없는 사람이 어디 있을까? 어떻게 상황을 받아들이고 결정할 것인가 하는 것은 오직 자신만이 할 수 있었다. 사람은 변할 수 있지만, 조건이 있다. 자신이 변화하고자 할 때만 변화하고 성장할 수 있다는 것이다. 일찍 찾아온 노화 현상으로 받아들였다. 오늘도 책을 마음껏 읽고, 사고, 쓰는 삶의 환경 속에서 황반변성 환자임을 잊고 살아가기로 했다.

5. 가족입니다

"엄마, 국수 먹으러 갈까?"

"나는 국수 싫어해. 천 원이라도 아끼려고 국수 먹은 거야. 밥은 천 원 비쌌어."

뜻밖의 답변에 한 걸음 주춤거리며 내디뎠다. 핑그르르 떨어지는 것이 느껴져 얼른 고개를 돌렸다. 돈이 없어 삼 남매 대학공부 못 시킬까 봐서 제일 걱정이셨다. 한 푼이라도 아끼기 위해 밥보다 국수를 드셨다. 우리 집에는 오래된 찻숟가락과 불투명하고 가장자리로 꽃무늬가 있는 접시가 있다. 쌀은 몇 가마씩 놓고 먹었고 카스텔라를 만드는 기계도 있었다.

자식들 입히고, 먹이고, 가르치는 것에만 돈을 쓰셨다. 딱히 필요하지 않은 물건은 고장이 나거나 깨지지 않는 한 바뀌는

법이 없었다. 삼 남매 모두 초등학교 때는 보이, 걸스카우트를 했고, 피아노도 배웠다.

입사해서 어릴 때 이런 것들을 배우고, 했다고 하면 '좀 살았네'라는 반응을 보였다. 한두 살 아래 후배는 시골에서 밥 먹고 살기도 어려웠다는 말을 했다. 서울깍쟁이라는 별명의 엄마. 서울 여자다. 삶이 얼마나 고되고 외로웠을까? 코끝이 찡하고 착잡해지지만 무심한 딸은 외면해버린다.

부모님은 평화시장에서 옷 장사를 하셨다. 지금 표현으로는 보세가게이다. 상점에는 젊은 여자들이 입는 민소매 티셔츠부터 북슬북슬한 앙고라 카디건까지 진열되어 있었다. 다양한 나이층의 여성 옷을 전문적으로 취급했다. 옛날 시장은 건물 안에 있어도 발가락에 동상이 걸렸다. 월말에 어음 막을 것이 걱정되어 위염에 시달렸고, 신경이 과민해져 밤새 가위에 눌려 식은땀을 흘리며 헛소리를 내뱉었다. 꽁꽁 언 발가락에 약을 바르고 버선과 덧신을 겹쳐 신었다. 손목은 이유 없이 부어올랐다. 아침에는 돈 달라는 이야기하지 않기로 약속했었다. 예순에 장사를 잘 정리하시고, 선방으로 공부하러 다니신다. 비행기를 타도 멀미를 할 정도로 멀미가 심했다. 빈혈로 어지럼증에 시달렸고 버스 타기가 어려울 만큼 허약했다. 닭장을 벗어나니 혼자서도 아빠가 계신 전북 장수에 시외버스를 타고 다니신다. 건강이 많이 좋아졌다. 근심이 몸을 아프게 한 것이다. 시골에 가면 아빠가 일을 많이 시켜 힘들다고 하지만 예전에 비교하면 천하장사가 된 것이다.

아빠는 시묘살이가 13년째이다. 원 고향을 떠나 장수로 이사를 했고 그곳에 선산이 있다. 아흔이 넘은 할머니를 그곳에 모시기로 마음을 먹고 어린 나이에 떠나온 고향을 찾아갔다. 몇 분의 도움으로 장수군 평사리에 정착할 수 있었다. 일련의 일들이 진행되고 있을 때 할머니는 92세에 돌아가셨다. 할머니는 선산에 묻히고 싶지 않다고 했지만, 할아버지와 같이 계실 수밖에 없었다.

심청이가 인당수에 빠지는 장면을 잠자리에서 읽어주고 있었다. 차오르는 감정에 눈물샘이 터졌다. 아이들은 '엄마가 왜 이러지?' 하는 표정으로 턱밑으로 바짝 다가앉았다. '울지 마, 울지 마' 하는데 휴대전화가 울렸다. 올케 전화였다. 할머니가 화장실에 가셨다가 쓰러지셨단다. 의식이 없다. 무슨 일이 있을 줄 알았다. 이런 불길한 예감은 틀린 적이 없다.

할머니가 돌아가시던 해에는 추석 연휴 동안 쭉 쉬었다. 친조모 상 휴가는 7일이다. 장례를 치르는 3일 동안 한숨도 자지 못했다. 아빠와 둘이서 밤새 할머니 곁을 지켰다. 중환자실에 계실 때는 야근을 하고 10시에 퇴근해서 면회를 갔다. 눈물을 글썽이고 목이 잠겨 말을 잇지 못했다. 그렇게 여섯 날을 보내고 다음 날 할머니는 고요한 곳으로 떠나셨다. 할머니가 대상

포진이 걸렸을 때도 병원에 모시고 다녔다. 집에 오는 골목을 같이 걸었다. 숨소리가 거칠어져서 할머니를 등에 업었다. 가벼운 몸무게와는 상관없다. 등과 다리로 전달되는 사람의 무게는 '끙' 소리를 내며 일어서게 했다. '휴' 하고 등을 세우니 몰아쉬는 숨 뒤로 작은 소리가 들렸다.

"인제 그만 죽고 싶어, 사는 게 지겨워. 시골에 묻지 마."

영화 '82년생 김지영'이 뜨거운 감자다. 책보다 남편 대현의 태도가 아내를 위하는 편으로 표현됐다고 하는데 영화에 대한 평가는 온탕과 냉탕을 오간다. 워킹 맘으로 살아 전업주부의 입장을 전부 이해하지는 못하겠지만 퇴직을 경험해보니 정서적 불안감을 감당할 수가 없다. 임신과 육아로 인해 퇴직한다면 심적 부담감과 우울감은 몇 배로 힘들 것이다. 누군가에게는 불편한 진실임이 틀림없을 것이다. 80년생 후배가 결혼했다. 명절에 더 바쁘고 쉴 수가 없으므로 시댁과 친정도 가지 않는다고 했다. 명절에 친정을 갈 수 없으니 남편에게도 친가에 가지 말라는 것이었다. 깜짝 놀랐다. 명절 전에 한 주는 친정, 한 주는 시댁을 다녀온다는 것이다. 그랬던 후배는 전업주부가 되어 딸아이를 키우고 있다.

세 살 아래 후배는 며느리 셋 중의 막내이다. 시어머니가 앞장서서 남자들을 부엌에 들어가지 못하게 하신단다. 명절에 며느리는 부엌일에 뼈가 빠지는데 아들 셋은 골프를 치고 오고, 방에 드러누워 이것저것 가지고 오라고 시킨단다. 여자로서는 환장할 노릇이다. 환장할 일이 이것뿐이겠는가? 가족이라는 울타리 안에서 얼마나 많은 일이 일어나고 있을까? 크고 작은 일들 속에서 가장 큰 죄책감을 가지는 사람은 누구일까? 세상 모든 나쁜 일의 '탓'은 엄마한테로 쏟아지고 있지 않을까? 처음 하는 엄마와 아내 역할에는 책임져야 할 일들이 너무 많다. 자녀가 성장하면서 생기는 크고 작은 일에 대한 부모의 역할. 김영하 작가가 '세바시'에서 종교인들이 오래 사는 이유 중에 '오토바이 타는 아들도 없고'라고 해서 웃음을 자아내듯이. 가족 구성원 한 명 한 명에 대한 일들은 감당하기 어려울 때가 많다. 올바른 판단을 하기도 어렵다. 진정 누구를 위한 것인지도 모른다.

스무 해를 넘긴 아들이 말했다. 생각보다 주위에 이혼한 부모를 둔 친구들이 많다는 것이다. 비슷한 일들을 겪으며 사는 것 같은데 부모님이 흔들리지 않고 자리를 지켜준 것에 감사하다고 했다. 이런 일에 비교해 자신이 친구 사이에서 겪은 일은 아무것도 아니며 충분히 자신을 사랑하는 마음을 가지고 있었기에 견뎌낼 수 있었다고 한다. 그렇게 잘 성장할 수 있도록 사랑해주고 지켜봐 준 부모님께 감사하다고 한다. 아들도 삶에 대한 방향이 자꾸 엇나가려고 할 때마다 가족이라는 울타리가 있어 조금은 덜 흔들린다고 한다. 이런 가족이 있어 나는 지금도 삶을 살아내며 행복을 느낄 수 있는 것이 아닌지 생각한다.

3장

공항 지상직 에피소드

1. 나만의 공항 철칙

1993년 7월. 예약과로 발령을 받았다. 'General Sales'라고 불렀으며, 항공여행에 필요한 예약과 기내식, 마일리지 등 전화 업무를 했다. 부서로 발령 나고 2주 정도 후에 첫 항공기 사고가 발생했다. 1993년 7월 26일 아시아나항공 OZ733. 김포공항 서울에서 출발해서 목포를 가는 항공편이었다. 근무 중이었다. 항공기가 레이더에서 사라졌다는 소식이 사무실에 알려졌다. 모두 놀라 아무 소리도 내지 못하고 컴퓨터를 뚫어지라 쳐다봤다. 몇 초간의 정적이었을까? 그때의 시간 멈춤은 20년이 지난 지금도 감각적으로 멈춤을 기억하고 있다. 동시에 키보드 치는 소리는 엔진의 굉음처럼 귓속을 때렸다. 내가 예약을 해준 사람이 있는지 싶어 열 손가락으로 예약을 찾기 시작하는 소리였다. 해당 편명 예약자를 명단을 불러내어 한 개씩 열어 기록을 확인하는 것이다. 내가 예약해준 손님은 없었다. 그러는 중에 항공기가 전라남도 해남군 운거산에 추락했다고 보도되었다.

신입사원의 눈에 비친 항공기 추락사고는 끔찍하고 무서움 그 자체였다. 사고 후에 남자 직원들은 목포공항에 내려갔다. 대책본부가 세워졌다고 했다. 현장, 병원, 유가족 보호 등의 일을 하게 되고 본사에서는 보상 관련 업무가 진행된다고 알려주었다. 며칠이 지나자 유가족 중에서는 서울시 중구 회현동에 있었던 본사 앞에서 시위도 했고 달걀을 던지기도 했었다. 전화 문의는 빗발쳤다. 1988년 설립을 하고 5년 만에 발생한 항공기 추락사고였다. 옆에 선배가 작은 목소리로 '내가 예약한 손님도 있다'라고 한 말이 귓가에 맴돌았다. 여러 가지로 사고 원인이 보도되었다. 결론은 규정을 지키지 않았다고 했다.

동기 50명에게 영업과 공항 중 어느 곳에서 일하고 싶은지 조사를 했다. 현장직보다는 지원부서가 적성에 맞을 것 같아서 영업을 선택하였다. 영업에는 예약, 발권, 운임, 클럽 등의 업무를 했고 공항은 각 공항에서 근무하는 것이다. 전화예약을 받고, 국제선 영업을 하는 파트에서 영업직원들을 사무실에서 지원했다. 1995년 1월 18일 부산공항 서비스 지점으로 발령을 받고 공항서비스 부문으로 변경되었다. 그날은 눈이 많이 내렸다. 기내에 앉아서 비행기에 쌓인 눈을 치우는 작업을 기다렸다. 얼마 지연되지 않고 항공기는 부산으로 출발했다. 부산에 도착하니 잔뜩 흐린 회색 구름만이 나를 반겨주었다.

"어떻게 지점장 눈에 들었어? 완전히 신임하시던데. 고생했다."

부산/서울 첫 편 7시 비행기를 마감하고 대합실 앞에서 김 과장님과 아메리카노를 마셨다. 빈속에 속이 편하지는 않지만 아무 일 없이 첫 편을 보낸 것에 대한 행복한 시간이다. 느닷없이 건네는 말씀에 얼굴이 붉어졌지만 흡족했다. 인사이동이 있을 때 부산에서는 일을 잘하는 선배가 올라가고 서울에서는 신입직원을 받아야 하는 것이 좋지 않았던 모양이다. 발령을 받고 내려와서 보니 우리 동기들이 막내였다. 반갑게 맞아주지 않아 다소 속상했지만 괜찮았다. 서울에서 상사와 선배에게 받은 사랑이 직장생활에 대한 좋은 기억을 가지게 했기 때문이다. 그냥 열심히, 잘~ 하면 된다고 생각했다.

공항 생활은 녹록하지 않았다. 조근(오전 6~3시)과 야근(12~9시)으로 나누어지는 스케줄 근무는 몸이 먼저 반응했다. 조근 퇴근할 때 307번 버스를 타면, 피곤한 상태에 따라 내리는 노선을 놓치는 구간이 달랐다. 종점인 해운대에 도착해서 잠을 깼다. 야근을 위해 낮에 출근할 때도 상황은 마찬가지다. 창문에 머리를 부딪치거나, 머리를 앞, 뒤, 옆으로 흔들고 있거나, 무릎에 매뉴얼을 놓고 잠을 자고 있다면 백발백

중 항공사 직원이다. 버스도 한 대를 놓치면 기본 30분은 기다리는 열악한 상황이었다.

항공사의 얼굴은 공항에서 일하는 우리이다. 공항은 손님들과 직접 처음 대면하고 마지막으로 항공기에 탑승하여 문을 닫고 출발하는 역할을 한다. 탑승수속 카운터 직원의 업무는 매우 중요하다. 서비스 측면에서는 일어서서 손님을 맞이하여 환대를 표하고, 눈 맞춤을 통해 집중하고 있음을 무언으로 제공한다. 수속 절차에 따른 매뉴얼을 지킴으로 신속, 정확하게 기본 수속을 완료하고, 사이사이에 선호 좌석과 회원 여부를 확인하여 제공되는 서비스를 빠뜨리지 않아야 한다. 수하물을 수속할 때에도 위탁 수하물과 기내 수하물의 무게와 크기를 정확하게 말씀드려 좌석 배정을 하는 동안에 가방을 정리할 수 있도록 한다.

공항은 직원에게는 치열한 현장이지만 손님에게는 긴장되는 곳이다. 직원은 직업의 현장으로 날씨로 인해 항공기가 지연되거나 결항이 되면 미치고 팔짝 뛸 노릇이다. 전편 만석이라도 좋으니 항공기가 정시에 출발하는 것이 훨씬 업무를 수행하기 수월하다. 힘들지 않다는 소리가 아니다. 비정상 운항에 대한 대체 편 마련과 손님을 응대하는 것은 솔직하게 많이 부담되는 업무이다. 더욱이 운집되어 있는 손님 앞에서 내가 누구고, 상황이 어떻고, 어떻게 할 것이라고 말해야 하는 처지라면 가슴이 터질 것 같은 부담감에 입술이 바싹바싹 마른다. 그런데도 손님의 불편함을 최소화해야 하는 것은 매우 중요하다.

공항 업무에 대한 전반적인 교육을 할 때 세 가지를 중요하게 전달한다.

첫째는 고객의 불편함을 최소화하기.

모든 서비스의 기본은 편안함을 제공하는 것이다. 항공기 여행을 할 때 가장 불편해지고 싶지 않은 것이 무엇일까? 좌석이다. 장거리 여행을 갈 때 어떤 것보다 중요하다. 내가 앉아서 가는 좌석이 창가인지 복도인지뿐만 아니라 앞좌석 간격은 좀 더 넓은 곳은 있는지, 젊은 여자 손님이 혼자 여행을 간다면 옆자리에는 같은 여자 손님이 앉으면 좋지 않을까를 생각해보는 것이다. 좌석 배열에 따른 적절한 배정이 항공여행을 즐겁게 하는 첫걸음이다. 손님이 '어느 자리가 좋아요?'라고 물어보는 경우가 종종 있다. '취향에 따라 다르니 알아서 선택하세요'라고 응대를 하는 것이 좋을까?

몇 년 전 처음으로 간 패밀리레스토랑에서 음료수를 시키면서 생긴 일이다. 섞인 과일과 불꽃이 튀는 음료들은 정확하게 어떤 맛인지 알지 못하고 이름조차 생소했다. 음식을 시킨 후 어떤 음료가 맛있는지 물어봤는데 주위가 시끄러워 정확하게 알아듣지 못했다. 직원은 '손님 취향 따라 다르게 시키셔서요'

라고 말했다. 나는 '그럼, 취향 따라'로 달라고 했다. 아들 녀석들 눈에서 레이저가 나왔다. "엄마!" 이런 경험을 한 후에는 손님이 직원의 의사를 물으면 나의 경험에 비추어 말씀을 드리는 버릇이 생겼다. '저는 몸이 피곤할 때에는 앞쪽이라도 날개 위에 앉으면 머리가 아프더라고요, 그냥 뒤쪽 창문이 더 편해요', '저는 비상구는 추워서 좋아하지 않아요. 사람들도 서 있고요'라는 식으로 말씀드리면 손님은 내용을 참고해서 좌석을 직접 선택할 수 있게 했다.

둘째는 자신이 수속한 손님을 기억하려고 노력하기.

수속할 때 한 분 한 분에게 집중한다는 것이다. 탑승수속을 할 때도 눈을 맞추며 '원하시는 좌석은 있으세요?'라고 말씀드린다. 창문이나 복도 어느 쪽 원하세요? 이것은 객관식 질문이다. 선호 좌석을 확인하고 수속했는데 불만이 접수된다. '앞쪽, 중간 쪽, 뒤쪽은 왜 안 물어보죠?'라고 한다. 요즘은 다양한 항공여행 경험이 있으므로 각자 원하는 좌석의 기준이 따로 있기 때문이다. 열린 질문을 한다고 해서 수속시간을 길게 사용하면 안 된다. 바로 옆 동료와 대기 줄에서 카운터만 바라보고 계시는 손님의 눈길이 뜨겁게 느껴질 테니 말이다. 신속하고 정확하게 그리고 친절한 서비스를 제공하는 것이 중요하다. 눈 맞춤을 할 대상은 수속하는 컴퓨터가 아니라 손님임을 명심해야 한다.

손님을 기억해야 하는 이유는 또 있다. 좌석 상태는 마감이 되면 변화할 가능성이 있다. 다양한 방법으로 사전에 좌석 배정을 하므로 NSH(No-Show)로 카운터에서 사용 가능한 좌석으로 남게 된다. 갑자기 기내나 탑승구에서 좌석이 변경될 경우는 직원의 과실이 있을 수 있고, 수속 시 창가를 원했던 손님이 있었는데 수속할 때는 없다가 카운터 마감 시점에 창가 좌석이 남으면 변경을 하는 경우이다. 이때 손님들은 자신을 기억해준 것에 대해 진심으로 고마워했다.

셋째는 자신을 보호하기.

특히 규정과 절차를 지키는 것은 손님과 자신(직원)을 보호하는 방법이다. 공항에서는 크고 작은 사건 사고들이 자주 발생한다. 공항에서 24년을 일했는데도 하루라도 조용히 넘어가는 날은 거의 없다고 보면 된다. 하는 일은 똑같지만, 매번 같은 손님이 오시지는 않는다. 날씨 관계로 결항이 되고 지연이 돼도 손님 각자의 사정과 스케줄은 유사한 듯 다르기 때문이다. 공항 카운터에서 다양한 업무를 한다. 기본적으로 진행되는 탑승수속 업무 외에도 위조여권을 고려한 여권 상태 확인, 항공권이 탑승 편 항공기에 사용할 수 있는 것인지, 신청한 유료 서비스 금액이 정확하게 징수되었는지, 반입금지 물품은 없는지를 확인해야 한다. 손님과 적절한 대화를 하면서 안색과 움직임 등을 관찰하면서 눈에 쉽게 보이지 않는 것까지 알아채야 한다. 항공기에 탑승하기 시작하면 갑자기 불안해져서 비행기에 탑승하지 못하거나, 기내에 착석한 후 공황장애를 호소하고 하기를 요구하기도 한다.

손님 중에는 카운터 직원이 여권에 비자를 찾기 위해서나 스르륵 넘기는 일 자체를 불쾌해하는 경우가 있다. 여행에 필요한 서류를 챙기는 것은 손님의 책임이라서 비자가 없거나 여권에 문제가 됐을 때는 항공사에서 따로 책임을 지고 있지는 않다. 다만 도착지 국가 법무부는 자국에 입국하는 데 기본적으로 출입국 규정에 맞지 않은 손님을 탑승하게 한 것에 해당 항공사에 벌금을 부과하는 것으로 책임을 지게 한다. 대표적으로 미국과 중국 그리고 태국 등이 벌금을 부과하고 있다. 비자나 여권 유효기간 등의 문제로 입국 거절된 손님은 INAD(Inadmissible) Room이라는 곳에서 출국한 나라로 돌아가는 가장 빠른 항공편을 기다리게 된다. 다양한 입국 서류가 있는 미국과 캐나다 대사관에서는 출입국 규정과 위조여권 판독 등에 대한 교육을 항공사 직원에게 직접 하기도 한다.

타이항공 정비 부문 책임자로 항공 안전을 감독하는 아라완 위파는 “시간을 엄수해야 하는 비행기와 공항에서 이러한 출발 직전의 작은 운동회는 거의 매일 일어나고 있다(『비행기, 하마터면 그냥 탈 뻔했어』 중에서).” 한 편의 항공기를 정시에 마감하기 위해서는 탑승수속 카운터는 전쟁터가 된다. 탑승구에서는 출발이 임박한데 한두 분이 탑승구에 나타나지 않아 출국장 안을 호명하며 뛰어다닌다. 보안검색대, 법무부, 면세점, 화장실을 뛰어다니며 손님을 찾게 되면 무전기에 상황을 전달하고 손님과 함께 뛰어야 한다. 손님이 넘어지지 않게 해야 하며 ‘서

둘러주세요'라고만 말할 수 있을 뿐 '뛰세요. 빨리 뛰세요! 하면 안 된다. 왜냐고? 안전사고가 발생하기 때문이다. 손님이 "뛰다가 넘어졌는데 직원이 시간 없다, 뛰라고 해서 뛰다가 넘어졌다"라고 했기 때문이다.

다양한 고객을 응대하고 현장에서 생기는 불만을 해결하는 과정에서 느끼게 된 내용으로 손님에 대한 나의 태도이기도 하다. 서비스 품질을 평가받는 업무를 하는 직원들은 고객 앞에서 긴장할 수밖에 없다. 항상 평가에 얽매여 일한다면 제대로 된 서비스를 제공할 수도 없고 업무 실수는 자주 발생할 것이다. 그래서 항상 몸에 배도록 습관화되어 자동으로 행할 수 있게 '체화'하라고 한다. 규정은 중요하다. 불만이 접수되거나 문제가 제기되었을 때, 공항서비스 매뉴얼에 맞게 업무를 처리했다면 문제는 없다. 손님에게 보상해야 할 때 규정에 제시된 보상 범위를 철저하게 지켰다. 두 권의 파일로 매뉴얼을 인쇄해서 업무를 처리하기 전에 재확인 작업을 했다. 규정이 직원으로서의 나를 지킬 수 있는 유일한 길이라는 것을 목포 사고를 경험하면서 머릿속에 확고하게 자리 잡았다.

2. 공항의 다양한 업무

내가 좋아하는 공항 업무는 LD(LOAD CONTROL)이다. 항공기 무게중심을 맞추어 안전하게 운항할 수 있도록 하는 것이다. 초창기에는 시스템이 불안정하여 문제가 많이 발생했다. 주요 원인으로는 좌석변경(seat change)을 했을 때이다. 한 좌석에 두 명 또는 세 명의 손님이 배정되는 것이다. 총 승객 수는 넘치는데 해당 좌석은 한 명의 손님만 보인다. TOT(total error)라고 했다. 국내선 주말 카운터 마감 시간에는 매우 급하게 돌아간다. 대기자도 많이 받았기에 예약자 수속과 함께 수속된 상황을 보면서 대기자 처리도 해야 했다. 부산→서울 항공편이 30분에 한 편씩 있고 제주행이 있을 때는 직원 간에 큰 소리가 오가지 않을 수 없었다. 마지막에 오신 손님을 모실 수 있는지 없는지는 직원이 수속하는 속도에 따라 탑승 여부가 결정될 수도 있었다. 이렇게 문제가 되면 시스템에서 Flight Closed(FC)를 할 수 없다. 그러면 다음 작업을 수행할 수 없고 Load Sheet(LS)가 자동으로 나오지 않는다.

둘째를 임신하고 6개월째 정도 되었을 때이다. 시스템 에러로 기장에게 전달해야 하는 서류가 나오지 않았다. Weight & Balance(W/B)로 인한 항공기 지연이다. 주로 B737 기종으로 매뉴얼을 5분 안에 그려야 한다. Auto로 나오지 않으면 커다란 종이에 수기로 숫자를 적고 kg(킬로그램)를 lb(파운드)로 환산

해서 계산한 후 적어야 한다. 숨 막히는 5분이 임산부가 느끼는 배의 수축 현상까지 잊게 했다. 정상 범주 안에 들어가게 그려야 한다. 그렇지 않으면 다시 그려야 한다. 담당자 사인을 하고 출발장으로 달려가면 출국장 직원이 달려 나와 마치 계주를 할 때 바통터치 하는 것처럼 빠른 속도로 전달받고 뛰어간다. 항공기 지연을 최소화하기 위해서이다. 의자에 털썩 주저앉는다. 시스템을 재확인해서 문제를 해결하고 지연을 보고해야 한다. 마지막 순간에 긴박함을 주고 계속 시스템을 확인해야 하지만 업무 자체로는 LD를 제일 좋아한다. 보조업무로는 총괄을 지원하고 사무실 근무로 전화를 받아야 한다.

최초로 Weight & Balance(W/B) 교육을 체계적으로 하는 과정에 입과 했었다. 5일 동안 B747-COMBI까지 시스템과 매뉴얼 작성하는 법은 배웠다. 해외공항 직원들은 대형기종이 들어오기 때문에 훨씬 정확하게 교육과정을 소화해냈다. 교육 후에는 해외 직원들에게 과외를 받았다. 발음상 DOT를 '닷'이라고 했고 알아듣지 못했다가 '아하, 도뜨!'라고 해서 한바탕 웃기도 했다. 밤낮으로 잘 해내려고 공부를 하면서도 저녁 모임에서는 힘든 공부의 스트레스를 날리기 위해 미친 듯이 소리지르고 노래를 불렀다. 지금은 마곡동이나 방화동이 많이 발전했지만, 그때의 그곳은 서울의 시골 같은 곳이었다. 마곡 빗물펌프장. 그곳이 교육훈련장이 있던 곳이다.

그다음은 LL이라고 하는 업무이다. Lost & found라고 하며 입국장에 있다. 도착한 후 가방이 파손되거나 미도착하는 경우 등 문제가 발생했을 때 찾는 곳이다. 직접적인 보상이 되는 곳으로 업무 지식이 무엇보다 중요하고, 고객 응대에 각별한 주의가 필요한 분야다. 수하물 파트는 출발지 공항에서 생긴 문제들도 해결해야 한다. 주로 동 시각에 출발하는 항공기가 있을 때 발생하는 유형으로 Miss-Tagging과 Miss-Loading이 있다. 예를 들어 북경(PEK)으로 보내야 하는 가방을 선양(SHE)으로 보내는 것이다. Miss-Tagging은 카운터 직원이 수하물표를 다른 항공편, 다른 이름 그러나 좌석번호가 같은 손님에게 붙이는 것이다. 수하물 개수가 맞다. 따라서 보안상에 아무 문제 없이 항공기가 출발한다. 손님이 도착해서 보면 가방이 오지 않게 되는 것이다. Loading은 가방이 모여지는 BSA라는 곳에서 컨테이너에 실을 때 같이 작업하는 다른 항공편에 가방을 넣게 된다.

중국은 도시 사이의 배송이 어렵다. 땅도 넓고, 이동 시간이 오래 걸린다. 한국은 퀵서비스 업체와 연계해서 빠른 배송도 가능하지만, 중국은 손님이 이동으로 인해 시간이 없을 경우나 하루라도 빨리 배송을 하기 위해서는 직원이 직접 배송을 가는 경우가 있었다. 하루가 늦어질수록 항공사에서는 비용이 발생하기 때문에 어쩔 수 없이 그렇게 할 수밖에 없다. 하지만 가장 큰 이유는 고객의 불편을 최소화하기 위한 마음을 가진 직원의 노력인 것이다. 어느 곳이든 이런 따뜻한 마음을 가진 직원이 있으므로 심각한 상황에서도 문제는 해결된다고 생각한다.

수하물 업무를 하면서 해외공항에서 근무하는 직원과도 소중한 인연을 맺게 되었다. 수하물 업무 외에도 부산에서 도움을 줄 수 있는 것을 요청하면 기꺼이 가능한 한 빨리 정성스럽게 답변을 해주었다. 지금 싱가포르에서 근무하고 있는 이승준 지점장과의 인연은 소중하다. 오사카에서 근무했던 임일수 주임도 부산에 오면 꼭 과자 선물을 주고 갔었다. 이승준 지점장이 북경공항에서 근무할 때이다. 항공기 비정상과 수하물 사고 그리고 관리 등의 문제로 서로의 공항에 협조가 필요했었다. 수하물 사고가 비용이 많이 발생하고 지점 실적에도 많은 영향을 미치기 때문에 골머리가 아팠다. 조업사도 관리해야 했고 항공기에 직접 가방을 탑재하는 것도 점검해서 사진을 찍어 보고도 해야 했었다. 가방이 파손되는 원인을 찾아 해결방안을 제시하는 것까지 실무자의 책임이었다. 10년도 훨씬 넘은 인연이다. 이승준 지점장은 항상 나에게 고맙다고 한다. 그냥 좋은 사람에게 진심으로 대했을 뿐인데 말이다.

국내선에서 총괄업무를 할 때 대표이사 모친이 돌아가셨다. 부산 출신 사장님으로 많은 정계인사와 회사의 주요 전·현직 임원들이 내려왔다. 총괄업무 중 하나가 의전(MAAS: Meet & Assistance)이다. 서울에 근무하면서 도움을 주셨던 최영환 상무님과 서울 여객지점 유병률 지점장님을 뵐 수 있었다. 현직에서는 물러나신 때였지만 누구보다 뵙고 싶었던 분들이다. 상무님은 '내가 너 뽑았잖아' 하시면서 타향살이하는 어린 직원을 친근하게 대해주셨던 분이다. 지점장님도 부산 출신인 내게 '사투리 쓰면 안 된다' 하셨지만 제일 먼저, 열심히, 꾸준히 하는 모습을 예뻐해 주셨다. 그런 분들을 시간이 많이 흐른 뒤에 뵐 수 있었고 모실 수 있어서 진심으로 감사했다.

가장 오랫동안 한 업무는 서비스 품질관리와 고객 불만 담당이다. 서비스 품질관리 업무를 하면서 서비스 교육을 하는 강사로도 활동했다. 서비스 품질관리에 서비스 강사와 불만 담당이 있는데 세 가지 주요 업무를 모두 하고 있었다. 시간적으로나 업무 처리를 하는 데 과부하가 걸릴 수밖에 없었다. 서비스 강사는 몇 명이 돌아가면서 했지만, 자의적으로 선발이 되지 않으면 시끄러워서 견딜 수가 없었다. 서비스와 직무 강사로 교육을 받고 전파하는 것이 좋았다. 사내강사 기본과정을 이수했는데 당시에는 경남정보대학에 전임강사로 출강할 때라서 강의 시간이 많아서 시연하지는 못했다. 그때 처음부터 정확하게 영상을 찍고 피드백을 받았더라면 좀 더 자신감 있게 교육을 할 수 있었을 텐데 아쉬울 뿐이다.

이 외에 항공기 탑승에 관한 업무를 하는 출국이 있다. 여권과 탑승권을 확인하고 탑승 기계에서 '삐' 소리가 나면 확인을 해야 한다. 탑승권과 시스템이 일치하지 않거나, 안내가 필요할 때와 같이 다양한 일이 있다. 무시하고 탑승을 했다가 문제가 있어서 하기를 해야 한다면 탑승 후 하기 손님으로 보안 규정에 따라 하기를 해야 한다. 관계기관에도 신고해야 하고 기관의 지시를 따라야 한다. 탑승 전에는 탑승구 앞에서 대기하는 손님의 기내 가방을 확인하고 규정에 맞지 않는 물건을 가지고 왔을 때는 위탁하시라고 한다. 하지만 비용이 발생하면 해당 손님을 수속했던 직원을 찾는다. 수속 시 해당 물건에 대해 손님이 문의하시거나 직원이 확인된 바가 있는지 확인한다. 이 외에 탑승이 종료되는 시점에는 항공편 운항 관련된 서류와 탑재 물품을 캐빈 매니저에게 인계한다. 탑승객 수와 시스템으로 인원수가 일치해야 하는데 만약에 일치하지 않으면 일치시킨 후 항공기 문을 닫을 수가 있다. 항공기가 Door Close를 하고 Push Back 후진을 하면 "올 스테이션 카피하세요, OZ315편 푸시백 했습니다"라고 무전을 하면 운항, 카운터 매니저, LD 등 각 파트 매니저가 "카피"라고 응답을 한다.

도착업무는 항공기가 도착하면 항공기 Door Open을 하는 것에서 시작된다. 물론 사전업무가 매우 중요하다. 도착 편 항공기에 SPCR(special care) 손님이 계신지 확인하고 적의한 조치를 해야 한다. 항공기 문도 마음대로 여는 것이 아니다. 캐빈 매니저와 오른손 엄지를 들어서 사인을 주고받은 후 항공기 문을 열어야 한다. 기종에 따라서도 문 여는 방법이 다르다. 정확한 교육이 필요한 업무로 사이버 캠퍼스에서 해당 업무과정을 이수해야 한다.

탑승수속은 항공사 업무의 꽃이라고 하지만 그만큼 중요한 곳이다. 나라별 출입국 규정은 외우고 있어야 하며 다양한 서류를 알고 있어야 한다. Duty 매니저라는 자리에 앉으면 비정상적인 상황과 업무 중 발생하는 불만까지 함께 처리해야 한다. 카운터 수속도 당연히 하면서 말이다. 지점마다 직원 운영은 다르지만, 부산공항은 근무 환경이 열악하다. 2번 카운터에 앉은 매니저가 그 날의 총책임자이다. 여권이 훼손되지는 않았는지도 봐야 한다. 일본을 여행한 손님들은 오사카성과 같은 곳을 방문하고 그곳의 도장을 찍어 온다. 그러면 훼손이다. 도착지 공항에 한두 페이지가 문제가 되면 확인 후 도착지 공항에서 안내해준 데로 안내를 드린다. 될 때도 있고 안 될 때도 있다. 원칙은 안 되지만, 입국심사관에 따라 조금씩 다른 결과가 있을 때도 있다.

발권부서는 항공권 구매에 대한 업무를 하는 곳이다. 규모 축소를 하면서 시내 지점의 발권 영업소가 문을 닫았고 부산에서는 공항 국제선에서만 항공권을 구매할 수 있다. 요즘은 예약받는 곳에서 항공권 업무까지 하고 있다. 통화내용 녹음이 필요해서 1588-8000을 통해서 원하는 업무를 안내받도록 했다. 마일리지 관련 업무를 하고 있으며 비정상 상황일 때 발권 업무는 빛이 난다. 연결 편 항공기가 있는 손님을 최적의 스케줄로 변경하는 것이다. 천재지변일 경우는 항공사에서 여정을 변경해주지만, 이 외의 문제가 발생했을 때는 항공권을 구매한 곳에서 재발행을 해야 한다. 시차가 많이 나는 나라에서 온 외국인 손님은 난감하다. 또한, 초과수하물 요금을 확인하고 징수한다. 스타얼라이언스 마일리지 사후 적립 업무도 한다. 전자항공권(e-티켓)과 탑승권을 풀로 붙이는 원시적인 방법으로 접수하고 본사로 증빙을 보낸다. 요즘은 홈페이지에서 마일리지 적립을 할 수 있고 증빙은 첨부파일로 처리를 하면 된다.

외국 항공사는 현장에서 접수하지 않은 수하물 사고는, 홈페이지 메일을 통해서 신청을 받고 업무를 처리하고 있다. 하지만 아직 자국 항공사는 그러하지 못하다. 이 외에도 수입관리와 항공기 자격변경, 과세 유와 같은 세관과 연관된 업무 등 다양하다. 오랫동안 근무를 했어도 직접 해보지 않은 분야에 대해서는 알지 못한다. 이런 현상은 인천공항과 같이 업무분담이 명확한 지점에서는 각자의 업무만 한다. 지방공항은 모든 업무를 하지는 못해도 어느 정도는 전체 업무를 알고 있어야 한다. 외국 항공사 조업도 전담팀이 구성되는 것이 아니라 근무 타입에 따른 시간제로 운영이 된다. 같은 임산부라도 각각의 항공사마다 정하는 규정이 다르다. 잘못된 안내는 불만으로 이어지고 해당 항공사 매니저는 좀 더 잘해달라고 요청한다.

다양한 항공사와 노선이 있다. 이에 따른 공항 업무는 기본은 같으나 처리하는 방식의 차이는 있다. 그만큼 다양한 업무지식 습득이 필요하고 유연하게 대처할 수 있는 자질도 필요하다. 직원의 성향에 따라 배치하는 것도 중요하기 때문에 에니어그램 검사를 통해 적용한 적도 있다. 공항 업무는 다양한 서비스 형태를 취한다. 다양한 사람들을 만나면서 자신의 취향을 고집할 수 없다. 일방적으로 모든 일이 몇몇 잘하는 직원에게 집중되면서 일하는 직원은 스스로 선택한 모양으로 자신의 노동력을 착취당하게 되는 것이다. 책임감과 성실함으로 이름 붙여져 이면에는 피로한 사회의 단편을 보여준다. 스스로 선택했잖아. 적어도 나는 이렇게 살아왔다. 지상 직원으로 항공사에 근무하고 싶다면 어떤 모습을 원하는지 그려본 후 탐색의 과정을 통해 선택할 수 있으면 좋겠다.

3. 당신은 프로입니다

항공기 탑승수속 전에 항목별로 꼼꼼하게 확인하는 것이 프로의 첫걸음이다. 카운터에서 업무를 시작하기 전에 운항 편에 대해 브리핑을 한다. 항공기 공급석(CFG), 예약자 수(BKG), 어린이(CHD), 유아(INF) 그리고 직원의 도움이 필요하신 손님이 계신지 알려준다. 항공권에 문제가 있거나 기종 변경으로 좌석이 변경된 상황이 있으면 세심한 주의가 필요하다. 사전에 우수회원 좌석이 지정되어 있는지 연결 편 항공기가 있는 손님이 얼마나 계신지, 연결시간은 충분한지 등도 확인해야 한다. 인천 내항기를 이용하시는 손님 중에 연결이 불가한 저가항공사를 예약한 경우는 없는지, 시스템에 문제가 있다고 표시되는 경우에는 예약내용과 항공권 발권 등의 기록(History)을 꼼꼼하게 본다.

대부분의 일이 그렇지만 카운터 업무는 사전업무가 중요하다. 공항에서는 출발 이틀 전에 예약된 손님의 예약을 알 수 있다. Flight Open 된다고 하며 이때부터 공항에서 해당 항공편 운영 권한이 생긴다. 우수회원에 대한 사전 좌석 배정을 하는데 주로 복도 쪽으로 한다. 예전에는 선호 좌석 정보를 가지고 있었지만 개인정보보호법상 등으로 문서로 남겨두지는 않는다. 휠체어를 요청하신 손님은 가능한 앞쪽 복도로 좌석을 지정하고 만석이 아닐 때는 가운데 좌석을 사용하지 않도록 조치한다. 어린이 혼자 여행(UM)할 때도 앞쪽 복도로 하고 만석이 되면 여자 손님을 지정하도록 한다. 이런 사항들은 공항서비스 매뉴얼에 따라 사전 작업을 하고 예약 상황에 따라 좌석이 변경될 수도 있다.

수속할 때 단체 손님의 성향에 따라서도 탑승수속 시간과 운영에 영향을 준다. 개인 손님이 많으면 대기 시간이 걸린다. 대체로 유학생들이 방학 때 집으로 가는 경우나, 해외에 거주하는 주재원이 명절을 보내고 귀국할 때, 일본이나 중국의 연휴일 때도 가족 단위로 여행을 올 때 매우 혼잡하다. 위탁 수하물과 기내반입 수하물 규정을 더 자세하게 안내해야 한다. 그 이유는 수하물이 많다는 것이다. 집에 다녀간 손님은 김치와 같은 밑반찬, 떡을 가지고 간다. 중국 유학생들은 우리나라 중저가 브랜드의 화장품을 많이 구매해서 선물하기 때문이다. 카운터에서는 1~2kg 서비스해주지 않는다고 큰소리가 나고, 출국장 탑승구에서는 금액을 지급하지 못하겠다고 하는 손님과 카운터에서 전혀 수하물에 대한 안내를 받지 못했다고 실랑이가 벌어진다.

단체 손님이 많으면 개인 손님을 수속하는 것보다는 수월하다. 다만 여행사 직원이 키오스크로 좌석 배정을 해오면 직원은 비자가 필요한 노선일 경우에는 비자와 해당 여행 구비 서류를 확인하다. 단체수속을 할 때면 수속하러 온 여행사 직원의 이야기를 귀담아듣는다. 여행사 직원이 탑승권과 여권 확인이 끝나면 손님을 만나 여행서류를 전해준다. 탑승권과 여권을 받은 손님은 각자 자신의 수하물을 보내기 위해 카운터에 직접 오셔야 한다. 가족 여행으로 보이면 어린이에게 '어디 가세요?', '북경 가면 뭐 볼 거예요?'라고 물어본다. 서비스 중에 '한마디 더 하기'이다. 카운터 수속한다고 정신없는데 무슨 소리예요, 할 수 있지만, 항공사 직원의 말 한마디에 긴장했던 마음이 풀리기 때문에 말을 건넨다.

보험회사나 네트워크 마케팅을 하는 회사에서 포상으로 여행을 보내주는 경우가 많다. 어떤 회사는 예약 사항에 명시되어 있는 예도 있지만, 대부분은 알지 못한다. 그 날은 보험회사에서 실적이 우수한 직원들에게 다낭(DAD)으로 여행을 보내주었다. 탑승권을 받은 여자 손님이 가방을 수속하러 왔다.

"실적이 좋으셔서 포상으로 여행 가신다면서요?"
"어떻게 아셨어요? 깜짝 놀랐어요."
"여행사 직원분이 인솔자분과 말씀하시는 걸 들었어요. 실적이 대단하시던데요? 완전 프로세요."
"제가 생각하기에는 지금 수속하시는 분이 프로세요. 당신이 프로라고요."

손님은 포상 휴가를 여러 번 다녀봤지만, 항공사 직원이 축하를 해주는 말을 들어본 적이 없다고 했다. 직원이 말하는 동안 우쭐한 기분이 들었는데 모르는 사람에게조차 인정을 받은 것 같다고 했다. "매니저님은 줄 서서 보니 수속도 하고, 전화받고, 직원들이 뭔가 물으러 오면 답도 해주고, 워키토키도 받고 하시던데 얼굴 한번 찡그리지 않더니만요. 세상에나 나한테 프로라고 이런 말을 해주네" 했다. 늘 하는 일이라고 웃으며 넘겼다. 가볍게 인사말을 건넨 것이 오히려 칭찬으로 돌아왔다. 손님은 다른 일행분과 함께 손을 들어 인사했다. "덕분에 잘 다녀오겠습니다."

OZ8532(아시아나항공 8532) 편은 부산(PUS)→인천(ICN) 내항기이다. 국제선 연결 항공편 스케줄이 있을 때만 탑승할 수 있다. 다음 날 항공편에 대해 사전 확인 업무를 진행하는데, 국제선 연결이 되어 있지 않은 예약을 확인했다. 예약기록을 확인해보니 인천 출발 편이 취소되어 있었다. 다이아몬드 플러스 등급인 우수회원 손님이다. 예약에 한국 전화번호가 있어 전화를 드렸고, 인천 출발 편 예약이 취소되었다고 말씀드렸다. 말이 끝나기가 무섭게 고함이 먼저 들려왔다. '내일 출발인데 어쩌라고!' 했다. "당장 자리 만들어놔!" 명령이다. 예약을 변경한 적이 있는지 확인을 하니, 변경해서 내일 간다고 하신다. 이미 확인한 내용에 대한 재확인이 필요했고, 항공권 발권처에서 예약변경 후 항공권 재발행 작업을 하지 않아 자동으로 예약이 취소된 것이다.

인천(ICN)→뉴욕(JFK)으로 가는 여정이었다. 일반석은 만석이지만 상위 좌석이 남아 있다. 본사에는 여행사 과실로 좌석을 요청하여 확약을 받았다. 손님께 다시 전화를 드렸다. 여전히 성난 목소리로 말씀을 하시며 어찌 됐냐고 물어보셨다.

"내일 문제없이 수속할 수 있도록 조치했으니 걱정하지 마시고 공항에 오세요."
"그래요. 아까는 예약이 취소됐다니 겁이 덜컥 나서 소리를 질렀는데, 미안하오. 내가 그렇게 소리를 질렀는데 어쩜 그리 차분하게 말을 하시죠? 내가 미웠을 텐데……."
"아닙니다. 충분히 당황하셨을 텐데요. 괜찮습니다."

"어쩜 이렇게 이쁘게 말씀을 하시는지, 좀 전에는 미안하고, 고마워요."

옆에서 대화를 지켜보던 후배가 한마디 했다.

"과장님, 너무 꼼꼼히 보지 마세요. 뭐 하러 그렇게까지 해서 안 들어도 되는 싫은 소리 듣고, 자리 해달라고 본사에 굽신거리고. 그러지 마요. 하여튼 일을 만들어서 한다니까."

"내일 아침에 손님이 오셔서 예약이 취소된 걸 알면 얼마나 당황스럽겠어, 지금 알아서 처리할 수 있게 내 눈에 보인 게 더 다행이야. 우리는 5시 10분에 카운터 시작하는데, 인천은 6시 돼야 하잖아. 자리 안 되면? 어휴 아침에 클레임 받을 시간이 어디 있어? 그런 말 말자. 나는 천만다행이다. 뭐."

일반적으로 직원이 실수하지 않는 것이 손님에게 최고의 서비스를 제공하는 것이다. 직원도 손님을 잘 만나야 하고 손님도 직원을 잘 만나야지 모든 시작이 즐겁다. 현실적으로 항상 그럴 수 없다는 것이 안타까운 일이지만 적어도 나로 인해 문제가 발생하지는 않아야 한다. 사전에 준비를 철저하게 해야 한다. 준비한 날은 아무리 손님이 많아도 어떻게든 넘어가는데, 그렇지 못한 날에는 불안했다. 휴무 다음 날 아시아나 매니저 업무가 그렇다. 미리 일지를 보고 업무를 확인했다. 일찍 출근하거나 사전에 시스템을 볼 수 있으면 확인을 하고 퇴근했다.

사전업무의 중요성을 알고 항목별로 확인해야 할 사항을 일지로 만들어 사용했다. 목록대로 확인하면 빼먹지 않는 한 실수하지 않도록 했다. 진정한 프로는 실수하지 않는 것으로 생각했기 때문이다.

4. 가슴 아픈 이야기

지금은 필리핀을 입국할 때 여권 유효기간이 체류하는 동안 유효하면 된다. 한국은 30일 무비자 국가군에 속하고 필리핀 지역에 대사관이나 영사관이 있기 때문이다. 관광 목적으로 반드시 출발지 국가로 돌아오는 왕복 티켓(Return Ticket)이나 다른 나라로 이동한다는 편도 티켓(Onward Ticket)을 소지해야 한다. 필리핀 입국 시 유효한 항공권을 가지고 있지 않으면 입국이 불가하다. 카운터 직원은 항공권을 구매하도록 요청했다. 만약에 다른 항공권이 없으면 출발 편에 대해 좌석 배정을 할 수 없다. 예전에는 여권 유효기간이 반드시 6개월 이상 있어야 했다.

부산에서 마닐라를 운항했을 때의 일이다. 카운터에 할머니와 50대, 30대로 보이는 남자 두 분이 왔다. 수속을 진행하는데 50대 남자는 브로커 같은 느낌이었고, 할머니는 30대 남자의 엄마였다. 젊은 남자는 조금 어리숙해 보였다. 당시에는 필리핀과 베트남 여자와 결혼을 많이 하던 시절이라서 신부를 데리러 가는 것으로 알았다. 수속할 당시에 할머니 여권이 단수여권이고, 6개월에서 7일 정도가 부족했다. 단수여권을 만들어 놓고 시간이 좀 지났다. 여권 유효기간에 대한 문제가 있을 때는 직원도 어떻게 도와드릴 방법이 없다. 인천공항 같은 경우는 외무부가 상주하고 있다. 두 시간 정도의 시간적 여유가 있으면 바로 발급할 수 있는데, 김해공항에는 아직 그렇게 운영되지 못하고 있다.

할머니께 여권 문제로 오늘 마닐라를 가시지 못한다고 말씀드렸다. 자신이 꼭 가야 한다고 하시며 도와달라고 사정을 하시는데 방법이 없었다. 남자 두 분이 가시면 안 되냐고 하니 젊은 남자분을 가리키며 아들 녀석이 좀 모자란다고 하셨다. 본인이 가서 손주를 찾아와야 한다는 것이다. 필리핀 여자를 아내로 맞이하고 아들 손주를 봤는데, 친정에 다녀온다고 하고서는 오지 않는다고 했다. 그런데 얼마 전에 소식을 들으니 손주 녀석을 친정에다 두고 며느리는 인천공항으로 입국해서 잠적했다는 것이다. 너무 기가 막혀서 손주라도 데리고 오려고 여권을 만들었는데 시간을 맞추다 보니 늦어졌다고 했다. 마닐라에서 차를 타고 가야 한다고 했다. 할머니와 아들은 마닐라에서 시골로 들어가는 며느리의 고향을 찾아갈 수 없었을 것이다. 50대 남자분의 역할은 그들을 며느리 친정까지 데려다주는 것이었다. 카운터 앞에서 목 놓아 우시는데 마음이 아팠다.

길잡이 역할을 해주시기로 하신 남자분도 마음이 아프셨는지 아들을 데리고 일단 다녀오겠다고 했다. 손주를 데리고 올 수 있을지는 모르지만 이대로 전부 가지 않는 것은 아깝다고 할머니를 설득했다. 할머니만 탑승하지 못했다. 거제도로 가신다고 한다. 카운터가 마감된 시간이라서 잠시 버스 정류장까지 동행했다. 할머니는 아들과 손주 걱정에 고개를 숙이고 땅만 보고 가셨다. 내게는 미안하다는 말씀을 하시고는 계속 "어떡할꼬, 어떡할꼬, 내 불쌍한 새끼를 어떡할꼬"라고 하셨다. 손을 잡아드리면서 일이 잘 해결될 테니 너무 걱정하지 마시라고 했다. 힘없이 고개를 끄덕이시며 버스에 올라타셨다. 창문으로 손짓을 하며 "어서 들어가요" 했다. 지금은 할머니 아들과 손주가 어떻게 됐을까?

공항이라는 장소는 만남이나 헤어짐을 표현하기에 좋다. 입국장은 '잘 왔다'라는 환대가 있다면 출국장 입구는 '잘 가라'는 헤어짐의 공간이다. 사랑하는 사람이 이별을 아쉬워하며 포옹하기도 하지만 불륜의 현장으로 순식간에 아수라장이 되기도 했다. 드라마에서 보는 장면들과 똑같이 연출되기 때문에 현실의 고통을 느낄 수 있다. 이유가 어찌 되었든 무조건 바람피운 사람이 잘못이다. 적어도 나는 그렇게 생각한다. 그 날은 현장을 처음부터 목격했다.

대기실 의자에 앉아 있는 남자한테 뒤쪽에서 여자가 달려들었다. 갑자기 대각선을 향해 달려가더니 여자의 머리채를 휘어 잡는다. 남자가 달려드는 여자를 밀쳐내는 것으로 보아 아내이다. 아내는 밀쳐내고 애인은 감싸 안아 다른 곳으로 가 있으라고 했다. 애인은 청사 밖으로 나가고 아내는 바닥에 주저앉았다. 남자의 숨 가쁜 목소리가 들렸다. '네가 이런 수준이니까 너무 싫다!'라는 남자의 말에 내가 더 기가 막혔다. 속된 말로 귀신은 뭐 한다고 저런 놈 안 잡아가나 싶어 몸서리를 쳤다. 남자도 그 말 한마디를 뒤로하고 청사 밖으로 나갔다. 둘이서 여행 간다고 공항에 왔다며 아내는 울부짖는다. 누구 하나 나서지 못하고 여기저기서 쳐다만 봤다. 아무도 아내를 일으켜 세울 사람은 없었다. 공항 경찰대에서 출동해서 아내를 데리고 가는 것으로 소란은 마무리되었다. 예약과에 근무할 때는 일요일 아침에 제주행 탑승자 확인 요청을 많이 했다. 덧붙이는 말은 누가 같이 예약되어 있느냐는 것이었다. 남편의 이름을 대면서 찾아봐 달라고 하면 확인은 해보지만, 상대에게 알려주지는 않았다. 여자의 예감은 틀리지 않는다고 남편의 이름이 있다. 이런 전화를 받는 게 너무 싫었다. 20대 초반이었는데 '확인할 수 없습니다'라는 말 외에 어떤 말을 할 수 있었을까?

공항에서는 여과 없이 현실적인 삶의 모습과 사회현상을 보게 된다. 내가 사는 동네에 아세안문화원이 있다. 아세안 정상회담으로 도로와 시설물 정비 그리고 서울, 인천이라고 적혀 있는 헬멧을 쓴 오토바이를 탄 경찰들이 거리를 주행한다. 아세안

문화원에서는 메콩강을 접경하고 있는 태국, 미얀마, 라오스, 베트남, 캄보디아의 다양한 문화를 소개하고 있다. 특히 태국에 대한 문화와 음식을 소개하고 있는데 솜탐과 팟타이를 만드는 요리체험교실을 운영해서 다녀왔다. 셰프가 한국말이 서툴러 유학 온 태국 학생이 통역을 해주었다. 타이항공을 아시아나항공에서 조업했기 때문에 태국어가 낯설지 않았다. 타이항공에서 태국 사람으로 예의를 갖추어야 하면 '코쿤카' '사와디카'라는 인사말을 하게 했다. 두 손을 합장하고 코에 대고 공손하게 인사를 한다. 나도 모르게 태국 학생에게 이렇게 인사했다.

타이항공에는 강제 퇴거자가 많이 탑승한다. Deportee라고 하며 'DEPO'라는 약어를 사용한다. 강제 퇴거자는 한국에 입국한 뒤 체류 기간을 넘긴 사람들을 확인해서 관계 당국에 의해 강제 추방 명령을 받은 사람을 말한다. 이들은 한국에서 주로 힘든 일을 하고 있다는 사실을 알게 되었다. 그뿐만 아니라 강제 퇴거자가 되기 전에 자진 출국하는 사람들도 있다. 이런 경우에는 한국 회사로부터 월급을 받지 못하고 쫓겨나다시피 해서 공항에 오는 사람도 있었다. 카운터에서 "도와주세요, 경찰 좀 불러주세요, 돈을 안 줘요. 부탁해요" 한다. 그러면 나는 경찰을 불러주고 도와주라고 부탁했다. 어떤 사람은 경찰의 도움으로 돈을 입금 받고 출국했다.

98년생 남자 손님이 휠체어를 신청했는데 사유가 'Back

Pain'이다. 등에 통증이 있다는 말인데 제대로 걷지를 못한다. 한국에서 대체 무슨 일을 했길래 청년이 걷지를 못하는지 안타까웠다. 아들과 비슷한 나이라서 더 울분이 터졌다. 쇳덩이 같은 것을 옮기고 무거운 것을 많이 들어서 디스크처럼 왔다는 것이다. 얼마나 많은 외국인 노동자들이 한국에서 건강을 잃고 돌아가는지 알 수가 없다. 물론 몇몇 회사에서는 한국 사람이 같이 와서 수속을 도와주고 배웅을 해주기도 한다.

사람 생김은 달라도 살아가는 모습은 비슷하다. 우리가 상대에게 상처를 줄 수도 있지만, 상처를 받을 수도 있다. 외국인이 우리나라에서 체류 기간을 초과해서 지내다가 단속에 걸려서 오는 상황을 보면 그들에게는 우리가 강자이다. 카운터 오픈을 준비하는데 태국 여자분이 비에 흠뻑 젖은 모습으로 왔다. "남편이 때려서 도망 왔어요. 비행기 태워주세요. 태국 보내주세요" 하는 것이다. 공항 경찰대에 인계를 해주고 돌아서는데 아침이 밝기 전에 공항까지 도망쳐 온 저 여인에게 미안한 마음이 들었다. 언제나 발생한 상황만 보고 결과를 알지 못한다. 지금도 할머니는 손주를 데리고 왔는지, 바람난 남편과는 어떻게 됐는지, 비를 맞고 나타난 태국 여인은 본국으로 돌아갔는지 궁금하다.

5. 항공사 지상직은 승무원인가요?

2018년 8월 31일. 3P 자기경영연구소에서 독서경영 리더과정에 참여했다. 아이스브레이킹으로 돌아다니면서 자기소개를 하고 사인을 받았다. 이름과 하는 일에 대해 간단하게 서로에게 말하는 것이다.

"안녕하세요, 김정희입니다. 아시아나항공 김해공항에서 근무합니다."
"어머, 승무원이세요?"
"아뇨, 공항에서 근무합니다. 부산 김해공항요."
"네~ 공항에서 무전기 들고 다니는 모습 멋져요. 좋으시겠어요."

항공사 이미지가 객실 승무원에 맞춰져 있는 것은 알지만 매번 이런 식의 대화는 원하지 않는다. 책을 써서라도 '공항 직원은 승무원이 아닙니다. 항공사에는 승무원만 있는 게 아니에요'라고 알리고 싶었다. '뭣이 중한데?'라고 물으신다면……. 정체성에 관한 문제이다. 사전에는 승무원을 다음과 같이 정의한다. 운행 중인 비행기, 선박, 기차, 차 안에서 운행과 관련된 직무와 승객을 관리하는 업무를 하는 직원을 말한다. 그러니 공항에서 유니폼을 입고 카운터와 출발·도착 업무를 하는 직원은 승무원이 아니다. 아시아나항공에 입사해서 공항으로 발령을 받은 직원이다. 마치 인사팀・홍보팀과 같이 일반・영업의 공항 부문으로 보직이 이동되는 일반 직원이다.

예전에는 기내 승무원으로 비행을 하다가 건강이나 특별한 이유로 공항 지상직으로 근무할 수 있었다. 일반적으로 원한다고 해서 전환이 되는 것은 아니라고 했다. 이렇게 업무가 완전히 변경된 경우에는 공항 업무와 스케줄에 적응하기가 어렵다. 예약, 발권과 탑승수속 등의 시스템 활용과 기타 외항사 관련 업무까지 했다. 기내에서 하던 일과 비교해서 과부하도 걸리고 적성에도 맞지 않았다. 그들의 선택은 회사를 그만두는 것이었다.

고등학교에 가면 얼굴 좀 예쁘고 키가 큰 여학생은 항공사로 취업을 할 수 있는 학과를 선호한다고 한다. 항공운항과 같은 학과에 진학해서 기내 승무원의 꿈으로 한 발짝 다가서고 싶어한다. 새로운 현상은 공항에서 근무하는 지상직을 선호한다는 것이다. 드라마에서도 공항을 배경으로 공항 지상 직원이 워키토키를 들고 다니는 모습을 보여주기 때문에 자연스럽게 홍보가 된 것이다. 더욱이 저비용 항공사들이 출범하면서 공항 지상 직원의 업무가 많이 알려지게도 되었다. 내가 입사할 때는 항공사에서 캐빈 승무원 말고 무슨 일을 하는지 적어도 부산에서는 알지 못했다. 학교에서는 항공사 입사가 제일 취직 잘하는 것이라고 말했다. 솔직히 말하면 그 말 때문에 대한항공 취업준비를 했다. 대한항공은 일반상식 시험을 영어시험과 함께 본다고 해서 상식 책을 사서 공부했다. 그러나 아시아나항공 입사 지원서가 먼저 학과 사무실에 도착했고 성적순으로 나누어졌다. 그러다 보니 이제 일반상식 책은 그만 봐도 되었다.

공항 지상 직원과 기내 승무원에게는 서비스를 강조했다. 5대 접객 용어라고 해서 허리를 90도 숙이면서 선창을 하면 따라서 제창을 했다. 이런 모습은 교육훈련원에 가면 볼 수 있다. 신입사원 시절만 해도 복도를 걷다가 누군가를 만나면 발걸음을 멈춰 서서 '안녕하십니까?' 하고 큰 소리로 인사했었다. 그렇게 하지 않고 모른 채 지나갔다가는 후일은 안녕할 수 없었다. 아시아나항공이 후발 기업으로 항공업계에 뛰어들었을 때 고급스러운 서비스로 시작했다. 이후에 대한항공을 포함한 서비스 관련 업계에서 누구 할 것 없이 서비스 경쟁에 들어서게 되었다. 이쯤이면 공항에서 유니폼을 입고 근무하는 직원은 '승무원이 아니다'라는 것을 알 수 있을 것이다. 우리는 비행기를 타지 않는다. 공항에서 손님이 항공기에 탑승하기 전까지의 업무를 하는 것이다.

인터넷으로 '항공사 지상직'으로 검색하면 사설학원과 합격수기가 나온다. 학원에서는 다양한 과정을 개설해서 학생들에게 정보를 제공하고 어학 점수를 관리해주는 것으로 보인다. 아시아나와 대한항공의 대졸자 공채, 외국 항공사 국내와 해외 근무, 조업사 지상 직원 등 분류가 되어 있다. 아시아나항공이 부산공항을 도급해서 항공사 정직원을 서울·인천 지역으로 발령 내고 아시아나항공을 조업하던 AQ라고 하는 회사에서 카운터와 수하물 업무를 인수한 것이다. 이전에는 출발·도착 업무만을 했었다. 이런 과정을 통해 같은 유니폼을 입고 있어도 회사는 달랐다. 공항 지상 직원을 많은 학생이 선호하는데 항공사의 정직원이 아닌 조업사의 정직원으로 입사하게 되는 것이다.

조업 회사마다 차이가 있겠지만 항공사 직원으로서 누릴 수 있는 혜택이 열악한 편이다. 항공사 직원도 예약이 불가하고 좌석이 있을 때만 탑승할 수 있는 직원 항공권보다 저비용 항공사의 확약된 항공권을 구매해서 여행을 다니는 편이다. 이런 측면으로 본다면 안타까운 일이 아닐 수도 있지만 있는데 안 쓰는 것과 없는데 못 쓰는 것은 엄연히 차이가 있다. 여행을 많이 다니지도 못했고, 항공사 후발 기업으로 불안한 상황들도 많았다. 퇴직한 후 한 발짝 뒤로 물러서니 그래도 좋은 시절이었구나 하는 마음이 드는 것과 내 발로 회사를 그만둔 것이 아쉽기는 하다. 공항에서 일하기 싫어 예약을 선택했었지만, 부산 김해공항에 바친 청춘의 시간은 고스란히 남아 있다.

연관검색어에는 항공사 지상직이 맞나요? 지상직 승무원이 맞나요?라는 질문도 꽤 많다. 궁금해서 몇 번 클릭해본 적이 있는데 답변도 재미있다. '유니폼을 입고 있으면 일반 사람들은 다 승무원인 줄 알아요.' 실제로 이런 답변을 들은 적이 있는데 '그럴 수도 있겠구나' 하는 생각이 들어 피식 웃음이 났다. 외국 항공사에도 쓰이는 용어가 조금씩 다르기는 한데 타이항공 정비 전문가인 아리완 위파도 "항공사의 얼굴, 지상직 승무원'으로 그라운드 크루, 즉 지상직 승무원은 각 항공사의 얼굴이다. 전 세계 공항의 각 항공사 카운터에서 체크인 등을 도와주는 항공사의 지상 직원이다. 그라운드 스태프라고도 한다. 지상직 승무원은 객실 승무원과 다른 직종으로 봐야 한다(『비행기, 하마터면 그냥 탈 뻔했어』)"라고 말했다. 어떤 답변에는 그라운드 크루를 오역한 것이라고 적혀 있었다.

항공기가 문을 닫고 출발하기 전까지 또는 항공기가 도착해서 문을 열고 난 후부터 지상 직원의 업무는 시작된다. 탑승수속을 하는 과정에서 많은 손님을 만나고 최대한 요구사항을 들어주고, 애로 사항에 대해서는 해결을 하려고 한다. 몸이 불편하신 손님을 수속할 때면 안색과 거동도 살펴야 한다. 의사도 간호사도 아닌데 의사 소견서와 현재의 몸 상태에 따라 탑승 여부를 결정하기도 한다. 제일 중요한 것은 현장의 결정이다. 의료팀에서도 위중하고 탑승이 거절되는 것들을 제외하고는 매니저에게 판단하도록 했다. 의료상의 결정은 어렵다. 간호조무사학원에 다녀야 할지 고민했었다.

남방항공을 수속할 때였다. 얼굴색이 노랗고 거동이 힘들어

보였다. 휠체어를 요청하셨다. 연세가 80세인데 중국 교포다. 간암으로 힘들어하셨고 고향으로 돌아가는 것이 소원이라고 부탁하셨다. 의사 소견서도 없고 건강상태가 너무 좋지 않아 탑승을 거절했다. 할아버지는 마지막을 고향 집에서 보내고 싶어 하셨다. 결정은 남방항공 직원이 했다. 할아버지는 중국 연길(YNJ)로 가시지 못했다. 며칠 뒤 연길을 수속하는데 할아버지 생각이 났다. 남방항공 직원에게 물어보니 항공권을 취소하는 연락이 왔었다고 했다. 할아버지는 고향을 그리워하며 눈을 감으셨다고 했다.

공항에서 일하는 동안 많은 일을 겪었다. 기록하지 않아 정확하게 기억하지 못해 아쉽다. 현장에서 동고동락했다. 내 삶의 터전이고 일터였다. 항공사 근무 26년 중 24년을 공항에서 일했다. 조금이라도 위로가 될 수 있는 시점에서 멈추길 잘했다.

6. 우리들의 이야기는 끝이 없어라

항공사 지상 직원의 출퇴근 시간은 비행기 출발·도착 시각에 따라 변경된다. 기본적으로 조근은 오전 6시부터 오후 3시까지 근무이고, 야근은 오후 1시부터 10시이다. 하루 8시간 근무에 맞추고 항공기 출발·도착 시각에 따라 시간은 조정된다. 항공기 스케줄은 정기적으로 일 년에 두 번 변경된다. 3월 마지막 주 일요일부터 하계 스케줄이 되고, 10월 마지막 주 일요일부터 동계 스케줄로 바뀐다. 이에 따라 공항공사에서는 주기장 회의와 카운터 운영에 대해 계획을 한다. 계획된 운영표를 보고 항공사끼리 조율하거나, 공항공사 담당자와 협의를 하기도 한다. 비정상이나 혼잡시간에는 카운터를 수속하다 말고 다른 항공사가 사용할 수 있게 비워주기도 했다.

주로 오전에 항공편이 많아서 인원이 많이 투입된다. 혼잡 시간대에 인원을 활용하기 위해 초과 근무를 해야 했다. 올데이(All-Day) 근무로, 근로 노동 8시간에 초과하는 시간에 따라 근무 타입이 정해 있다. A0, A, A1, A8, A4, A6, C, C1, C3, D2, F, F1, F4, I, I9, 조, 야, 평. 각각의 코드는 출근 시각이며 30분에서 1시간 정도 차이를 두고 있다. 여러 타입으로 출근 시간이 있어 근태관리를 하는 데 어려웠다. 전일 예약 상황에 따라 근무 타입이 변경되곤 했다. 매일 올라오는 일일 근무(Daily Job)에서 자신의 근무 타입을 확인해야 했다. 근무표대로 출근하는 등 출근에 대한 긴장은 늦출 수가 없다. 일 년에 한두 번은 한 시간씩 지각하는 때도 있다. 알람을 보통 2~3개 울리게 하는데 지각하는 날은 어떤 시계 소리도 듣지 못한다. 지각하면 안 되지만 이런 근무를 해보지 않은 사람은 상상조차도 못 할 것이다. 매일 5분 이내로 지각하는 직원 관리가 문제였다.

카운터 업무는 극히 개인적인 업무라고 볼 수도 있지만, 마음이 맞는 직원들과 일할 때는 힘든 줄 모르고 일한다. 항공기가 만석일 때는 비상구를 먼저 사용하게 한다. 중국 노선에 중국인 단체가 90% 차지할 때면 비상구 좌석에 앉을 손님이 없다. 카운터에서 영어로 의사소통이 안 되는 손님을 배정하면 기내에서 확인 후 적합하지 않으면 다른 좌석으로 변경해야 한다. 기내에서 이런 일이 발생하면 캐빈 승무원은 카운터나 탑승구 직원에게 워키토키로 연락한다. 1차는 출국 직원이 안내하고, 해결이 불가할 때 카운터 매니저나 수속 담당자가 기내로 이동해서 해결해야 한다. 항공기가 만석일 경우에는 가끔 발생한다. 비상구는 선호 좌석이지만 그만큼 제한조건도 까다롭다.

손님이 위탁하는 수하물에 라이터, 보조 배터리, 충전 배터리를 놓으면 보안 검사에 통과되지 않는다. 절차가 완료된 후 10분 정도 계산대 근처에서 대기하라고 안내를 하지만 복잡할 때는 20분도 기다려야 한다. 손님이 체감하는 대기 시간은 약 2배 정도 걸린다. 방송이나 전화로 손님을 찾는데 연락이 되지 않을 경우나 손님의 동의하에 개봉 검색을 하게 된다. 전문적인 용어로 '재검 가방'이라고 하고 재검을 한다. 금방 찾을 수 있을 때도 있지만 그렇지 않을 때도 있다. 액체, 가루, 실리콘 등 물질이 어떤 것인지 모를 때는 MSDS(Material Safety Data Sheet: 물질 안전 보건 자료)라는 서류가 필요하기도 하다. 이런 물품을 가지고 오신 손님에게는 MSDS를 요구하고, 앱을 통해 물질명이나 CAS 번호로 조회해서 UN 번호가 있으면 탑재하지 않았다. UN 번호가 있다는 것은 기본적으로 위험품으로 분류되어 번호가 있는 것이다. 스프레이도 인체에 사용하는 것은 탑재가 된다. 에프킬라 스프레이처럼 불꽃과 해골이 그려진 물품은 화기성과 위험성으로 분류되어 위탁도 기내에도 가지고 탈 수 없다.

위탁 수하물이 초과돼서 직원과 큰소리가 오가기도 하고, 여권이나 비자 문제로 책임자 나오라고 하는 손님이 있는 경우는 순식간에 카운터 앞이 초토화가 된다. 그만큼 넓지 않은 공간이고 직원도 최소 인원이 수속하기 때문에 한 분이라도 문제가 발생하면 교통체증이 발생하는 것처럼 카운터 대기 시간은 길어진다. 급기야 마감 시간이 임박하면 여기저기서 고함이 들려온다. 매니저는 숨이 넘어갈 지경이다. 출국에서도 문제가 발생했다고 위키를 치면 그것도 해결해야 한다. 한 편의 항공기를 마감하고 출발시키기 전에는 숨 가쁜 상황이 돌아간다. 이렇게 한바탕 치르고 나면 숨을 고를 수 있다. 단 문제가 없다는 조건에서 말이다. 바로 다음 항공사 수속을 위해 이동을 하는 경우도 많다.

삼삼오오 할리스 커피숍에서 따뜻하거나 시원한 커피를 한 잔씩 마셨다. 온몸을 타고 드는 카페인의 진한 맛은 새벽 5시부터 정신없이 달려온 나에게 주는 선물이다. 치즈가 듬뿍 녹여진 크로크 무슈와 티라미수를 먹을 때면 천국이 따로 없었다. 커피가 세상 맛있다. 이 시간은 15분이다. 길어야 20분이다. 휴식시간을 가지기 위해 서로가 지켜야 할 약속 시간이다. 아침(조) 근무가 끝나면 디 브리핑을 했다. 항공사마다 발생했던 문제에 대해 공유하고 재발하지 않도록 업무 브리핑을 한다. 탑승수속 카운터에서 각종 통보서를 공지하고 숙지 여부에 대해 질문을 한다. 서비스는 접수된 불만 사항에 대해 브리핑을 한다. 총괄은 안전·보안에 관련 내용을 주로 다루며, 발권, 수하물, LD 순으로 주요 내용을 알려준다. 야근은 매니저, 총괄 그리고 LD 담당자가 남아서 마지막 항공편 이륙을 확인하고, 도착 편 항공기 상태를 확인한 후 퇴근한다.

가족보다 더 오랜 시간을 공항에서 동료들과 지낸다. 올데이 근무 다음 날 쉴 때도 있고, 조금 짧은 시간의 올데이를 할 수도 있다. 야근은 밤 10시에 퇴근하는데, 다음 날 새벽 5시까지 출근을 하는 근무가 나올 수도 있다. 집에 가서는 씻고 잠시 아이들을 보고 나오는 것이다. 스케줄 근무는 미래의 체력을 끌어다 쓰는 것이라고 한다. 체력적으로 취약하다. 충분하고 질 좋은 수면은 상상할 수 없었다. 초과 수당은 보약값이다. 국제선으로 넘어왔을 때는 한 달에 한 번씩 열 달 링거를 맞았다. 인후염과 후두염은 달고 살았다. 고객 불만 업무는 피를 말리게 했다. 심리적으로 여유가 없었다. 공항 이야기는 흥분하지 않고 할 수 없다. 남편도 이해하기 힘들고 내 편이 되어주지 않는다. 우리끼리 하는 이야기다. 함께 화내고, 울어주고, 공감했다. 그런 동료가 없었다면 아마 미쳐버렸을 것이다. 누가 나를 위로해주나요? 진한 아메리카노 한 잔과 부드러운 치즈 케이크 그리고 수다 삼매경.

지금의 우리는 젊은 시절, 그토록 가기 싫어했던 해수욕장을 추억하고 그리워했다. 해마다 여름에는 송정 바닷가에서 마지막 여름 해수욕을 즐겼다. 성수기에 쉬지 않고 일한 직원과 하계 실습생을 보내는 행사였다. 팀별로 나눠서 진행했다. 기억 속 마지막 여름 행사 음식은 내가 준비했다. 삼겹살을 먹기 좋게 썰어달라고 단골 정육점에 부탁했다. 한 입씩 구워 먹기 편하게 해주었다. 어린 아들의 손을 빌려 케이크 칼로 오이를 썰게 했고, 고추와 마늘은 어슷하게 썰어 담았다. 송정에서 근무하는 남편이 숙직하는 날이어서 태워달라고 했다. 5살, 7살 두 아들을 데리고 회식에 참석했다. 지점장님과 파트장님 옆에서 어린 두 아들은 노릇노릇 구워진 삼겹살을 제비처럼 받아먹는다. 같이 놀아주는 좀 나이가 많은 형과 누나가 있었다. 촌스럽게 물에 빠트리는 놀이도 했다. 저무는 해와 노을을 보며 모래사장에서 이야기꽃을 피웠다. 우리는 선배들의 이야기를 귀담아들었다. 신입직원을 나무라는 부장에게 했다는 말로 "처음부터 부장이셨어요?"가 있었다. 부장님도 신입직원일 때 잘하셨는지 반문하는 말이었다. 웃기기도 하고 슬프기도 했다. 누군가의 전성기 이야기가 좋았다. 그때 그랬지는 너도 그렇게 하라는 말이 아니다. 그저 '그랬구나' 하고 들어주면 될 일인 것이다.

LD 자격을 보유하기 위해서 2년마다 자격을 갱신해야 했다. 해당 업무를 계속하지 않은 상태에서 1급 자격을 유지하기 어려웠다. 자격증을 상실하고 싶지 않았다. 부산에는 들어오지도 않는 보잉 747기종을 매뉴얼로 그리기도 하고 시스템도 할 줄 알아야 했다. 시험이 있을 때면 제주공항 직원에게 자료를 받았고, 물어보며 연습을 할 수밖에 없었다. 업무 시간 외에 공부해야 했다. 서울에 가서 시험을 치고 왔다. 맨정신일 수가 없다. 좋아하지 않는 맥주라도 한잔 시원하게 들이켜야지 살 것 같았다. 공항 식당에서 오래 일한 여사님께 눈짓하면 불투명한 물컵에 맥주를 나누어 담아 오셨다. 청소해주시는 여사님과 국내선 서점, 약국, 빵집 사장님들. 이분들은 직원들과 함께했던 세월만큼 나에게는 소중한 분들이다. 서로가 서로에게 비밀이라고 털어놓으면 이미 그 말은 더는 비밀이 아니다. 공항은 원래 그런 곳이다. 결혼한다고 하면 애를 낳았다고 소문나는 곳이 이곳 공항이다. 말조심, 행동 조심, 목소리 크게 내지 말기,

화장실에서 조용히 하기. 처음 공항을 접했던 분위기이다. 화장실에서 큰 소리로 하하 호호 웃은 적이 있다. 여자 셋이서 신이 나서 웃었던 것이 지나가던 기관장 귀에 들렸다. 지점장님께 불려가서 꾸지람을 들었다. 그 시절에는 아시아나와 대한항공만 있었기 때문에 누가 했는지는 금방 알 수 있었다. 일거수일투족을 감시당한다는 느낌? 뭐 그땐 그랬다. 공항 시선을 한눈에 받고 지냈다.

지난 8월에는 태풍의 영향을 많이 받았다. 태풍이 불었던 당일은 쉬었고 다음 날은 근무했다. 전일 출발하지 못한 항공기와 정규 편이 있어 항공사마다 두 대씩 있었다. 그날은 타이항공 슈퍼바이저(SPVR)였다. 두 시간 동안 안내 서비스를 하면 만 보 이상을 걷는다. 연이어 두 대. 4시간 동안 이리저리 뛰어다니며 손님 안내하고, 줄은 길게 늘어서 있었다. 타이항공은 보통 300명 정도의 손님이 있는데 대기 줄이 엉망이 되었다. 카운터가 한 개 줄었다. 수하물 벨트도 부하가 걸려 자꾸 멈춰섰다. 카트를 이용해서 보안검색대로 가방을 옮길 수밖에 없었다. 타이항공 수속이 늦다고 소리를 지르는 손님이 계셔서 아수라장이 되었다. 대한항공 조업사 직원과 남자 손님이 소리를 지르며 싸우고 있었다. 직원에게 그만하라고 하고 손님을 진정시켰다. 다리에 잔뜩 힘이 들어가고 허리는 통증이 재발되었다.

비정상 상황이 발생할 때마다 우리들의 이야기는 쌓여간다.

그리고 끝없는 이야기는 반복되지만, 손님을 마주하는 순간 우리는 또 다른 내가 된다. 힘들어 먹지도 못하고 누워 있다가도 일하러 갈 때면 어디서 그런 힘이 생기는지 알 수 없었다. 매 순간 최선을 다하고 정성을 다했다. 아름다운 사람들 아시아나 항공을 위해서.

7. 외국에서는 말도 통하지 않고... 도와주세요

오전 8시 정도 된 시간이다. 남자분이 성큼성큼 사무실로 들어가신다. 몇 분 후에 전화가 울렸다. 위탁 수하물 관련 불만이라며 부른다. 손님이 책임자를 만나고 싶어 한다는 말을 덧붙인다. 카운터 매니저가 책임자이긴 하지만 수하물 업무 담당자가 있다. 먼저 LL(Lost & Found) 담당자를 연결해서 해결하도록 지시했다. 지점에서 발생하는 대부분의 불만을 처리하고 있지만, 일차적으로 해결할 수 있는 부분에 담당자가 응대하도록 했다.

카운터까지 쩌렁쩌렁하게 목소리가 들린다. 사무실에서는 급하게 나를 찾았다. 수하물 담당자와 통화한 후에 화를 내신다는 것이다. LL 담당자에게 뭐라고 말했는지 물었다. 담당자는 선배 과장이다. 알겠다고만 하고 더는 아무 말 하지 못했다. 수하물 업무를 모르면 응대가 불가하다. 지점 고객 불만 담당이지만 조금만 큰소리 나고 해결이 안 되면 나를 찾는 것이 싫었다. 카운터는 다른 후배에게 마감하도록 하고 사무실로 들어갔다. 손님은 여전히 화가 난 표정으로 앉아 계신다.

먼저 고객서비스 담당자이고 매니저임을 밝혔다. 이때 손님의 연령대를 추측하고 표정을 읽는다. 인사가 끝나자 거친 경상도 말투로 이야기를 시작했다. 예측건대 68~70년생으로 보인다. 손님은 뉴질랜드, 오클랜드에 유학 중인 딸을 만날 겸 관광을 가셨다고 했다. 2017년 2월 2일 아시아나항공 8532/601편, 부산/인천/시드니 항공편을 탑승. 2월 3일 뉴질랜드항공 104 편, 시드니/오클랜드(OZ8532/OZ601/02FEB17/NZ104/03 FEB17 X PUS/ICN/SYD/AKL) 탑승이 전체 여정이다. 위탁수하물로 가방 2개를 보냈는데 오클랜드에서 가방을 찾으려니 나오질 않았다고 했다. 한국 여행사 가이드의 도움으로 뉴질랜드항공에 미도착 수하물 신고를 했고, 2월 7일 오후에 가방을 받았다고 했다.

손님은 3월 8일 사무실을 방문하셨다. 2월 말경에 한국에 도착했는데 본인이 겪은 일에 대해 주변 사람에게 말을 했더니 항공사에서 보상해준다는 말을 들었다는 것이다. 더운 나라에 도착해서 가방 2개가 안 오니 당장에 입을 옷도 없고 미쳐버릴 것 같다고 했다. 속옷은 매일 밤 호텔에서 빨아서 입었고 영어가 안 되니 전화해서 물어볼 수 없었다는 것이다. 앞뒤 이야기가 좀 맞지는 않았지만, 가방을 늦게 받은 것에 대한 보상을 최초에 수속을 잘못한 항공사에서 해달라는 것이었다. 잠시 손님께 기다려달라고 한 후 수하물 사고 번호로 내용을 추적했다. 아시아나항공 잘못이 아니었다. 부산에서는 정상적으로 수속해서 인천 편 항공기에 탑재했고, 인천에서도 연결 편 수하물을 시드니 항공기에 탑재했다. 문제는 뉴질랜드항공이었다. 항공기 탑재 허용량이 초과하는 경우 수속된 위탁 수하물을 싣지 않는 것으로 균형을 맞추게 된다. 이런 이유로 4일 뒤에 가방을 받게 된 것이다.

위탁 수하물에 문제가 발생하는 것을 '수하물 사고'라고 한다. 대형 항공사에서는 수하물 추적 시스템인 World Tracer를 사용하고 있다. 수하물 사고의 정의는 항공사가 운송 또는 보관하는 과정에서 발생한 수하물 분실, 파손, 도난, 지연에 대해 손님이 회사에 신고하는 것을 말한다. 수하물이 미도착하는 경우는 '지연'에 해당한다. 이럴 때 최종 도착지에서 수하물 사고 접수를 해야 하며 '수하물 사고 보고서(PIR: Property Irregularity Report)'를 작성한다. 항공사마다 세부 규정은 조금 다를 수 있지만, 전체적인 규정과 보상에 대한 협약은 IATA 규정을 따른다고 한다. 손님과 같이 수하물을 늦게 받은 경우를 '지연'으로 정의한다. 이럴 때 생필품을 살 수 있는 금액 정도의 지급이 탑승 등급과 우수회원 등급에 따라 차등으로 지급된다. 간혹 가방을 찾지 못하는 지연 상태에서 일정 기간이 지나도록 찾지 못하면 '분실'로 처리하고 이에 따른 보상 절차가 이루어진다. 이때 생필품 구매비가 지급되었다면 전체 보상 금액에서 뺀 나머지 금액을 보상받게 되는 것이다.

여행하는 첫 도착지에서 수하물 사고가 발생하면 언어가 제일 문제이다. 수하물 사고 접수는 현장에서 어떻게든 하지만 사고에 대한 설명은 한국으로 연락을 해서 한국어로 듣기를 원하신다. 모국어가 편하고 자국 항공사 직원이 알려주면 영어로 듣는 것보다 훨씬 수월하다. 해외에서 가방에 문제가 생겨서 한국에 도착하면 손님 말문이 확 트여 서러웠던 것들을 감정을 더해 털어놓으신다. 그 마음은 충분히 이해지만 뉴질랜드항공에 연락해서 얼마라도 보상을 받을 수 있게 해달라는 것이다. 외국 항공사는 메일로 업무를 처리하고 있으므로 직접 하시라고 했는데도 자꾸 대신해달라고 했다. 귀가하지 않으시고 끝까지 해달라고 요청하셔서 일단은 알겠다고 하니 그제야 돌아가셨다.

본사 담당자를 통해 대신 보상을 받아주는 경우가 있냐고 했더니 아주 가끔은 있다고 했다. 손님이 저렇게 부탁하니 거절할 수 없었다. 뉴질랜드항공과 몇 번의 메일을 주고받았다. 수하물 사고 번호 하나를 사고로 보고 보상하는 것이 기본이다. 항공사 문제로 4일이나 가방을 보내지 않았던 것에 대해 보상을 해주겠다고 한다. 가방 2개, 손님 2명으로 1인당 8만

원씩 금액을 지급하겠다고 했다. 시간은 다소 걸렸지만, 뉴질랜드항공에서도 적극적으로 대응해주었다. 해외송금으로 금액을 입금 받는 데 'SWIFT CODE'라는 것이 필요하다. 국제적으로 사용되는 은행 식별코드라는 것이다. 손님께 계좌번호를 받고 SWIFT CODE를 확인해서 NZ항공에 3월 31일 마지막 메일을 보냈다. 거의 한 달 정도 시간이 소요되었고 4월 초에 입금되었다고 손님께 연락을 받았다.

이렇게 일 처리를 한 것은 처음이자 마지막이었다. 처음 손님의 부탁을 거절했던 수하물 담당자 선배는 지나친 서비스를 했다며 손님 관점에서 너무 생각한다는 말을 던졌다. 좋은 말을 기대했던 것은 아니지만 그렇게 말할 필요도 없는데 말이다. 오랫동안 고객 불만 담당을 했고, 수하물 업무를 하면서 상황에 대한 공감을 많이 하게 되었다. '내가 만약 그런 일을 당했다면?', '내가 의사소통이 되지 않아 문제를 해결할 수 없다면?', '길을 물어보는데 그냥 모르겠다고 지나가 버리면?', '당장 도움이 필요한데 아무도 관심을 두지 않는다면?' 등에 대한 '만약에 내가'라는 질문을 하게 된 것이다.

수하물 사고는 항공사에서도 큰 비용이 지출된다. 매년 수하물 사고 감소에 대한 대책을 마련하지만 쉽게 줄어들지는 않는다. 탑승수속 카운터에서 직원이 잘못된 편명으로 가방을 보내는 예도 있다. 수하물표가 떨어지는 때도 있어 가방 손잡이에 스티커 접착 부분에 잘 붙여서 고리가 생기지 않도록 한다. 그냥 두리뭉실하게 붙여버리면 쉽게 떨어지거나 벨트를 타고 이동 중에 걸려서 없어져 버린다. 수하물을 탑재하는 곳에서도 다른 편명에 가방을 넣어버리는 일도 있다. 이 외에 파손 관련으로 가방 손잡이, 바퀴가 잘 파손되고 가방을 끄는 핸들 카트도 파손이 잘 된다. 내 가방도 핸들 카트 부분이 찍혀서 알루미늄 부분이 움푹 들어갔다. 인천공항에서 수하물을 찾는데 핸들 부분이 빠진 채로 돌았다. 입국장 면세점을 이용한 후 김포공항으로 이동할 생각으로 자세하게 보지 못했는데 리무진을 탈 때 가방 손잡이가 들어가지 않아서 알게 되었다. 원래는 수하물 사고 접수를 하면 파손에 대한 수리나 대체가방 등으로 보상할 수 있고, 7일 이내 신고해야 한다. 나는 직원이라서 여행자보험으로 처리를 했다.

수하물 업무를 하면서 의도하지 않게 가방이 문제가 되는 경우가 많다는 것을 알았다. 가방을 챙길 때 위탁과 기내 가방에 짐을 적절하게 나누어 챙긴다. 그러면 가방에 문제가 생겨 하루 이틀 늦게 도착하더라고 일정 기간 불편함을 해소할 수 있다. 가방이 더러워지는 것이 고민이라면 가방에 커버를 씌우거나 랩핑을 하면 좋다. 가방이 벨트를 타고 이동하는 곳이 깨끗하지 않기 때문이다. 항공사마다 기내 가방 규정이 다르지만, OZ/KE 정도의 기내 가방 규정이라면 기내에 가지고 탈 수 있도록 준비하는 것이 좋다고 생각한다.

8. 델타항공 포상 항공권으로 하와이를 가다

국내선에서 국제선으로 넘어왔을 때는 노스웨스트항공(NW)이었다. 부산(PUS)에서 동경(NRT)으로 가는 노선이지만, 일본 나리타(NRT)공항을 경유해서 미국으로 환승하는 손님(Transit, T/S PAX)이 많았다. 2008년에 노스웨스트항공은 델타(DL)항공과 합병되었다. 어렵게 익힌 노스웨스트 탑승수속 시스템이었는데 델타항공 시스템을 다시 배워야 했다. '4['로 시작하는 지시어가 독특했던 기억이다. 델타항공을 조업할 때 탑승수속(CKIN), LD(Weight & Balance), LL(Lost & found) 업무를 했다. 주 업무는 수하물로 도착장에서 근무하고, LD는 델타항공 사무실 그리고 카운터에서 탑승수속을 했다.

나리타 국제공항은 일본의 허브공항으로 세계 각지로 갈아타는 손님이 많다. 역으로 미국이나 남미, 캐나다 등에서 나리타를 거쳐서 부산에 도착한다. 항공기 상황을 볼 때 출발 편(Out-Bound), 도착 편(In-Bound) 모두 환승 손님이 몇 명인지 확인한다. 특히 출발 편은 최종 목적지도 같이 확인을 한다. 우리끼리는 부산에서 환승을 하지 않는 여정을 '똑딱 노선', '똑딱'이라고 부른다. '부산/나리타, 부산/방콕, 부산/북경' 같은 여정이다. 이럴 경우는 탑승권도 한 장이고 수하물은 어디까지 보내는지 확인할 필요도 없다. 여권 상태와 왕복항공권만 소지하고 있다면 아무런 문제가 없다. 주의할 점은 한국 국적 외의 외국 여권 소지자가 오면 반드시 비자가 필요한지 확인해야 한다. 일본도 많은 나라가 무비자 입국이지만 가끔은 뜻밖의 나라가 비자를 필요로 하는 경우가 발생한다. 입국거절이 되는 것이다.

출국할 때 환승 손님이 많다는 것은 탑승수속 시간과 대기 시간이 길어진다는 뜻이다. 탑승수속과 대기 라인에서 기다리는 시간은 서비스 점검에 해당하고 각 항공사에서는 민감하게 대처한다. 손님 스케줄(SKD)이 PUS/NRT/JFK/BOS(부산/나리타/뉴욕/보스턴)이면 "탑승권을 몇 장 받아야 할까요? / 수하물은 몇 개 보낼 수 있을까요? / 가방은 어디서 찾아야 할까요?" 등 손님이 궁금해할 법한 내용이 직원이 점검해야 할 내용이다. 항공사마다 탑승권 발급 기준은 다르지만, 델타항공의 경우에는 다음 구간의 연결시간이 24시간 이내면 탑승권이 발급된다. 수하물은 최종 목적지 기준이므로 나리타에서 갈아탄 이후 구간으로 수하물 규정이 적용된다.

미국은 무조건 첫 도착지에서 가방을 찾아서 세관 검사를 한 후 다음 구간 항공사 수하물 벨트에 가방을 올려놓으라고 안내를 한다. 그런데 뉴욕에서 가방을 찾는다고 수하물표(BAG Tag)를 뉴욕까지만 프린트하면 다시 가방 수속을 해야 한다. 이 과정에서 항공기를 놓치는 일이 발생한다. 미국 국내선으로 연결될 때는 수하물표가 최종 목적지까지 프린트되어 있는지 꼭 확인해야 한다. 실제로 최종 목적지까지 수하물표가 입력되지 않아서 연결 UA 항공편을 탑승하지 못했다고 불만이 접수되었다. 직원의 업무 미숙으로 보상 규정에 따라 마일리지로 보상을 해드렸다.

입국할 때에는 환승 손님이 많으면 수하물이 도착하지 않는 경우가 많다는 것을 의미한다. 항공기가 도착 후 가방이 모두 분출되는 데는 20~30분이 걸린다. 가방 100개 정도가 10분 정도 소요된다. 항공기에서 컨테이너를 가지고 온 이후에는 조업사 직원이 한 개씩 벨트에 올려놓는다. 미군의 수하물이 대량으로 도착하지 않는 경우도 많았고, 눈이나 파업으로 특정 지역에서 출발한 수하물이 오지 않는 경우도 많았다. 루프트한자(LH)와 미국 항공기를 조업할 때 수하물 업무를 한다는 것은 중~고강도의 노동이다. 그런데도 좋았던 점을 꼽으라면 카운터보다 영어로 더 많이, 다양한 내용으로 말할 수 있어 스피킹에 도움이 되었다. 메일 쓰는 방법도 손님이 보낸 메일을 보관해두었다가 형식을 익히기도 했다. 수하물 업무는 항공 업무를 하면서 폭넓은 지식을 습득하는 데 도움을 받았다. 밥도 못 먹고 일했지만 좋은 사람들을 만날 수 있어서 고된 일도 재미있게 할 수 있었다. 항공 지식의 확장!

델타항공에서 2011년 업무별로 성과 기여에 대해 감사로 항공권을 제공해주었다.

"Thank you for your dedication and hard work(헌신하고 힘

든 일을 하는 것에 감사하다).”

편지에 적혀 있는 문구다. 많은 양의 미군 수하물 사고와 잦은 지연은 솔직히 very hard work이다. 델타항공이 운항하는 노선으로 두 명이 비즈니스를 탑승할 수 있는 항공권이었다. 2011년 11월에 받았는데 늦어도 2012년 4월 안에 항공권을 사용해야 했다. 남편과 아이들 일정을 맞추기가 어려웠다. 새 학년이 시작된 3월 말에 하와이로 가기로 하고 델타항공 지점장님께 부탁하여 Buddy Ticket 2장을 받았다. 그렇게 해서 네 식구가 델타항공 비즈니스석을 타고 나리타를 경유해서 하와이(호놀룰루, HNL)로 가족 여행을 떠났다. 신혼여행 이후 두 번째 방문이다. 처음 타본 비즈니스 좌석은 아이들이 흥분하기에 충분했다. 넓은 좌석 간격과 일자로 쭉 뻗어지는 의자는 신기했다. 쉴 새 없이 제공되는 음료와 간식 그리고 메뉴판에서 고르는 주요리까지 호사로운 경험을 했다.

하와이에서는 자유여행으로 머스탱을 타고 다녔다. 렌터카에서 제공하는 내비게이션을 사용하지 않고 구글 앱을 이용했다. 첫 목적지인 진주만을 찾아가는데 큰아이가 화장실이 급하다고 했다. 거의 도착할 때쯤이어서 참으라고 했는데 왠지 아닌 곳으로 가는 듯했다. 그 길의 끝에 군부대가 있었다. 남편의 여권을 확인하고 길을 잘못 들었다고 하니 돌아가라고 안내를 했다. 몇 번을 더 군부대 앞을 돌았다. 아웃백에서 식사하려고 내비게이션을 설정했는데 코스트코가 보였다. 한국의 코스트코 회원카드를 가지고 있어서, 입구에서 보여주니 입장이 가능하다고 했다. 매장의 규모는 대단했다. 마카다미아 초콜릿, 코나 커피, 스타벅스 비아를 사고 연어 롤과 치킨구이 등을 사서 먹었다. 우연히 가게 된 코스트코는 마치 한국과 같았다. 교포분들이 많이 일하고 있었다. 구글 앱 덕분에 계획하지 않은 여행을 하게 되어 재미있었다. 통제되지 않는 상황은 불안하지만, 또한 다른 경험으로 짜릿함을 맛볼 수 있었다.

호텔은 우리 회사 승무원이 체류하는 Lay Over Hotel(레이오버호텔)을 이용했다. 예약할 때 와이키키 해변 전망을 선택했는데 다이아몬드 헤드 전망으로 변경을 하면 등급을 올려서 방을 제공하겠다고 했다. 방은 더블베드가 2개 있고, 거실과 구분되어 있고 전자레인지도 비치되어 있었다. 덕분에 편안하게 한국에서 가져간 라면도 먹고, 현지에서 냉동식품을 사서 야식을 먹었다. 다이아몬드 헤드 정상까지 올라갔다. 올라갈 준비가 되었냐고 묻는 안내판에는 22km 정도 올라간다고 적혀 있었다. 무리 없이 올라갈 수 있다고 생각했지만 뜨거운 태양을 받으며 걷기란 만만하지 않았다. 막바지 계단을 헉헉거리며 한 발씩 내딛는데 외국인 남자가 힐끗 쳐다봤다. “Do you need elevator?” 하와이 오아후섬에 온다면 다이아몬드 헤드를 등반해 보라! 멋진 세상을 눈에 담을 수 있을 것이다.

호텔에서 와이키키 해변 쪽으로 걸어가면 스타벅스가 있다. 아메리카노 한 잔을 마셨다. 커피가 주는 기쁨과 에너지는 충만하다. 전날 저녁에 봐둔 샌드위치 가게를 찾아갔는데 'SUBWAY'였다. 골라서 넣어 먹는 샌드위치 아이디어가 좋다고 생각했다. 한국에 매장을 내면 대박 칠 것 같았다. 한국에는 1991년에 63빌딩 아케이드에 1호점이 개점했고, 2012년에 50개 매장을 달성했다고 한다. 2012년 3월에 하와이에서 경험한 서브웨이 샌드위치를 해운대에 개점하지 못한 것이 안타까웠다. 최근에 우리 동네에 서브웨이 샌드위치가 개점했다. 여행에서 경험한 사건들이 내면의 성장일 수도 있고 아이디어를 얻을 기회일 수도 있다. 세상을 보는 시야를 넓히고, 즐거움 속에서 얻을 수 있는 배움의 가치가 숨겨져 있다.

9. 서비스 강의로 맺어진 인연들

2004년 3월 26일 강서경찰서 직원 대상 워크숍이 있었다. 사내서비스 강사로 활동한 지 얼마 되지 않았는데 강서경찰서에서 서비스 교육을 요청했다. 교육을 의뢰받은 차장님이 강의를 다녀오라고 했다. 경찰서에서 워크숍으로 진행해달라고 했다. 어떻게 해야 할지 잘 몰랐으나 도전해보기로 했다. 교육생은 전날 숙직하고 오전에 퇴근하는 직원 대상이라고 한다. 남편도 숙직하고 나오는 날에는 제정신이 아닌데 그런 경찰관을 교육하라고? 초보 서비스 강사가 감당하기에는 쉽지 않았다.

공항 경찰대를 방문해서 어떤 애로 사항이 있는지도 물어보고 사전 조사를 했다. 기본적인 대화법과 서비스 트렌드를 강의하는 것으로 준비를 했다. 내 나름대로 사전 준비를 했는데 정작 중요한 부분을 빼먹었다. 교육 전에 담당자와 연락을 하지 않았다. 초보 강사가 강의 갈 때 '반드시 교육 담당자와 통화를 하고 교육장 상태와 시설을 점검한다'라는 기본 사항을 확인하지 않았다. 경찰서라서 PPT 시설이 되어 있을 거로 생각했다. 그런데 프레젠테이션을 할 수 없다고 했다. 아무런 자료도 없이 준비한 것을 외워서 해야 했다. 경찰서 담당자가 자신이 연락하지 못해 미안하다고 사과했다. 다음으로 미룰 수 있으니 결정하라고 했다. 시각 자료가 없어서 난감했다. 나는 미룰 수 없어 그냥 하기로 했다.

아이스브레이킹으로 '음계 이름' 맞추는 게임이 유행할 때였다. 멜로디언을 가지고 갔는데 곡을 연주하는 것으로 시작했다. 준비해간 초콜릿을 사이사이 나눠 주면서 경찰관 40명에게 서비스 교육을 했다. 등에서는 진땀이 흘렀고 단상 위에서는 경직돼서 진행하기 어려웠다. 단상에서 내려와 교육생들과 눈 맞추며 이야기를 했다. 전날 숙직을 했으니 얼마나 졸릴 것인가? 그때마다 멜로디언을 연주하고 계이름 맞추기를 틈틈이 했다. 뜨겁고 적극적인 호응은 없었지만, 강의 평가는 좋았다. 경찰서 담당자분이 너무 수고했다고 감사 인사를 했다. 초보 강사라서 미안하기도 했지만, 시설을 확인하지 않은 최대의 실수를 해서 면목이 없었다. 나와 담당자는 서로 죄송하다고 말했다.

공항 경찰대 부장이 사무실로 찾아왔다. 항공사와 협조가 필요한 업무가 있었다. 직원 몇 명과 경찰대 부장님과 이야기를 하는데 강서경찰서에 왔다고 했다. 나는 10년 전쯤에 서비스 교육을 했는데 PPT가 안 되는 줄 몰랐다고 했다. 그런데 담당자분이 랜디라는 이름으로 강의 사진을 보내줘서 고마웠다고 했다. 그랬더니 그때 그분이냐면서 웃었다. 세상 진짜 좁다며 본인이 랜디라고 했다. 어떻게 메일 이름을 기억하냐고 물었다. 피터 팬에 나오는 웬디와 비슷한 이름이라서 기억하고 있었다고 했다. 나이가 동갑이었다. 백 부장과는 편안하게 친분을 쌓을 수 있었다. 그 덕분에 카운터에서 큰소리를 치는 손님이 계시거나 도움이 필요한 위험 상황이 발생하면 언제든지 달려와서 도움을 주었다.

처음으로 부산세관 직원 대상으로 사외 서비스 교육을 했다. 서비스 라인 강사로 국제선 한 명, 국내선 한 명으로 두 명의 서비스 강사가 있었다. 지점장님이 부르시더니 서비스 교육을 하라는 것이었다. 서비스 강사 교육을 따로 받은 것도 아니었다. 할 수 없다고 말할 수도 없는 상황이라 해보기로 했다. 에버랜드에서 발행된 『서비스 BASIC』이라는 책을 읽고 강의를 준비했다. 기본적으로 인사의 종류와 예절을 말했다. 초창기 서비스 교육이라는 것이 서비스에 대한 정의, 인사, 예절과 같은 내용이었다. 국제선 입국장에 공간을 마련해서 강의를 진행했는데 다행스럽게도 호응이 좋았다.

세관장도 교육에 만족해하시며 강의가 끝난 후 따뜻한 녹차를 대접해 주었다. 격려의 말씀과 함께 앞으로도 좋은 강사가 되길 바란다고 하셨다. 수하물 업무는 관계기관의 협조가 매우 중요하다. 부산세관 직원분을 교육한 지는 시간이 흘렀지만 좋은 관계를 유지할 수 있었다. 서로가 예우를 해주었고 업무에 협조적으로 대처했다. 심양에서 부산으로 들어오는 손님이 세관에 걸리는 물품을 가지고 왔다. 도착하는 수하물을 검색하는 과정에서 확인되어 노란색 씰(seal)이 달려 나왔다. 가방 주인은 할아버지셨는데 몸에도 가지고 오셨는지 사라지고 안 계신다. 화장실에 숨어 계시는 듯했다. 남자 세관 직원과 몇 시간 설득하여 밖으로 나오셨다. 불안해하시는 어르신께 물을 한 잔 드렸다. 세관 직원은 설득하는 과정에서 차분하게 손님을 설득해줘서 고맙다고 했다. 몇 년 전에 친절 서비스 교육을 한 것과 더불어 세관장 표창장을 받았다.

울산세관으로 전근 가신 이 과장님께 연락이 왔다. 감사한 마음에 휴무를 내고 달려갔다. 남편이 울산세관에 데려다주고 미소와 웃음 교육을 했다. '개구리 뒷다리~' 하고 '리' 자로 끝나는 단어를 연습했다. 진심으로 감사한 일이었고 감사한 분이셨다. 몇 년 동안은 안부 인사를 드렸지만 계속 연락을 하지 못했다. 인간관계를 관리하는 것이 중요한 부분인 줄 몰랐다. 어쩌면 알고는 있지만, 시간을 내서 만나는 일이 중요하다고 생각하지 않았다. 일하는 엄마로 사적인 시간을 할애하지 않았다. 공항에서 시간을 보내고 있을 때 먼저 뵙고 인사하고, 근황을 여쭙는 것으로도 신뢰를 쌓을 수 있었다.

처음 시작할 때는 두려웠다. 한번 시도해볼 것을 격려해주는 사람이 있었고, 지속할 수 있도록 끊임없이 관심을 두기도 했다. 조금이라도 기회를 얻고, 성장할 수 있었음에 감사드린다. 세관의 이 과장님과 경찰대의 백 부장은 서비스 강의를 하면서 알게 된 분들이다. 잦은 전근으로 오랫동안 공항에서 뵙지 못했다. 울산으로 가셨던 과장님은 몇 년 후에 퇴직하셨다고 했다. 백 부장님은 다른 경찰서로 전출되었다. 두 분은 세심하고 따뜻한 마음을 가지고 있으셨다. 어설픈 초보 서비스 강사에게 기회를 주셨고, 시설을 확인하지 않고 워크숍을 진행하게 된 책임을 지셨다.

서비스 라인 강사에서 서비스 코디네이터로 이름이 변경될 때까지 부산지점 서비스 강사를 했다. 교류분석, DISC 등 심리 유형을 측정하는 교육을 했고, TA(교류분석) 강사과정을 수료하기도 했다. 시간과 노력을 투자했다. 한참 서비스 교육에 관심이 집중되었을 때는 좋은 교육을 많이 받았다. 에니어그램도 그중의 하나다. 어떤 심리 도구보다 마음에 쏙 들었다. 부산에 내려와서 에니어그램 교육과정을 찾아보고 일반 강사 자격을 취득했다. 당시에 에니어그램이 붐을 타고 있었던 모양이다.

본사 리더십 교육에서도 에니어그램을 만났다. 강의 내용을 계속 적으며 초롱초롱한 눈빛을 보냈던 모양이다. 쉬는 시간에 강사가 왔다. 왜 그렇게 열심히 하느냐고 물었다. 관심이 있어 과정을 수료했다고 짧게 대답했다. 공부해보면 알겠지만 흥미로운 분야라고 했다. 에니어그램에 관한 전문적인 책도 소개를 해주었다. 가끔 본사 교육을 가면 똑같은 과정으로 몇 번 듣게 될 때가 있다. 이럴 때는 의도적으로라도 명함을 받아놓으면 도움을 받을 수가 있는데 단 한 번도 관계를 확장하려고 하지 않았다.

처음에 시작할 때 자력으로 하는 그것보다 먼저 시작한 사람의 도움을 받는 경우가 많다. 생각해보면 내가 뭘 하겠다고 했지만, 강의할 수 있게 연결해준 사람은 아는 사람이었다. 책임과 진정성을 바탕으로 충실하게 준비를 했다. 서비스 강의를 하는 강사로, 교육을 받는 교육생으로서 진지한 태도를 유지하려고 했다. 맛보기로 본 배움에 대해서는 꼭 해당 강의를 찾아서 들었다. 에니어그램과 이야기톡이 그러했다. '점'이 연결되면 '선'이 된다고 한다. 이렇게 연결된 인연과 만남이 소중하다. 그 소중함을 알지 못하고 지내온 시절이 아쉽지만, 지금이라도 알게 되었으니 다행이다.

10. 독서토론 어때요

나는 독서모임에 관심이 많다. 오전 9시 10분 첫 타임 아쉬탕가 요가를 하고, 스타벅스 1층에서 오늘의 커피와 스콘을 먹었다. 날씨 싸늘할 때는 현미 수프를 먹으며 한두 시간 동안 책을 읽는다. 교보문고에 간다. 요가학원, 스타벅스 그리고 교보문고 방문은 반나절 일과였다. 내가 사는 동네를 떠날 수 없는 이유기도 했다. 소소한 삶의 행복이라고 부르기에 충분했다.

TVN에서 하는 '비밀 독서단'이라는 프로그램을 즐겨 봤다. 책을 읽고 토론하는 것에 온통 마음이 집중됐다. 그래서 서점에서 독서법과 토론에 관한 책을 몇 권 찾아보았는데 '나비'라는 이름의 독서모임을 운영 중이라는 것을 알았다. 해운대 근처에서 하는 모임이 있는지 찾아보았다. 신세계백화점 근처 사무실에서 운영 중인 나비모임을 찾았다. 한 번도 독서모임에 참석한 적이 없어서 고민했다. 인재개발팀에서 근무하다가 퇴직을 하신 북 멘토 김상경 차장님께 연락했더니 나비모임은 괜찮으니 참석하면 좋다고 알려주었다. 그렇게 해서 2018년 1월 둘째 주 토요일 '지성 나비'에 갔다.

토요일 오전 7시부터 9시까지 독서토론을 한다고 했다. 『본깨적』이라는 책을 먼저 읽어오라고 했다. 이미 읽고 갔었다. 매월 2, 4주 토요일에 진행했고, 휴무를 신청해서 가능한 참석을 하려고 했다. 그렇게 몇 달을 보내니 3P 자기경영연구소에서 진행하는 독서법 기본과정이 궁금해졌다. 2018년 7월에 독서경영 기본과정을 수료했다. 교육을 받고 내려왔는데 뭔가 좀 부족한 느낌이 들었다. 독서경영 리더과정으로 심화한 교육이 있었는데 8월 31일~9월 1일, 1박 2일 일정이었다. 마침 8월 31일이 휴무여서 9월 1일만 휴무를 내면 일정에는 문제가 없었다. 남편에게 독서법에 대해 배우고 싶다고 했고 흔쾌히 다녀오라고 했다. 그렇게 SRT 기차는 나의 생활 속으로 들어왔다. 김포공항에서는 이동 거리가 멀었다.

독서경영 리더과정은 1박 2일 단체수업 후 지역으로 나눈 조별로 두 달 동안 진행을 했다. 대구로 울산으로 생전 혼자서는 지방을 간 적이 없는 내가 기차를 타고 다녔다. 남편과 아들은 엄마의 이런 모습에 어리둥절해했다. 회사에서 집만 오가는 엄마였기 때문이다. 지정도서를 읽고 과제를 하고 책을 읽고 발표하는 모습을 동영상으로 찍었다. 회사 일을 병행하면서 하기에는 쉽지 않았다. 울산에 모임을 갈 때는 태풍이 치던 날이었다. 남편이 데려다주지 않으면 참석이 불가했다. 끝까지 해내고 싶었다. 선택한 일에 중도 포기할 수는 없었다. 말은 못하고 베란다 창문만 뚫어지게 쳐다보고 있었다. 남편이 옷 입으라고 하며 데려다주겠다고 했다. 돌아올 때는 태풍이 멈추고 노을 지는 붉은 하늘을 볼 수 있었다.

두 달 동안 다양한 미션을 해야 했다. 제일 스트레스를 받은 것은 독서모임을 결성하고 2번 이상 모임을 하는 것이었다. 평소 책을 좋아했던 후배 선미와 미정이가 함께 오즈 나비 초창기 구성원으로 참석했다. 과제를 위한 독서모임이었지만 삶에 활기가 되고 선배가 배우고 있는 독서법을 배우겠다고 했다. 두 번의 과제를 한 후 지속할지에 대한 의견을 나누었는데 계속해서 진행하기를 원했다. 후배들의 적극적인 참여와 응원이 감사했다. 나는 우리 조 MVP가 되었다. 성장에 대한 변화를 발표했는데 뭉클했다.

오즈 나비 초창기 회원에게 작은 선물을 주고 싶었다. 회사 동아리로 신청을 하면 매월 1인당 만 원을 지원해준다고 했다. 책값 일부나 모임을 할 때 음료비를 지원받을 수 있는 금액이었다. 동아리를 결성하는 초장기 작업은 수월하지 않았지만 12명 정도의 회원이 모집되었다. 11명 중 1명만 캐빈 승무원이다. 다낭 비행으로 오전에 도착했을 때도 집에 다녀와서 독서모임에 참석했다. 독서모임 리더로서 꼼꼼하게 책을 읽었고 씽크와이즈로 자료를 만들어서 참석한 직원에게 나누어주었다. 독서모임을 하는 가장 큰 이유는 혼자서는 읽지 않을 분야의 책을 다양하게 접할 수 있다.

첫 모임을 위한 책을 선정할 때는 서로 의견이 일치되지 않아 고민이었다. 책을 읽는 방법을 알려주었는데 책에 밑줄을 그을 수 없다고 하는 사람도 있었다. 차츰 익숙해지면 밑줄을 긋도록 하고 책을 읽고 토론을 하는 것에 초점을 맞추었다. 우여곡절 끝에 첫 책은 『시인, 동주』로 했다. 안소영 작가의 책이다. 『책만 보는 바보』를 읽었던 터라 작가의 따뜻한 문체가 좋았다. 극장에서는 '말모이'가 상영되고 있었는데 책과 함께 볼 만한 영화였다. 이 책을 읽으면서 윤동주가 갇혀 있었던 감옥이 후쿠오카(FUK)에 있다는 것을 알았다. 후쿠오카는 부산과 가까워서 당일치기로 항공사 직원이 많이 다니는 일본의 도시였다. 쇼핑과 기분전환으로 다녀왔던 도시에 교도소가 있었다는 사실을 알고 역사 앞에 부끄러워했다. 다음 후쿠오카 방문은 시인, 동주의 흔적을 따라가 보기로 했다.

책을 선정할 때 소설을 읽고 싶다는 의견이 많았다. 소수는 비문학도 원했기 때문에 번갈아 가면서 읽기로 했다. 2월에는 『비울수록 사람을 더 채우는 말 그릇』을 읽었다. 말에 대한 상처를 많이 받고 있으면서 정작 자신들도 다른 사람에게 말로써 상처를 주고 있다는 사실을 깨달았다. 감정에 대해서는 잠시 멈춤을 통한 거리감을 유지하는 것이 중요하다는 것을 알았다. 책을 통해 자신이 겪고 있던 인간관계의 문제점이 조금씩 보이기도 했다. 많은 말을 담을 수 있고, 필요한 말을 골라낼 수 있는 큰 말 그릇을 갖기 위해서는 나로부터 출발해야 함을 알았다.

비문학을 읽고 난 후 매력을 느낀 구성원들은 3월에는 『어디서 살 것인가』를 선택했다. 다소 두꺼운 책으로 내용도 많았다.

유현준 교수가 주장하는 학교와 교도소의 공통점은 학부모 관점에서 완전히 공감할 수 있었다. 사람이 중심이 되는 공간인 골목길과 거리를 걷고 싶어지도록 만들어야 한다고 했다. 우리 동네 큰길 옆 한쪽은 건물이 있고 다른 편은 가로수가 심겨 있다. 같은 공간 다른 느낌으로 나무가 있는 길을 걷는 것이 훨씬 가볍게 걸어졌다. 이렇게 인문, 교양 부분의 책을 읽어냈다.

두 권의 비소설을 읽었으니 4월에는 『인어가 잠든 집』을 읽었다. 화사한 분홍색 표지로 인터넷 서점에서 '히가시노 게이고' 신간을 알리고 있었다. 제목과 달리 무거운 주제였다. 책을 읽을 때 꼬리의 꼬리를 물려 몰랐던 사실을 찾아보고 알아내는 일이 흥미로웠다. 소설은 등장인물을 잘 알아야 한다. 주요 인물 소개와 내용을 알려주고 생각해보는 시간을 가졌다. 따뜻한 봄날 오후였다. 공항 근처 카페에서 모임을 했다. 앉은뱅이책상이 놓여 있고 낮은 창문 밖으로는 봄꽃이 보였다. 위쪽 창문 사이로는 햇빛이 비치고 있었다. 이야기는 상대방을 이해하는 마음에서부터 출발했다. 장기이식, 모성애, 집착에 대해 서로의 생각을 나누는데, 왠지 서글픈 마음이 들었다. 오랫동안 모임을 하고 싶다고 했다.

독서모임에서 가장 고민이 되었던 것은 책 선정이었다. 선정한 후에도 '싫었네', '할 수 없이 읽었네!' 등의 불평이 나오곤 했다. 먼저 모임을 꾸린 선배는 리더가 책을 선정해도 무관하다고 했다. 동료들은 오랫동안 책을 읽지 않았기 때문에 쉬운 책부터 읽고 싶어 했다. 어느 정도 독서를 했던 직원은 수준에 맞지 않아 참석하고 싶지 않다고 했다. 그 점은 리더가 책을 읽고 진행하는 방식에서 유용한 정보와 이야기를 전해줌으로써 크게 문제 되지 않음을 알았다. 독서모임을 주최하면 리더가 가장 많이 성장한다고 한다. 네 번의 모임을 통해 회원들도 조금씩 성숙해졌다.

그러나 이것을 끝으로 독서모임을 더는 열지 못했다. 머지않아 닥칠 일이라고 생각했지만, 현실은 생각보다 빨리 왔다. 일 년은 할 수 있을 줄 알았는데. '오즈 나비' 독서모임은 그렇게 끝을 맺게 되었다. 그럼에도 사내 독서 동아리를 운영해본 경험과 회원들에게 독서모임의 재미를 알게 해준 것만으로도 만족한다.

4장

컴플레인 처리의 달인

1. 어떻게 원하는 것을 얻는가

부산에서 인천공항으로 출발하는 내항기를 하루에 두 편 운항하고 있다. 오후 비행기는 항공기 연결에 따라 출발 시각이 다르다. 중국 광저우에서 도착한 비행기가 인천으로 출발하는 스케줄이었다. 광저우공항 혼잡으로 항공기가 지연되었다. 이로 인해 인천에서 하와이로 가는 OZ232 편 손님들이 연결이 불가했다. 대체항공 편은 하와이안항공이 있었다. 하와이 손님 중에 다섯 분이 일행이었다. 할머니, 성인 남녀, 17세 남자, 12세 여자아이였다. 가족으로 한국에 친지 방문으로 오셨다가 하와이로 돌아가는 것이었다. 사촌 동생분이 함께 공항에 오셨다. 어르신이 계셔서 아시아나를 선택했다고 하셨다. 하와이안항공으로 제의하니 좌석을 같이 앉으셔야 한다고 했다. 업무 협조를 위해서 하와이안항공 인천공항에 연락했다. 처음에는 도와주겠다고 하더니, 연결시간이 부족해서 탑승시키지 말아달라는 것이었다. 시간이 넉넉하지 않지만 못 탈 것 같지는 않았는데, 탑승시키지 말라고 하니 어쩔 수 없었다. 실제 이동하는 시간이 좀 걸리기는 하다. 더욱이 할머니와 어린이가 있어서 위험 부담은 있었다.

한국말을 할 수 있는 사촌 동생분을 통해 협상해야 했다. 하와이는 다음 날 아시아나항공을 이용하기로 했는데, 제반 사항에 대해 조율해야 했다. 호텔을 제공하는데 방을 몇 개 사용할 것인지, 친척 집에서 자고 싶은데 호텔비는 줄 수 있는지를 물어보셨다. 항공사 사정으로 하루 지연되니 하루 시간 동안 관광하는데 택시비를 지원해줄 수 있냐고 했다. 냉장에 넣어야 하는 큰 상자가 있는데 보관할 수 있는지도 문제였다. 큰 상자는 공항 식당의 도움으로 보관을 해주기로 했다. 항공기 연결 지연도 천재지변에 해당하므로 항공사에서 보상의 의무는 없지만, 항공권 재발행을 통해 여정을 변경하고 있었다. 거의 한 시간 이상 응대를 했었다. 목이 쉴 정도였다. 항공사에서 제공할 수 있는 범위 안에서 최대한 고객의 요구를 수용했었다. 감사하다고 인사를 하고 하와이로 돌아가셨다.

며칠 후 미주본부에서 메일이 왔다. 사촌 오빠분이 하와이에서 불만을 접수했다. 미주 불만 담당자에게 항공기 지연 경위와 응대 내용을 회신해주었다. 오빠분은 한국에서 어떤 서비스도 제공하지 않았다며 보상을 요구했었다. 우리는 최대한 가족 구성원을 고려하여 협의하여 제공했음에도 불구하고 말이다. 항공기는 다른 교통수단보다 많이 복잡하다. 예상하지 못한 일들이 생겼을 때도 기본 법칙 외 상황이 다양하다. 처리하는 방식이나 보상범위도 천편일률적으로 똑같지는 않다. 그 일이 있고 며칠 뒤, 사촌 동생분을 공항에서 다시 만났다. 먼저 인사해주시며 고마웠었다고 했다. "오빠분이 하와이 들어가셔서 불만편지 적으셨던데요?" 손님도 놀라는 표정이었다. 추가 보상은 당연히 없었다. 손님은 왜 어떤 원하는 것을 얻고 싶어서 불만메일을 보낸 것일까?

2000년대 초반에 서비스 교육에 관한 관심이 높아지면서 CS 강사라는 직업이 많이 생겼다. 회사에서는 김포공항을 비롯해 각 지방공항에 근무 인원에 대비해서 CS 강사를 선출했다. 주관부서는 교육팀으로 서비스 강사 양성과정을 진행했었다. 본사 집체교육 후 근무 지역에 전파 교육을 하는 것이었다. 서비스 담당 직원의 의지에 따라 진행되는 업무는 달랐었다. 초창기에는 문 차장님이 당차게 이끄셨다. 회사에서도 CS 강사 역할이 중요했다. 지원도 많이 받았던 때였다. 파워포인트와 다양한 심리검사 도구 교육 등 전문성을 요구하는 교육을 받았다. 성격유형, 유형별 고객 응대법, 불만 유형과 같은 교육은 심리와 상담기법을 배울 수 있었다. 공항서비스와 전화 예절 관련 매뉴얼도 이때 만들어졌었다. 워크숍을 통해 의기투합도 했었다.

회사에서는 VOC 담당자를 지정해서 불만이 접수되면 해당 부서 담당자에게 보냈다. 문의, 제언, 칭송 그리고 불만으로 구성된 VOC는 해당 내용을 확인한 후 고객이 원하는 답변 방식으로 연락을 취했다. 체계적인 고객관리를 위해 새로운 시스템을 도입했다며, 운영과 처리 방식을 알려주겠다며 VOC 담당자를 교육에 참석시켰다. 새로운 시스템에 대한 교육은 진행했지만, 어떻게 고객을 응대하는지는 알려주지 않았다. 고객 불만 응대에 대한 절차와 스크립터는 없었다. 규정과 지침에 따라 업무를 하고 고객을 응대하는 자세는 담당자의 역량에 달려 있었다. 문제가 발생하는 VOC는 불만 때문에 VOC 담당자는 불만을 해결하는 담당자이다. 고객 만족팀에서 모든 업무를 처리할 수 없으므로 현장에서 발생한 문제는 담당자가 해결해야 했다. 어떤 식으로든 문제가 발생한 지점으로 다시 돌아왔다.

고객 불만이 발생하는 원인은 다양하다. 손님의 성향도 다양했다. 단순히 발생한 문제에 대한 사과를 요구하는 때도 있지만 보상을 받고자 하는 때도 있다. 직원의 업무 과실로 인해 발생되는 불편함에 대한 보상과 서비스 태도가 좋지 않아 기분이 나빴다는 등의 불만도 있다. 직원과 수속 중에는 불편한 기색을 보이지 않았는데 나중에 응대 태도 불만으로 접수가 된다. 담당 직원은 기억조차 하지 못한다. 비슷해 보이지만 조금씩 다른 불만에 대해 어떻게 응대를 해야 할지 고민되었다. 책을 찾아보았다. 고객을 응대하면서 어떻게 하면 효율적으로 상황을 해결할 수 있을지 생각했다. 먼저 고객 처지에서 생각했다. 상황을 고려하고 직원의 입장을 고려했다. 고객과 직원으로서 중립을 지키려고 했다. 불만을 해결하는 담당자는 특정인의 입장으로 문제를 보면 안 된다고 생각했다. 어떻게 말을 해야 설득력이 있는지, 금액적인 보상을 할 때는 어떻게 협상을 진행해야 하는지 등에 대해 알고 싶었다. 어떻게 상대에게 신뢰감을 주고, 진정성 있게 문제를 해결하고 있다는 마음을 전달할 수 있을지 생각했다.

VOC 접수 유형 중 '문의'가 있다. 기본적인 규정과 카운터 시작 시각을 묻는 단순 문의에서 불편했던 일에 관한 내용을 문의나 제언이라는 형식으로 불만을 제기하는 때도 있었다. 이런 이유로 VOC에 접수되어 지점에 할당되는 내용은 '행간의 의미'를 파악할 수 있도록 적어도 10번을 읽었다. 내용을 읽다 보면 눈앞에 상황이 그려졌다. 직원이 손님께 취했을 행동과 표현도 유추가 가능했다. 손님이 실제로는 어떤 마음을 감추고 있다는 것도 알게 되었다. 두세 차례 메일이나 통화를 하면 손님이 진정으로 속상해했던 부분을 확인할 수 있었다. 문제가 발생한 상황에서 사람의 마음을 다치지 않게 하면서 효과적으로 응대할 수 있을지 궁금했다.

2017년 8월 1일 『어떻게 원하는 것을 얻는가』라는 책을 발견했다. 와튼스쿨 13년 인기강의이고 세계 최고 MBA에서 가장 비싼 강의가 될 수밖에 없는가? 부제목이 붙어 있다. 제1강은 '파리행 비행기로 갈아탈 탑승구가……'로 시작되었다. 이 책에는 항공사에 대한 예화가 많이 나오는데 어느 것 하나 동의할 수는 없었다. 현실적으로 업무를 하는 데 있어서 직원이 아무리 책임자라고 해도 수수료를 내지 않게 한다든지, 항공기 문을 닫은 상태에서 단순히 늦게 온 손님을 태우기 위해 문을 열었다는 내용은 '정말? 해외에는 이럴 수도 있어?'라는 생각을 들게 했다.

그런데도 이 책은 고객과 소통하는 과정에서 많은 도움을 받았다. 현장에서는 본사를 통해 불만이 접수되지 않아도 크고 작은 일들로 항상 문제가 발생하고 있다. 어떤 문제에 직면했을 때 항공사 카운터 직원이 응대하고 있었다면 그 직원에게 비이성적으로 대할 것이다. 욕을 하거나 공항이 떠나갈 듯이 소리를 지르거나 자신의 가방을 벨트 위로 던져버린다. 이 책에서는 이런 경우를 상대방이 스스로 부정적인 감정을 극복할 수 있도록 도와줄 필요가 있는데, 이때 필요한 것이 감정적 지급이라고 했다. 이런 행동은 진심이라기보다 그냥 자신의 감정 해소 차원에서 한 말이니, 때로는 침묵이 가장 훌륭한 감정적 지불이 될 수도 있다고 책은 말하고 있었다. 이 책에서 가장 공감할 수 있었던 구절이어서 직원들에게도 알렸다. 상황에 대해 거칠게 반응하는 손님께 감정적으로 해소할 수 있는 시간을 제공하라고 했다. 탑승수속 중에 예상하지 못한 상황이 발생하면 정보를 제공한 사람도, 눈앞에 있는 사람도 직원이다. 다소 격한 감정을 나타내도 먼저 이해하라고 했다. 충분히 공감할 수 있다. 보통 욕을 하거나 화를 내면 "손님, 욕하지 마세요!"라고 말하면 손님은 바로 더 심한 욕을 내뱉는다. 무조건 참으라고 하는 것은 아니다. 상황을 고려하여 장시간 나쁜 감정을 지불하면 손님을 진정시켜야 한다. 공항 경찰의 도움을 받아서라도 그만하도록 해야 한다. 손님이 내뱉은 욕설과 부정적 감정에 대해 상처받지 않도록 해야 한다.

신입사원 시절에 경험한 목포항공기 추락사고는 잊을 수가 없다. 규정을 철저하게 지켜야 한다는 생각을 20년이 넘도록 고수하는 이유였다. 책에서도 위기나 협상에서 원하는 것을 얻기 위해서는 규정과 근거를 잘 알고, 이성적이고 합리적으로 행동해야 한다고 조언하고 있다. 또한 '목록은 무질서한 세계 속에서 일정한 질서를 부여한다'라는 대목에서는 문제해결을 위한 목록을 정리했다. 규정에 대해서 이미 인지하고 있는 것일지라도 재확인을 한 다음 고객에게 설명했다. 금액이나 마일리지 보상 등 협상을 해야 할 때는 반드시 보상 규정에 따라 보상범위가 정해졌음을 알리고 고객이 결정할 시간을 주었다. 불만 내용의 경중을 떠나서 판례가 있었는지 확인이 필요하다면 소비자원의 홈페이지에서 키워드를 입력한 후 검색을 했다.

규정과 판례는 내 머릿속과 관련 내용을 잘 가지고 있으면 된다. 필요할 때 꺼내서 쓸 수 있고 펼쳐 볼 수 있으면 되는 것이다. 얼굴을 볼 수 있으면 상대방의 표정이나 태도를 볼 수 있다. 오해할 수 있는 여지가 잘 없지만, 전화나 메일을 통해서는 읽어내기가 어렵다. 목소리 톤과 발음 연습도 했다. 차분하지만 너무 낮지 않게 말하려고 했다. 한번은 통화하는 내 목소리를 녹음한 적이 있었다. 옆에서 통화하는 내용을 듣고 있는 직원은 말 잘한다고 했지만, 촌스러운 사투리와 말하는 데 '아. 네. 그'를 너무 많이 사용하고 있었다. 같은 말이라도 정중하고 친근하게 표현하려고 노력하고 연습을 했다.

눈에는 보이지 않는 무언가를 파악하려고도 했다. 절대 거짓말은 하지 않았고 약속은 반드시 지켰다. 그만큼 업무를 해결하는 데에는 많은 시간과 에너지가 필요했다. 찾아본 만큼 전문가다움을 인정받았다. 풀리지 않을 것 같은 불만도 해결이 되었다. 손님들도 나에게 감사하다는 말씀을 꼭 해주셨다. 기분 나쁘지 않게 마음 상하지 않게 잘 해주고, 배려받았다는 마음이 들게 했다고 했다. 남들의 인정보다 자신을 스스로 인정했을 때 만족감이 더 컸다. 역할을 충실하게 했다는 사실이 중요했다. 이렇게 불만과 문제가 있는 손님은 이야기하는 과정을 통해 서서히 내 팬이 되어갔었다.

2. 백두산 인삼꿀 맛

심양에서 출발한 비행기가 도착했다. 컨테이너에서 가방 내리는 작업을 하는 매니저가 파손된 가방이 들어간다고 워키토키를 했다. 중국발 항공편에서 파손된 가방이 많이 도착해서 골머리를 앓고 있었다. 남자 손님 한 분이 가방이 깨져서 도착했다고 오셨다. 죄송하다고 말씀드리고 수하물 사고 접수를 했다. 가방이 파손되면 수선이 가능할 경우 우선으로 수리업체로 보낸다. 가방 면이 깨졌을 때는 수리 불가하다. 손님의 가방 몸체(SIDE)가 파손되었다. 브랜드와 구매한 날을 기준으로 감가상각을 고려한 후 비슷한 금액대로 가방을 사드린다. 대체가방을 제공하는 것이다.

공교롭게도 몇 차례에 걸쳐서 손님의 가방이 파손되었다. 대부분 손님은 가방이 파손되면 언성부터 높이는데 반복되는 상황에도 흥분하지 않으셨다. 너무 점잖으셨다. 심양에서 사업을 하신다며, 자주 나가는데 요즘 자주 문제가 생긴다며 "내가 가방 부수는 거 아닌데." 겸연쩍어하셨다. 그렇게 사장님과 인연이 되었다. 탑승수속 카운터로 업무가 변경되었고 선임 과장이 우수회원 카운터를 담당했다. 골드손님 이상 다이아몬드 카운터를 이용할 수 있다. 우수회원 카운터를 담당하고 있으니 사장님을 더 자주 뵐 수 있었다. 휴무인 날에도 동료직원에게 항상 안부를 물으셨다고 했다.

직원으로서 손님께 해드릴 수 있는 것은 카운터에 오시면 반갑게 인사하고 잘 지내셨는지 안부를 묻는 것이다. 사장님도 수속 밟을 때 곤란하지 않게 위탁 수하물을 가지고 오셨다. 정확하게 심양에서 무슨 사업을 하시는지 몰랐다. 상용 고객으로 자주 다니시는 분들이 많으며 우연히 알게 되지 않는 이상 따로 여쭤보지는 않는다. 어떤 손님의 경우에는 직원하고 안면을 트고 본인의 편의를 요구하시는 때도 있다. 규정을 지켜주시고 무리한 부탁으로 곤란하게 하지 않는 모범적인 우수회원이셨다.

사장님이 자주 심양을 다니실 때는 개인적으로 업무가 많았다. 수하물에서 카운터로 올라오면서 다시 서비스와 고객 불만에 대한 업무를 할 때였다. 자연히 스트레스가 많고 본사와 기관의 서비스 점검으로 매일매일 직원 교육을 해야 했다. 얼굴에 웃음은 없고, 눈 밑에는 다크서클, 어깨는 구부정한 상태가 되었다. 안색은 핏기라고는 없고 기침을 달고 있었다. 매번 카운터에서 스트레스 받지 말고 맘 편하게 일하라고 일러주셨다. 건강해야 한다고 안색이 창백한 것에 마음이 쓰이신다고 했다.

한동안 공항에서 뵙지 못했다. 어느 날 오시더니 분홍색 보자기로 묶어진 보퉁이를 내미셨다.

"과장님 줄라고 백두산서 인삼 캐서 꿀에 재운 거라. 진짜라. 이거는 내 정성인데. 집에 가서 우유 넣고 같이 갈아 먹거나 하면 되십니다."

맨날 기침 달고 살고 마른기침한다면서 주신 선물이었다. 인삼을 잘게 썰어서 꿀에 재운 인삼꿀차였다. 나는 특별하게 도움을 드린 것이 없다. 왜 이렇게 신경 써주시냐고 했더니 그냥 사람이 좋아서 마음이 쓰인다고 하셨다. 카운터에서 만날 때마다 반갑게 인사해주고 잘 사는지, 어찌 살았는지 안부 물어봐 주는데 그게 좋다고 했다. 매번 볼 때마다 내가 기침했다고 하신다. 웃고 있어도 나이가 들어 그런지 아픔이 있어 보인다며 신경 쓰이게 하는 직원이라고 했다. 오실 때마다 얼마나 먹었는지 잘 챙겨 먹는지 물어보셨다. 그때마다 나는 열심히 갈아 먹지 않아서 뜨끔했다. 냉장고에는 엄마가 준 경옥고, 홍삼액, 모과차가 있고 사장님이 주신 꿀 인삼차도 있다. 마른기침과 환절기마다 찾아오는 감기 덕에 모인 보약이다.

'효리네 민박'에서 효리는 보이차를 마신다. 그 모습을 보니 식탁에서 물이 빠지는 다기 세트를 사고 싶었다. 인터넷 쇼핑몰에서 협찬한 도구들이 세트로 살 수 있게 구성되어 있었다. 커피는 광적으로 마시길 좋아하는데 '차' 종류에도 관심이 많다. 보이차는 어떤 것이 좋은지 몰라서 사지는 못했다. 두통과 숙면, 스트레스에 효과적인 캐모마일차를 자주 마셨다. 홍콩에서 사 온 재스민차, 북경에서 샀던 녹차를 한참 우려 마셨다. 다기 도구 구매에 빠져 있을 때 CS 힐링 교육을 5월에 했다.

장소는 북촌이었는데 다도 교육이 프로그램에 있었다. 다도 선생님은 방석을 밟고 앉은 남자 과장님을 야단쳤다. 예의에 어긋나는 태도라며 예절 교육을 먼저 해야겠다고 했다. 호랑이 선생님이셨다. 교육은 다기 세트를 사고 싶은 마음을 증폭시켰다. 예절원에서 판매하는 다기 세트를 사려고 했으나 모두 만류했다. 인터넷이 저렴하니까 생각해보고 사라고 조언했다. 그때 샀어야 했는데, 아직도 구매하지 않았다.

듀티 매니저 카운터를 운영하면서 우수회원 카운터에 앉지 않았다. 전체 카운터를 관리해야 하고, 우수회원 카운터 대기 시간이 길어지면 손님을 모셔 와서 수속해야 했다. 아침 비행기는 거의 8시 정도면 카운터가 조금 조용해진다. 요일과 운항편에 따라 달랐다. 사장님이 안 바쁘면 잠시 카운터에서 나오라고 하셨다. 종이 가방을 주시는데, 신문지에 싸인 듯한 포장이 보였다. '보이차'라고 했다. 보이차도 종류가 많고 어떤 것은 굉장히 비싼 것으로 알고 있었다. 사장님도 좋은 것이라고 하며 잘 우려 마시라고 했다. 장 과장에게도 주라고 하시면서 두 개를 주셨다. 맛 좋고 품질 좋은 보이차를 선물 받았지만 제대로 준비해서 마시기가 어려웠다.

동그랗게 만들어져 있는 보이차 겉면에는 중국말로 적혀 있다. 찻잎도 밀도 있게 딱딱하게 붙어 있어, 손으로 쉽게 떨어지지 않았다. 1인용 다기 찻잔은 가지고 있어서 우려 마셨다. 구수한 맛? 그 맛에 대해서는 잘 모르지만 따뜻한 차 맛이 그냥 좋았다. 사장님의 마음이 감사했다. 후배들은 부러워했다. 언니는 특별하게 하는 것도 없어 보이는데 커피 사주고 가고 선물도 챙겨주는 손님도 있다고 했다. 그러게 말이다. 이유는 솔직히 모를 일이다. '그놈의 인기는'이라고 말하고 웃어넘긴다.

올 4월에 밴드 초대 메시지가 왔다. 밴드명이 '진공 보이차'이다. 가만히 보니 김 사장님이 보내셨다. 아호가 '진공'이신지 댓글에는 선생님으로 불리고 있었다. 고급스럽고 우아하게 생긴 차호와 따뜻한 차 한잔하라며 글을 올리신다. 멋스러운 차호를 보고 있으면 구매욕이 급히 상승했다. 차(TEA) 사업을 하신 모양이었다. 밴드 사진에는 공방에 진열된 차호와 찻잔 그리고 보이차가 보인다. 다양한 차호와 갈색 물이 우려진 찻잔을 올리신다. 갈색 물은 왠지 쓰고 텁텁한 맛이 날 것 같다.

밴드 가입은 했지만, 인사는 하지 못했다. 사장님도 경주에 정착하신 것 같다. 한동안 공항에서 뵙지 못했다. 그렇게 5월이 되었고 퇴사를 결정했다. 9월 30일까지 근무를 하는 동안에도 오시지 않으셨다. 아무런 이유 없이 나에게 정성을 다해주신 어르신이다. 나는 무심한 사람이다. 조만간 연락을 드리고 경주로 뵈러 가야 할 것 같은데 내년으로 넘어갈 것 같다. 냉장고 속에 보니 꿀에 절인 백두산 인삼이 보인다. "귀찮아도 꼭 갈아 잡수세요"라던 말씀이 들리는 듯하다. 지금도 "열심히 먹고 있어요, 이제 몇 번 남지 않았어요"라고 하면 "드린 지가 언젠데, 아직도 있단 말이고!" 하며 호통치실 것 같다.

3. 목걸이는 선물입니다

매년 2월에는 중국인 유학생이 입국한다. 학교가 3월에 개강하니 미리 한국에 들어온다. 새 학기를 맞을 준비를 한다. 새내기 학생은 먼저 한국으로 유학 온 선배를 따라다니기 바쁘다. 부산에 도착하는 중국인 학생은 북경(PEK)에서 온다. 아시아나항공(OZ)과 에어차이나(CA)가 운항하고 있다. 유학생들이 많이 입국하는 시기에는 수하물이 도착하지 않는 사고가 발생한다. 주된 이유는 북경공항 수하물 처리 시스템 작동 오류이다. 이럴 때 30~40개 가방이 오지 않을 때도 있다. 에어차이나는 아시아나항공에서 조업하는 항공사인데, 무게중심(Payload)에 문제가 생기면 위탁소화물을 초과하는 용량만큼 탑재하지 못한다. 손님과 함께 도착하지 않은 가방을 미도착 수하물이라고 하고 수하물 사고를 접수한다. 수하물 사고 중 지연(Delay)에 해당한다.

위탁 수하물에 대해 사고 접수는 매우 중요하다. 통상적으로 목적지에 도착하는 마지막 항공사에서 대부분 책임을 지고 처리하도록 약속되어 있다. 예외적일 수도 있는데 보편적인 규정이다. 항공기 여행 중에 위탁 수하물이 도착하지 않거나 파손된 경우에는 지연은 21일 이내, 파손은 7일 이내 신고를 해야 한다. 현장에서 바로 하는 것이 좋으나 그렇지 않을 때는 반드시 기간 내 신고를 해야 한다. 시일이 지나면 접수 자체가 불가능하다. 직원이 전화로 접수할 때 반드시 확인하는 사항이다. 실제 기일이 지나 접수할 경우가 있는데 그때는 규정상 접수 불가임을 알려드리고 접수하지 않았다.

위탁 수하물은 가방이 지연돼서 도착하기 때문에 손님의 과실인 경우를 제외하고는 항공사에서 배송한다. 주소가 필요하다. 학생들에게 물어보며 주로 학교 이름만 알고 있는 경우가 대부분이다. 학교 이름을 적고 기숙사 관리실로 배송을 해주겠다고 하고 회사 전화번호를 서류에 적어준다. 도착장 밖에서 학생들을 기다리는 교수님이 사고 접수된 서류를 보고 연락을 주신다. 교수님은 중국 학생이라 정확하게 의사소통이 되지 않았기 때문에 내용 재확인차 전화를 하신다. 불편함을 겪는 사람은 학생이다.

이 시기에는 공항 청사 앞에는 학교별로 대형 관광버스가 기다리고 있다. 중국 유학생이 학교로 이동키 위한 것이다. 많은 학생이 한국에 유학을 오는 것 같다. 부산대, 부경대, 동서대, 부산외대도 많으며 신라대와 경남 쪽 대학에서 공부한다. 교수님 한두 분은 항상 조교와 학생을 맞이하고 공항에 오시는데 전화를 주신 교수님도 공항에 계신다고 했다. “학생들 어쩌라고 가방을 안 보내줍니까?" "당장에 우짜라고요, 가방은 북경에 있는 것은 맞습니까?"라고 하시면서 언짢아하셨다. 정식적으로 가방이 도착하면 깔끔하게 일 처리가 된다. 30~40개가 오지 않으면 처리하는 시간이 많이 소요된다.

유학생들이 비슷한 시기에 입국하다 보니 연일 가방 미도착 상황이 벌어진다. 대량의 수하물이 한꺼번에 도착하지 않는 예도 있고 3~4개 정도 도착하지 않을 경우도 있다. 유학생을 담당하는 교수와 하루에도 몇 차례 통화하고 일주일 내내 연락을 하기도 한다. 처음에는 버럭버럭하던 책임 교수도 나중에는 잘 챙겨서 보내달라고 부탁을 한다. 항공사의 상황을 이해하게 된 것이다. 가방 배송을 할 때는 퀵서비스 업체와 연계해서 배송하며 수하물 파손과 오류가 없도록 확인 또 확인한다.

위탁 수하물이 대량으로 도착하지 않는 경우는 항공사의 조종사 파업이나 항공기 무게 용량 초과일 때가 많다. 제일 많은 경우는 폭설이나 폭우가 왔을 때 특정 도시에서 출발하는 손님의 가방이 도착하지 않는다. 한 번에 100개 이상 도착하지 않으면 수하물 사고 접수를 모두 해야 하고, 엑셀로 배송지를 정리한다. 도착한 가방은 미검사 수하물로 세관에서 직원이 직접 검사를 받은 후 통관이 된다. 이 과정에서 해외에서 구매한 물품에 관해 확인이 필요하거나 과세를 징수해야 하는 때도 있다. 손님에게 연락해서 세관 직원과 연락을 취하게도 한다. 담당자

1명이 할 수 없으므로 도움을 요청한다. 도착한 가방은 수하물 표와 가방 타입을 확인해서 해당 가방에 서류를 붙여서 실수 없이 배송될 수 있도록 준비한다. 목이 쉬고, 시스템에 입력한다고 손가락은 부러질 것 같다. 구름 떼같이 몰려드는 손님들 사이에 줄 서라고 하고, 내가 먼저라고 소리 지른다. 맨 마지막에 접수하게 되는 손님은 조용히 기다려주신 분이다. 감사하고 죄송해서 입국장에서 나가시는 곳까지 같이 모셔다 드린다.

"안녕하십니까? 어서 오십시오." 남자 손님이 이름표를 본다.
"김정희 과장님? 주종만입니다. 중국 학생들 가방……"
"네, 교수님. 이렇게 뵙네요. 지금은 카운터에서 근무해요."

교수님은 더 자주 볼 수 있겠다며 근황을 말씀하신다. 북경에서 몇 년 있게 되었다고, 학교 일로 자주 왔다 갔다 하실 거라고 했다. 중국 학생들에게 친절하게 말해주어 고맙다고 했다. 가방 안 왔다고 우는 학생도 있었는데 가방 내일 도착하니 울지 말고 걱정하지 말라고 했다. 어린 학생들의 나이는 아들 녀석과 비슷했다. 무슨 일이 생길 때마다 자식하고 비슷한 나이의 손님한테는 신경이 쓰였다.

하루 쉬고 출근을 하니 후배가 선물 상자를 주었다. 주 교수님이 어제 오셨다가 내가 휴무니 후배에게 주고 가셨다. 비싼 건 아니고 성의로 받아달라고 했단다. 선물은 정성이고 고마움이다. 은으로 만든 뾰족한 태양 모양의 브로치였다. 감사하다는 말씀도 전하지 못하고 있었다. 방학을 전후로 한국에 오셨다가 나가시는데 오랜만에 카운터에서 뵈었다. 자주 아시아나를 이용하지 못해 회원등급이 골드로 내려갔다고 했다. 속상하다고 하시며 방법이 없는지 물어보셔서 본사 회원 담당 부서로 직접 문의해보시라고 했다. 기한을 정해서 탑승 조건을 제시하고 처리가 된 적이 있다는 정보를 다른 회원에게 들었다. 이런 고급 정보를 줘서 고맙다고 하시며, 일단은 연락해보겠다고 했다.

수속에 문제가 생긴 손님을 응대하고 있는데 안내하는 직원이 와서 말을 건넨다. 대기 줄을 가리키며 '저 손님이 과장님한테 절차를 밟으신다고 계속 기다리시는데, 언제 끝나요?' 주교수님이다. 한 손을 낮게 들고 괜찮다고 말씀하시는 듯했다. 한참을 기다리신 후에 수속을 했다. 다음에는 그냥 다른 카운터에서 수속받으시라고 부담된다고 농담을 했다. "과장님, 이거 목걸인데 선물입니다. 중국에는 소수민족이 만드는 수공예품이 있는데 이쁩니다. 마누라하고 과장님 거 사 왔는데, 근무가 안 맞아서 몇 달을 들고 있었네. 명품도 아니고." 괜찮다고, 받을 수 없다고 손사래를 쳤다. 손부끄럽게 비싼 것도 아닌데 받아도 된다고 했다.

마음을 받지 않으면 나쁜 사람이란다. 엄한 표정으로 단호하게 말했다. 지난번에 아들과 왔을 때는 아빠 체면을 세워줘서 어깨가 으쓱했단다. 받아도 되는 이유에 대해 열거하신다. 감사히 받겠다고 했다. 솔직히 소수민족이 직접 만든다는 말에 혹했다. 귀하다는 생각이 들었다. 카운터에서 열어보았다. 은색으로 가녀리고 화려하게 만들어진 목걸이다.

사람을 잘 기억하는 재주가 생겼다. 얼굴을, 상황을, 특징을 기억한다. '인지 서비스'라고 하는데 상대방을 먼저 알아보고 인사하는 것이다. 직원이 나에 대해 안다는 것은 말을 하지 않아도 알아서 척척 된다는 것이다. 상호 좋은 관계는 어느 한쪽이 이익을 추구하는 순간 끝이 난다. 직원을 통해 개인 이익을 요구하지 않을 때만 원만한 관계가 유지된다. 정성을 다하고 직원을 예우해줄 때, 오랫동안 서로 고마움으로 인간관계가 유지된다. 작은아들이 학교 앞 문방구에서 노란 플라스틱 반지를 사 왔다. 왜 샀냐고 물어보니 그냥 봤는데 엄마한테 주고 싶어서 샀단다. 그냥 주고 싶어 했던 마음에 감사했다.

4. 일단 답변 보고 결정합시다

"네, 말씀은 알겠는데요, 과장님이 적어주는 답변을 보고 어떻게 할지 결정하겠습니다."

불만을 해결하는 과정 중에 제일 힘든 방법이다. 손님으로서는 담당 직원이 떠들어대는 백 마디 말보다 한 줄의 신뢰성 있는 글이 성난 마음을 풀어줄 수 있기 때문이다. 사람들은 자신이 화가 난 상태를 다른 사람에게 알릴 때도 다른 모습이다. 소리를 지르고, 욕을 하고, 아무 말 안 하고 있다가 메일을 적고, 빈정대고 말꼬리 잡고, 갑자기 말 한마디 하지 않는다. 이처럼 회신을 받고 싶어 하는 유형도 다양하다. 접수한 불만을 회신받고 싶은 항목(전화, 메일, 대면, 불필요)에 따라 선택할 수 있다.

2011년 9월 11일 미국 대폭발 테러 사건으로 인해 보안의 중요성이 매우 커졌다. 공항에 근무하는 항공사 직원의 업무강도는 높아졌다. 보안점검도 받아야 했다. 협박 전화를 받았을 때 응대 지침, 탑승 후 하기 손님이 발생했을 때, 총기를 항공기에 탑재했을 때, 보안단계별 상황과 금지 항목 등을 외워야 했다. 테러의 유형에 따라, 보조 배터리가 폭발할 때마다 반입이나 위탁이 제한되고 금지되었다. 탑승수속을 하면서 보안질의도 해야 했다. 가방은 본인이 직접 챙겼는지, 위탁받은 물건은 없는지, 가방을 어디에 둔 적은 없는지 등의 내용도 질문해야 한다.

보안 질의와 위탁과 기내반입 금지 품목에 대한 안내가 제대로 안 되면 카운터에서는 큰소리가 오갈 수밖에 없는 상황이 벌어진다. 위탁 수하물에 넣으면 안 되는 물품은 라이터, 보조배터리, 충전 배터리(Power Bank), 전자담배이다. 이 외에 가루, 화학물질 등 다양한 물품이 X-RAY 통과 시 확인을 하는 내용물이다. 스프레이도 사람한테 분사 가능한 헤어스프레이, 에어 파스 등은 괜찮지만 방향제, 에프킬라 등은 위탁이 불가하다. 몇 가지 이유로 엑스레이 검사에서 재검사가 요청되면 항공사 직원이 방송한다. 손님의 성함을 방송해서 카운터에 오시면 어떤 손님은 화를 내신다. 직원이 정확하게 안내해주지 않아 자신이 수치스럽게 됐다고 한다. 전혀 생각해보지 못했던 부분이었다. 아무튼, 탑승수속을 하는 중에 많은 것을 앵무새처럼 말한다. 짧은 시간에 많은 정보를 전달하기 위해서는 말도 빨라진다. 그러면서도 고객에 대한 예의 바른 태도는 반드시 지켜야 한다. 목소리, 표정, 몸짓, 깔끔한 외모도.

위탁 수하물 보안 검색하는 곳에서 연락이 왔다. 손님의 가방 안에 '가루' 같은 것이 있어서, 열어서 확인해야 한다는 것이다. 방송해서 손님을 찾으니 출국장에 이미 들어가셨고 탑승구로 오셨다. 출국에 근무하는 직원은 이유를 설명하고 카운터 직원이 대신 가방을 열어서 검색해도 되는지 물어보았다. 손님은 감기약이라고 확인하라고 했다는 것이다. 카운터 직원이 가방을 열어서 검사하고 있었는데, 갑자기 손님이 직접 검사를 받겠다고 카운터로 나가겠다고 했다. 보안검색실에 도착한 손님이 경악을 금치 못했다. "왜 남의 가방을 허락도 없이 열어봅니까!" 검색실에 있던 직원들은 열어도 된다고 하지 않았냐고 했는데, 손님은 재검사한다고 해서 엑스레이로 하는 줄 알았지 열어도 된다고 하지 않았다는 것이다. 손님의 불만은 굉장했으며, 직원들에게 잘못했다는 각서를 적고 지장을 찍으라고 했다. 겁먹은 직원은 손님이 시키는 대로 지장을 찍었다. 법적으로 대응할 것이라고 하며 항공기에 탑승하셨다.

다음 날 손님께 전화를 드렸다. 직원에게 상황 보고를 받았는데 손님께 직접 내용을 확인하고 싶다고 했다. 당시 상황과 직원이 안내한 내용을 담담하게 풀어내셨는데, 가만히 들어보니 화가 폭발한 포인트는 '수치심'을 자극한 것 같았다. 우선 "엑스레이를 통과시켜서 검사하고 있는 줄 알고 나오셨는데, 직원들이 가방을 열고 가루약을 찾는다고 펼쳐놓은 상황을 보고 많이 놀라셨겠습니다"라고 말씀드렸다. 남자 손님이었지만 매우 예민하고 섬세한 성격이었다. 국제선 비행기에 탑승한다는 것은 자국을 떠나 타국으로 가는 것이고, 타국에서 집으로 돌아온다는 의미이다. 기본적으로 여행용 가방에는 속옷과 같은 여러 가지 물건들을 넣는다. 누가 내 가방을 열어보지 않는다는 전제하에 내용물을 꾸리기 때문에 작은 가방마다 넣어서 보관하지는 않는다. 그런 가방을 직원들이 둘러서서 확인해야 하는 물건을 찾고 있는 모습을 보면 좋은 기분은 아닐 것이 분명했다. 이런 점에 대해 사과를 드리고 출국장에서도 가방을 열어서 검사한다는 것에 동의하는 내용으로 확인 대장을 만들었다. 이번 일을 통해 필요하고 손님과 말을 전달하는 과정에서 충분히 오류가 날 수 있음을 인지했기 때문이다. 카운터 직원에게도 마감 직전이고 탑승이 끝나갈 때까지 연락이 안 되더라도 무리해서 대리 검사를 하지 않도록 당부도 했다.

손님의 마음을 알아보고 적절하게 대응을 해준 것에 고맙다고 했다. 그 틈을 타서 직원들이 작성한 각서를 폐기해달라고 요청했으나 담당자가 마음을 풀어준 것과 상관없이 법적으로 해결하기 위해서는 필요한 문서기 때문에 폐기할 수 없다고 했다. 법적으로 효력이 있는지는 알 수 없지만, 추가로 불만이 접수되지 않게 하는 것도 고객서비스 담당자의 임무였다. 여러 가지 대화 끝에 손님이 한 말씀 하셨다. "그러면, 과장님이 글로 다시 한번 적어주세요. 내가 법적으로 처리할지는 일단 답변 보고 결정합시다." 솔직히 말하면 피를 말리는 처리 방법이다. 남들은 "글만 잘 적으면 되겠네" 하지만 그런 사람에게 나는 이렇게 말해주고 싶다. "사고 치신 분이 적어보세요. 아주! 잘 해보시죠?"

다시 원점이다. 말로 상대방을 이해시키는 것과 글로 흔적을 남기는 것은 다르다. 글이 말보다 훨씬 책임의 무게가 있다. 문자를 좋아하는 사람의 특성이 무엇일까를 생각했다. 내가 메일로 받아봤을 때 어떤 길이가 읽기가 편할까도 생각했다. 길게 쓰기보다는 단락을 끊어 읽기 쉽게 적어야겠다고 생각했다. 단어 선택도 신중하게 했다. 같은 의미라도 처리와 해결은 느낌이 다르다. 사과의 표현은 적절하게 넣어야 짜증이 나지 않는다. 죄송하다는 표현은 처음, 중간 그리고 마지막 하는 말에 사용했었다.

여러 가지 형태와 단어 선택에 주의하지만 글 속에 진심을 담아야 하는 것이 제일 중요하다. 불만을 해결하는 업무를 하면서 거짓으로 답변을 드린 적은 단 한 번도 없다. 불만을 해결하는 과정에서 손님에 대한 마음은 솔직했다. 직원이 잘못한 부분은 인정하고 사과드리고 보상이 필요하면 규정에 맞게 해결을 했다. 오랜 시간 같은 업무를 하다 보니 때에 따라서는 손님의 진심이 보일 때가 있다. '감각적인 느낌'이다. 행간의 의미까지 읽어내기를 하다 보니 경험이 쌓인 탓일 것이다. 손님의 감정을 다치지 않게 유도하며 서너 번 메일이나 전화를 하면 진짜 속마음을 알 수 있다. 다시 말해 직원의 서비스와 업무태도가 문제가 아니라 자신이 잘못한 것을 시인하게 되는 경우이다.

공항서비스와 법무팀에도 보고된 불만으로 본사에서도 진행 상황에 대해 관심이 많았다. 카운터가 마감된 시간, 점심시간 등을 할애하며 3일에 걸쳐서 수정, 보완 작업을 했다. 법무팀에 메일을 전송해서 특별히 법적으로 문제가 될 만한 문장이 있는지 확인을 받았다. 문제가 없을 것으로 검수를 받고 손님께 메일을 보냈다. 며칠 후 답변이 왔다. '과장님이 보내준 글에 정성과 진심이 느껴집니다'라고 시작했고 '이번 일에 대해서는 어떤 법적인 책임을 묻지 않겠습니다'로 끝이 맺어졌다. 거의 한 달 정도 시간이 소요되었다. 시간을 두고 차근차근 해결해야 하는 문제에 관해서는 먼저 책을 읽었다. 『어떻게 원하는 것을 얻는가』는 항공사에 관한 많은 사례를 들고 있지만, 해결 결과에 대해서는 동의할 수 없었다. 역으로 고객의 입장을 알 수 있는 사례로 활용할 수 있었다.

일 년에 한두 번은 해결하기 힘든 불만이 접수된다. 무조건 책부터 읽었다. 내가 작성한 글을 보고 결정한다는 것은 설득을 해보라는 것이다. 이해가 되면 보상 없이 상황이 종료됐다. 말이 아닌 글로 사과를 원하는 손님은 대체로 물질적 보상을 요구하지 않았다.

5. 공항 불만 1위는 좌석 배정

고객 만족팀에서는 매월 VOC 실적을 집계한다. 칭송, 불만, 제언, 문의를 구분하고 예약, 공항, 기내 그리고 비정상 운항에 따른 운항 부분이다. 항공사에서는 고객과 접점 하는 세 곳이다. 예약은 대표전화 1588-8000에서 근무하는 직원이다. 예약부서에서 일반 안내와 회원제도 안내 그리고 각종 발권 업무를 하고 있다. 관리직을 제외하고 조업사 직원이 근무한다. 캐빈은 비행기를 타고 가는 동안에 고객과 만난다. 장거리 비행일 때 서비스가 제공되는 횟수가 많고 안전과 연관되어 준수해야 할 업무가 많다. 얼마 전 승무원 인터뷰에서 주 업무는 기내안전요원이라고 했다. 예전의 인식과 달라진 부분이다. 서비스에 집중되어 있던 기내 승무원의 위치가 안전요원으로 관점이 이동된 것이다.

공항은 손님과 처음으로 얼굴을 보고 맞이하는 장소이다. 다양한 방법으로 예약과 발권을 완료한 손님이 카운터에 와서 전자항공권을 제시한다. 사전 좌석 배정이 가능하고 출발 하루 전 자동 절차 시스템도 있다. 손님이 홈페이지에서 사전에 수속하겠다는 신청을 해야 한다. 손님 스스로 좌석 배정까지 완료한 상태에서 위탁 수하물을 보내기 위해서 카운터에 오신다. 위탁 수하물이 없는 경우에는 바로 모바일 탑승권을 이용해서 출국장으로 이동한다. 대부분은 문제없이 잘 준비해서 오시지만 가끔은 중국을 가시는데 비자를 만들어 오지 않는 경우도 발생한다. 항공사 직원이 사전에 확인하지 못한다.

공항에서는 직원의 응대 태도로 인한 불만과 업무적인 불만이 공존한다. 타 부서도 마찬가지이지만 직원과 손님이 직접 노출이 되면서 문제는 심각한 방향으로 진행될 수도 있다. 미국에서 비상구에 앉은 손님을 응대하는 장면이 동영상으로 노출된 적이 있었다. 미국은 장애인차별금지법을 적용받고 있으므로 매우 조심해야 한다. 휠체어 사용에 대한 물음도 직원이 먼저 하면 안 된다고 했다. 직원이 먼저 도움을 드리고자 했던 것이 법에 저촉이 될 수도 있다.

만약에 인천공항에서 로마행 비행기를 탄다고 생각해보자. 비행시간은 12시간 30분이다. 일반석으로 12시간 30분을 비행할 생각을 하면 끔찍할 것이다. 그렇다면 제일 먼저 고려되는 것이 무엇일까? 기내식이 맛있을까? 밥은 몇 번 줄까? 위탁 수하물은 빨리 나올까? 좌석을 좀 편하게 갈 수 없을까? 당연히 좌석 배정이다. 화장실을 자주 가니까 복도로 해주세요. 복도에 앉으면 안쪽에서 자꾸 왔다 갔다 하니까 불편해요, 창문 쪽으로 해주세요. 비상구 좌석 앞이 넓으니 그쪽으로 해주세요. 비상구는 앞좌석 간격은 넓지만, 사람들이 넓은 공간에 와서 운동해서 잠을 잘 수 없어요. 만석 아니면 누워 가게 옆 좌석 비워주세요. 신혼부부인데 같이 나란한 좌석으로 주세요. 만석이고 수속이 완료되어 같이 못 앉는단 말인가요? 복도를 사이에 두고 앉으란 말이에요? 아기랑 같이 가는데 옆 좌석 비워주세요. 옆에 아기가 있으면 불편한데 다른 좌석 없어요?

그렇다면 기내에서는 어떨까? '카운터에서 분명히 만석이라고 나란한 자리 없다고 했는데요? 남은 자리는 뭐죠? 맨 앞쪽 자리라고 해서 내가 돈을 17만 원 내고 샀는데 말이 다르잖아! 당장 바꿔줘. 그렇지 않으면 비행기 출발 못 하게 할 거야. 아니면 환불해주던지! 맨 앞자리는 좌석 테이블과 모니터를 옆으로 꺼내야 하는데 얼마나 불편한 줄 알아요? 홈페이지에서 좌석표를 봤을 때는 의자가 안 넘어간다는 표시가 없었는데 왜 안 넘어가죠? 만석도 아닌데 사람을 따닥따닥 붙여놓고 뭐 하자는 거죠? 어? 내가 지정한 좌석이 아닌데요? 카운터에 연락해서 알아봐 주세요.' 좌석 배정에 관한 이야기는 끝이 없을 것이다. 기내에서 발생하는 좌석에 대한 불만도 탑승수속 직원이 해결해야 하는 문제이다. 비상구 좌석에 배정이 안 되는 손님이 앉게 됐을 때도 공항 직원이 손님께 상황과 양해 말씀을 구하고 다른 좌석으로 이동해주실 것을 권유한다. 만석이 아닐 때는 이동할 수 있지만 이런 문제는 항상 만석일 때 주로 발생한다. 사전에 확인이 될 때는 최대한 해결과 대안을 제시할 수 있는데 대체로 여행이 완료되는 시점이나 2~3개월 뒤에도 불만은 접수될 수 있다. 그러니 공항에서 근무하는 직원의 심신 상태가 온전하기는 어려울 것이다.

항공기가 갑자기 교체되는 상황이 발생할 때도 좌석 불만이 생긴다. 정비나 갑작스러운 사고, 즉 운항 중에 새와 충돌할(Bird Strike) 수가 있고, 타 공항에서 발생한 문제로 연결 편 항공기가 지연되어 교체할 때도 있다. 같은 기종으로 변경되면 문제가 없지만 주로 큰 기종에서 작은 기종 또는 작은 기종에서 큰 기종으로 변경된다. 부산은 주로 A320과 A321이 운항했는데, A321 기종은 비즈니스 좌석이 운영되고 비상구 좌석 번호가 A320과 차이가 나서 좌석변경에 어려움이 있다. 항공기 출발 시각과 탑승수속이 진행된 상태를 보고 변경을 할 것인지 결정을 한다. 전부 비슷한 좌석으로 변경하다가 문제가 될 수 있으므로 탑승수속이 완료되거나 거의 끝난 시점에는 변경된 탑승권을 발행해서 탑승구로 이동한다. 손님께 상황을 설명하고 시스템대로 좌석에 앉아달라고 요청했다. 혹여 어린이와 동반해야 하는데 좌석이 분리되었으면 알려달라고도 한다. 이럴 때 현장에서 복잡하고 어수선한 상태임을 알기 때문에 이의제기가 없지만, 며칠 후나 항공기 당일 도착 후 불만이 접수된다. 이러면 항공사에서도 다른 보상이 되지 않기 때문에 사과의 말씀을 드릴 수밖에 없다.

좌석 배정은 유아를 동반하는 손님과 옆에 앉아서 가는 손님에게서 많이 발생한다. 여름 성수기나 명절 연휴 때는 거의 360일 전에 예약과 발권을 마친다. 시간이 지나는 중에 항공사의 사정으로 기종이 변경되기도 하고 스케줄이 취소되기도 한다. 지난 2~3년간에는 항공기 기종 변경이 너무 자주 되어 사전에 지정했던 좌석이 취소되거나 찾을 수 없거나 변경되었다. 유아를 동반하는 손님의 경우에는 추가 요금을 지급해서라도 맨 앞줄에 유아 바구니를 장착하는 곳으로 앉고 싶어 한다. 항공기 기종이 변경되면서 먼저 지정했던 손님의 좌석이 다른 좌석으로 변경되면서 맨 앞줄 좌석이 사용 가능해졌다. 다른 손님이 예약하는데 유아가 있으면 해당 좌석이 보인다. 그러면 지정하게 된다. 공항에는 출발 이틀 전에 전반적인 상황을 알 수 있는데, 이와 같은 문제가 자주 발생해서 사전 좌석 배정된 손님의 예약을 일일이 확인을 했었다. 나중에 예약한 손님을 설득해서 가운데 좌석을 비워 드리는 것으로도 말씀드려 보지만 쉽지는 않다. 손님의 성향에 따라 흔쾌히 동의해주시는 때도 있지만, 모두 포기하지 않을 때는 원칙대로 해결해야 했다. 유아 옆 좌석에 배정받았을 때 다른 설명을 하지 않아도 충분히 알 수 있다. 직원이 일부러 그렇게 배정했다고만 생각하지 않았으면 좋겠다.

내가 어떤 좌석에 앉는지에 따라 여행의 시작이 달라진다. 좌석에 몸을 기대고 눈을 감고 있는데 의자 뒤에서 '탁탁탁, 탁탁, 탁' 소리가 났다. 살짝 돌아보니 아이가 앉아 있다. 또 똑같은 소리가 난다. 참고 그냥 눈을 감았다. 심심해서 영화를 보려고 앞좌석 뒤에 있는, 내 앞에 있는 모니터를 터치했다. '탁, 탁, 탁탁, 탁' 스크린을 터치하는 소리였다. 괜히 째려본 것이

미안했지만 아이라서 더 많이 터치했다는 생각이 들었다. 이런 상황이 연출되는 좌석에 앉아 12시간 비행을 하면 앉아 있는 동안 신경 쓰이고 힘들다. 잠도 오지 않는다. 만약에 이런 상태로 12시간 장거리를 간다면 기내에서 어떤 조처를 할 것 같은가? 여행이 끝난 후 아니면 항공기 도착 후에 항공사로 VOC를 접수할 것인가? 보상은 없다. 하지만 12시간 내내 받았을 고통에 대해서는 충분히 공감하고 위로밖에 해드릴 수 없다. 그럴 때는 기내 승무원에게 도움을 요청해서 다른 좌석으로 이동하거나, 만석일 경우에는 주의를 시켜 조심해주라고 부탁해야 할 것이다. 혼자 어두컴컴한 기내에서 불편하게 긴 시간을 보내지 않았으면 좋겠다.

6. 내 말이 맞아요, 책임질게요

연초부터 지점에 시정조치 요구서가 떨어졌다. 솔직하게 말하면 완전 재수 없다고 말하고 싶다. 항공사 카운터에서 손님의 목적지와 경유지 등에 필요한 서류를 확인해야 하는지 모르겠다. 중국행 손님으로 비자가 없거나 유효기간이 지난 경우를 예를 들어보자. 탑승수속 하는 직원이 확인하지 못하고 탑승권을 발행했다. 당연히 비자가 없으니 중국에 입국이 되지 않는다. 그러면 손님의 같은 항공사로 최대한 빠른 항공편으로 출국해야 한다. 항공사는 중국 입국에 유효한 서류가 있지 않은 손님을 탑승시킨 대가로 벌금을 내야 한다. 직원은 시정조치요구서에 따른 경위서 작성과 심적 고충을 받는다. 입국하지 못한 채로 돌아오신 손님은 항공사에 불만을 제기한다.

“왜 비자 확인을 해주지 않았어요? 항공사 책임이잖아요!” 손님은 말한다. 하지만 항공사는 “출입국에 필요한 준비는 손님의 책임입니다”라고 말씀드리고 어떤 보상도 제공하지 않는다. 그렇다면 왜 굳이 항공사 카운터에서 손님한테 욕을 먹어가며 확인을 해야 할까? 이유는 항공사가 부적합한 서류를 가지고 탑승하는 손님을 확인하지 못하고, 목적지 국가에 입국을 시도하게 되면 그에 따른 책임을 항공사에 요구하고 있기 때문이다. 벌금도 내고 각종 제약을 받게 된다고 한다. 항공사는 해당 국가에 벌금을 지급하고 손님은 본인 부담으로 그냥 출발지로 돌아온다.

미국이 전자비자를 도입해서 호주, 캐나다, 인도 등이 같이 시행 중이다. 당사 시스템으로 비자에 대한 탑승 여부가 확인되면 문제가 발생할 여지는 거의 없다. 캐나다는 항상 문제다. 아시아나항공은 캐나다 노선이 없다. 비자를 확인해줄 시스템을 만들 수 없다. 하지만 에어캐나다(AC), 에어차이나(CA)로 예약한 손님이 부산에 많이 오신다. 앞서 재수 없다고 한 경우도 북경에서 캐나다로 입국하는 손님을 말한 것이다. 수속을 담당했던 직원이 얼마나 울었는지 모른다. 업무적으로 정확하게 확인하지 않고 손님 말만 믿고 탑승수속을 한 것에 대해서는 야단을 맞았다. 손님은 캐나다에서 공부하는 학생으로 학생비자가 있었다. 학생비자(Study Permit)와 캐나다 eta가 필요하다. 항공사 직원은 알 수 없다. 포함되어 있는지 갱신을 해서 서류가 필요한지는 손님이 카운터에 오면 물어서 알 수 있었다. 회사에서도 모든 경우를 알려주지는 못한다. 대체로 학생비자를 가지고 오는 손님은 메일로 유효기간이 표시된 전자비자를 가지고 있었다. 전자비자는 빠르면 20~30분 이내로 승인이 날 수도 있고 72시간 이후에 승인될 수도 있으므로 손님이 직접 해보는 수밖에 없다.

손님 여정이 부산/북경/밴쿠버(PUS/PEK/YVR)였다. 최종 목적지까지 적합한 서류를 확인할 수 없었다. 부산/북경은 환승이니까 중국 비자가 필요 없다. 캐나다 입국 서류가 명확하지 않기 때문에 연결 편 항공기 수속이 거절되어 한국으로 돌아온다면, 중국 비자가 없으므로 NO-VISA로 처리된다. 부산/북경을 수속한 항공사가 벌금을 낸다는 말이다. 직원은 부산/북경까지만 탑승권을 드렸다. 북경에서 밴쿠버는 연결시간이 많으므로 에어캐나다에서 절차를 밟아보고 전자비자가 없으면 신청하라고 했다. 밴쿠버 절차 마감 시간까지 비자 승인이 안 나면 절대로 북경에서 한국으로 돌아오지 않겠다고 약속을 했다는 것이다. 손님은 유효한 전자비자가 있다고 주장했고 유학하는 데 아무 문제가 없다고 자신이 책임진다고 직원을 몰아세운 것이다. 결론적으로 손님은 직원과의 약속을 어기고 한국으로 돌아가고 싶다는 의사를 밝혀서 한국으로 돌아왔다. 항공사는 중국에 벌금을 물었고, 이런 식의 업무 처리는 본사 부서에서 심한 질책을 받을 수밖에 없다. 연초부터 미운털이 박혔다. 과연 손님은 무엇을 책임진 것일까?

출입국 규정은 기본적으로 IATA에서 등재되는 TIM이라는 책자와 시스템을 활용한다. 세부적인 내용은 본사 담당 부서에서 통보서로 내용을 알려준다. 물론 해외 지역 지점에서 변경된 규정을 확인하는 작업을 하고 있다. 시스템에 영어로 규정이 나와 있고 Could be / Should be or must로 확인을 한다. 사전에 항공사에 통보 없이 변경된 내용이 등재되기도 한다. 새로운 내용이 등재되어 있어서 벌금을 내고 들어갈 수 있다고 되어 있어도 해당 금액이 얼마인지도 알지 못하는 상황에서 무턱대고 수속해드리지 못한다. 직원이 문제 삼는 내용에 대해 입국을 할 수도 있고 없을 수도 있다. 그 책임을 수속하는 직원에게 오롯이 맡긴다는 것은 옳지 않지만 그렇게 하고 있다. 손님이 불만을 제기하면 속을 앓는 것은 수속했던 직원 몫이기 때문이다. 여권 유효기간이 6개월 이상이고 돌아오는 항공권만 있으면 대체로 문제 될 여지는 없다. 거주하시는 분은 거류증, 영주권 그리고 직원이 확인할 수 있는 규정화된 서류를 가지고 오면 되는데 그러하지 못한 경우에 카운터 직원과 매니저는 어려움을 겪는다. 예외적으로 적용되는 규정에 손님을 수속한 후 입국하지 못했을 때 책임진다는 것은 이루 말로 하지 못한다. 반대로 손님이 가지고 계신 서류 정도로 입국이 될 수도 있는데 수속을 거절했을 때 발생하는 불만과 사후처리는 지칠 대로 지친 몸과 마음에 기름을 쏟아붓는 격이다. '우리보고 진짜 어쩌라고!'

인천/부산 도착 편에 휠체어를 준비해달라는 요청을 한다. 인천 출발할 때 휠체어 손님은 없었다. 기내에서 오는 동안 환자가 발생한 것인가? 그러더니 구급차도 요청한다. 총괄직원이 기내로 이동해서 해당 손님과 함께 이동하고 구급차를 공항과 가까운 병원으로 이송했다. 20대 여학생이라고 했다. 경위를 확인하는 과정에서 아침 7시 출발 부산/인천 내항기를 타고 오후 6시 30분경 출발인 에어캐나다 비행기에 탑승하는 여정이었다고 한다. 손님도 캐나다 유학생으로 캐나다 전자비자 확인이 되지 않아 실랑이를 벌였다고 했다. 학생과 어머니가 비자 있다고 본인들이 다 책임진다고 해서 수속을 했다는 것이다. 그런데 막상 전자비자가 없었다고 한다. 몸도 허약하고 마른 체형이었는데 인천공항에서 장시간 대기 후에 탑승수속이 거절되자 충격을 받은 모양이었다. 기내에서 거의 기절했다는 것이다. 구급차를 타고 병원으로 이송되었기 때문에 본사로 보고되었다. 앞선 캐나다 손님 같은 경우이다. 다만 인천공항이라서 벌금이 없다. 본사는 부산공항에 의심의 눈초리와 시정조치 요구서를 발송했다.

타이항공(TG)은 부산(PUS)→방콕(BKK)행 항공기다. 태국은 여권 훼손에 대한 심사가 매우 까다롭다.

올여름만 해도 많은 가족의 여행이 취소되었다. 네 명 가족이면 꼭 한 명의 여권에 문제가 생겼다. 태국도 거의 2년 전까지만 해도 여권 유효기간이 6개월이 안 되면 수속할 수 없었고, 편도 항공권만으로는 수속이 불가했다. 하지만 최근에는 벌금과 입국거절까지는 하지 않는다. 여권 훼손에만 집중한다. 내가 수속했던 마지막 손님이었는데 여권 한 페이지가 찢어졌었다고 한다. 입국심사관이 여권 페이지 숫자를 보면서 한 장 한 장 셌다는 말인가? 푸껫까지 가는 손님이었는데 심사관의 선처로 방콕공항 입국만 허용해줬다는 것이다. 여권 훼손 손님 탑승으로 타이항공에는 약 100만 원의 벌금을 청구했단다.

카운터 근처에서 서로 싸우는 듯한 소리가 들렸다. 연세가 50대 후반의 여자 손님 여섯 분이 상해로 여행을 가신다고 우리 카운터에 오셨다. 일행 중 네 분이 여권 '사증'을 메모지로 사용했다. 아시아나 회원 번호를 적어놓으셨다. 여권에 낙서하신 것으로 탑승수속이 거절되자 대표에게 네가 적으라고 하지 않았냐고 책망하고 있으셨다. 상해공항에 확인하고 말씀드린다고 안내를 받은 상태에서 갈 수 없을지도 모른다는 생각에 서로에게 분풀이하고 있었다. 상해공항에서 수속하라고 연락은 받았지만, 서약서도 같이 받았다. 입국심사관 마음이기 때문에 돌변하면 또 우리 지점 잘못이다. 손님께 상황을 말씀드리고 '만약에 입국이 되지 않더라도 발생하는 제반 사항에 대해서 항공사의 책임을 묻지 않겠다'라는 내용의 서약서를 적도록 했다. 카운터에서 수속할 때 가끔 놓칠 수 있다. 항공사마다 규정이 조금씩 다르다 보니 여러 항공사를 수속하는 부산에서는 혼선이 있기 마련이다. 수속한 후에 출국장에 계신 손님을 모시고 나오기는 힘들다. 출국이 불가한 사유를 말씀드리면 모든 책임을 본인이 지겠다고 하시며 완강하게 거부한다. 항공사 벌금도 다 내시겠다고 소리친다. 하지만 손님이 책임질 일은 없다. 모든 책임은 직원 몫이다.

7. 어찌 이런 일이 생기죠?

나는 예약과에서 업무를 시작했다. GS(General Service) ROOM이라고 적혀 있는 사무실이다. 신입 시절에 다른 사람의 예약을 잘못 취소한 적이 있다. 다행히 실수를 알아차릴 수 있어서 예약을 관리하는 선배에게 도움을 요청해서 원래대로 처리했다. 만약에 실수한 부분을 인지하지 못했다면 손님은 공항 카운터에서 예약이 취소된 사실을 알게 되었을 것이다. 지금은 다양한 방법으로 확인할 수 있고 문자가 발송되지만 26년 전에는 전화로만 업무를 할 때이다. 손님이 재확인 전화를 하지 않아도, 사전에 항공권을 구매하지 않아도 마음대로 취소되지 않았다. 그러다 보니 예약 시간 두 시간 전에 공항 카운터에 도착하고 직원에게 "손님 예약이 없는데요?"라는 말을 듣게 된다. 좌석이 있을 때는 문제가 없지만, 출발 날짜가 추석과 같은 명절일 때는 좌석이 없다. 어쩌면 이런 일을 겪어본 사람들이 많을지도 모르겠다.

추석 명절 연휴가 시작된 둘째 날이다. 우리가 수속하는 전 항공사 예약이 완전 만석이다. 특별수송 기간이 시작되면 예약 상황을 전 직원에게 강조 브리핑을 한다. 카운터 양식과 비품을 가득 채우고 업무 중에 해당 비행서류를 찾으러 가지 않도록 만반의 준비를 한다. 특히 동명이인 수속에 유의하고, 손님과 위탁 수하물에 대한 최종 목적지 확인을 반드시 하도록 강조한다. 인턴 직원에게는 수속하다가 잘 모르겠으면 마음대로 하지 말고 꼭 매니저에게 확인하라고도 했다. 업무 실수를 하지 않도록 강조 또 강조해도 지나치지 않을 때이다. 그런데도 사람과 사람이 하는 일이라 사고는 터진다.

나는 타이항공 슈퍼바이저를 하고 있었다. 거의 4년 전 일이지만 최악의 사건이었다. 오전 6시 17분쯤 된 시간이었다. 아시아나항공 인천행 수속이 마감될 시점이었다. 여자분이 소리를 질렀다. 무슨 말인지 알아듣지 못했다. 많은 사람의 시선은 소리 나는 쪽으로 동시에 돌아갔다. 당장 아시아나 카운터로 달려가고 싶었으나 외항사 업무 중으로 이동할 수 없었다. 타이항공도 사람과 골프채로 발 디딜 틈이 없었다.

타이항공 수속을 마감하고 우리 사무실로 갔다. 몇 명의 직원이 수속 시스템을 보고 있는데 의견이 분분하다. 예약을 누가 취소했는지 확인하고 있었는데 알고 보니 부산에서 취소했다는 것이다. 취소한 직원의 사인은 있는데 한 사람은 없다고 했다. 담당 그룹장도 있고 불만으로 넘어온 건도 아니어서 모르는 척했다. 서로 누가 했는지 어쨌는지 모르겠다는 식으로 대화가 진행되는데 나서서 말하지 않았다.

들리는 소리로 자리에 앉아서 시스템을 확인하니 부산에서 예약을 취소한 것이 맞았다. 우리 지점 직원의 명백한 업무 과실이다. 담당 직원의 구두 보고를 받았다. 손님 두 분으로 부부다. 부산에서 인천을 거쳐 미국으로 여행을 가는 일정이다. 내용을 확인해보니 전날에는 카운터 마감 직전에 오셨단다. 미국행 항공편을 수속할 때는 입력 사항이 많다. 미국에서 머무는 곳 주소도 입력해야 하는데 모르셨다고 한다. 대한민국 출국 시스템도 오류가 나서 승인이 되지 않아 시간이 걸렸다고 한다. 출발 시각 40분 전 마감이다. 이 손님을 수속한다고 20분 전에 마감했지만 결국 두 분은 수속을 완료하지 못했다. 원래 여정인 어제 출발하지 못하고 오늘 다시 오신 것인데 또 출발하지 못했다. 여자 손님은 어제도 출발하지 못한 이유가 국내선에 잘못 내렸다고 했다. 국제선으로 이동해서 늦은 것도 있지만 수속직원이 업무를 잘 몰라서 그랬다는 것과 카운터 매니저 태도 때문이라고 했다. 그런데 오늘은 여자 손님의 인천/뉴욕 예약을 직원이 실수로 취소시켰다. 남편도 같이 여행을 포기했다.

어찌 이런 일이 발생할 수 있을까? 첫날도, 둘째 날도 비행기를 못 탈 이유가 없어 보였다. 눈에 귀신이 쓰이지 않고서야 직원이 예약을 취소했다는 사실을 모르고 해결을 하지 못한 것이 말도 안 되었다. 서로 잘못하지 않았고 누구는 누구에게, 또 그 누구는 누구에게 물어봤다는 것이다. 한마디로 책임 전가하기만 바빴다. 최악의 상황이어도 고객서비스 담당자만 죽어나고 시간이 지나면 해결은 된다. 더는 부산지점 고객서비스 불만 담당자로 업무를 하고 싶지 않았던 결정적인 일이었다. 회사에서는 물론이고 휴무 날, 방문을 닫고 몇 시간씩 손님 전화를 받아야 했다. 쉬는 날인데도 손님이 전화 요청한다고 해서 회사에서 연락이 왔다. "죄송합니다. 네, 드릴 말씀이 없습니다. 죄송합니다." 밖에서 듣고 있던 아들이 소리쳤다. "엄마가 잘못한 것도 아닌데 왜 자꾸 죄송하다고 해! 잘못한 사람보고 전화하라고 하고. 쉬는 날도 이게 뭐야!" 했다. 전화기로 소리가 전해졌고 통화한 지 한 시간이 훌쩍 지나서야 미안하다며 전화를 끊었다. 나도 뭐 하는 건가 싶었다.

파트장과 손님을 만나기도 했다. 담당자는 손님에게 사과하고, 협상을 통해 보상하는 과정을 거쳐야 했다. 세부적인 내용을 글로 적을 수는 없지만, 동료직원들이 취했던 태도는 평생 잊지 못한다. 처리하는 과정에서 지점장도 설득해야 했고, 올

바른 판단을 하기 위해 끝없이 자가검열을 했다. 내가 말하는 것을 녹음했다가 지우기도 반복했다. 두 달 정도의 시간이 지나는 동안 많은 상처를 받았다. 이런 과정을 겪으면서 업무적으로는 많이 알게 된다. 소비자원 홈페이지에서 유사한 사례로, 게시된 내용을 일일이 확인을 했다. 고객 만족팀 보상 규정을 꼼꼼하게 읽고 또 읽어서 규정에 벗어나지 않게 처리하려고 했다. 그저 마음으로는 여행하지 못한 경험을 어떤 것으로 대체할 수 없다는 것은 알지만 나는 회사원이다. 회사와 손님 사이에서 중간자 역할을 충실히 해내고 싶었다. 한마디 말도 조심했다. 보상에 대해 제안을 할 때는 반드시 규정과 근거를 설명하고, 제대로 확인하고 말한다는 신뢰와 믿음을 갖도록 했다. 이런 관계가 형성되지 않으면 어떤 문제도 해결되지 않는다. 결국, 손님은 협상에 대한 요구와 결정을 나를 통해서 했다. 다른 사람과는 말하고 싶지 않다고 했다. 합의서를 받고 보상금을 입금해드리고는 상황이 종료되었다. 스스로에게도 만투카 한정판 요가 매트를 사며 보상했다.

하루도 조용한 날이 없다. 부산에서 북경으로 여행하는 가족 4명의 비자에 문제가 생겼다. 중국 비자에는 개인 비자, 별지 비자와 단체 비자가 있다. 개인 비자는 여권에 붙어 있으니 유효기간과 입국 차수를 확인하면 된다. 별지 비자는 원본과 사본이 각각 한 부씩 필요하다. 단체 비자는 원본 2부가 필요하다. 우리 지점에서는 별지와 단체 비자 한 부씩을 복사해서 보관했다. 예전에 단체 비자를 확인하고 수속을 완료해서 북경에 도착했는데, 단체 손님이 비자를 잃어버렸다고 연락이 왔다. 부산에서 원본 비자를 가졌는지 찾아봐 달라고 했지만 없었다. 발권 업무 때문에 복사해놓은 사본이 있는 것을 확인했다. 사본을 북경에 팩스로 보냈다. 중국 입국사무소에서는 단순 비자 분실로 처리해서 항공사 벌금을 면제해주었다. 이 일이 있었던 후부터 사본을 보관했다. 그런데 이날은 사본이 문제였다.

여행사에서 별지 비자를 발급받은 손님에게는 원본 1부, 사본 1부를 챙겨서 드린다. 카운터 인턴 직원이 사본을 챙겨야 하니까 수속을 완료하고 안내를 했다. "위쪽에 가시면 무료 복사하는 곳이 있으니 복사해서 사본 챙겨가세요." 손님은 그 말을 듣고 복사를 하기 위해 이동했고, 벌게진 얼굴로 카운터에 다시 오셨다. "인쇄만 되는 곳인데, 왜 복사된다고 해서 이렇게 만들게 했어!" 깜짝 놀라서 원본을 보니, 테스트 인쇄할 때 나오는 내용이 비자를 덮고 있었다. 오! 신이시여! 북경에 사진을 찍어 입국 가능 여부 확인을 요청했다. 중국에서 비자 사용 불가라고 답변이 왔다. 담당 여행사에 연락했고, 1인당 15만 원씩 4명, 60만 원으로 급행 비자를 만들어줄 수 있다고 했다. 본사와 협의하여 급행 비자 발급에 대한 비용을 지점에서 부담했다. 손님은 출발 시각 변경과 일정 부분 투어 취소 등 소중한 시간과 경험을 잃어버렸다.

8. 고객 불만 담당자로 산다는 것은

"안녕하십니까. 아시아나항공 부산지점 고객서비스 담당 김정희 과장입니다. 먼저 저희 아시아나항공을 이용하시면서 좋지 않은 경험을 하시게 되어 죄송합니다. 고객님께서 겪으셨던 불편함에 대해 직원에게 보고 받았습니다. 혹시 저에게 먼저 하실 말씀이 있습니까?"

직원에게 손님의 불만에 대해 보고를 받은 후 연락을 드릴 때 사용하는 인사말이다. 소속을 정확하게 밝히는 것이 중요하다. 손님은 불만을 접수하면 본사 직원이 연락하는 줄 안다. 부산지점에서 전화를 드리면 꼭 말씀하신다.

"어디라고요? 나는 본사로 요청했는데, 왜 전화했소?"
"저희는 현장처리 중심으로 업무를 하고 있어 지점 담당자가 연락을 드립니다."

직위를 중요하게 생각하시는 손님은 또 과장이 마음에 들지 않는다.

"과장요? 더 높은 사람 없어요? 왜 지점장 있잖아!"
"네, 지점장님 계십니다. 저는 탑승수속 그룹장으로 고객서비스 책임자입니다."

이렇게 말하면 대부분 수긍하고 다음 단계로 넘어간다. 권한 있는 직원과 통화를 해야지 원하는 답변과 보상을 받을 수 있다고 생각하기 때문이다.

손님과 대화를 할 때는 가능한 한 긍정적인 말로 표현하라고 교육했다. '좋지 않은 경험'을 '불편한 경험'으로 사용할 수 있지만 이렇게 사용하는 것에도 이유가 있다. 국내선에서 우수회원 카운터에서 발권 업무를 할 때였다.

"손님, 원하시는 좌석은 없으세요?"
"원하는 좌석 있지요, 있는데 왜 없냐고 물어보나? 기왕이면 긍정적으로 말하면 좋지 않나?"

순간 망치로 머리를 한 대 맞은 기분이었다. 머리 위로는 참새들이 빙글빙글 돌며 짹짹했었다. 이때의 기억은 지금까지도 생생하다. 우리도 모르게 말할 때 부정적 단어를 많이 사용하고 있었다.

문제가 발생하면 직원에게 보고를 받게 된다. 직원은 억울한 마음이 앞서게 된다. 충분히 이해한다. 불만에 대해서는 직원과 손님에 대한 편견을 갖지 않으려고 노력했다. "너는 원래 성격이 그렇잖아. 어떻게 했는지 안 봐도 비디오야"라고 직원이 손님에 대해서 선입견을 주는 말에 대해서는 인정하지 않았다. 사실만 말하라고 했었다. “손님이 완전 제정신이 아니던데, 어디에 화풀이를 하는지 모르겠어요? 성격이 이상해요”라는 말을 하기도 한다. 그래서 지점 불만 담당자는 직원과 손님 사이에 불만이 발생한 포인트를 찾아야 했다. 손님이 직원에 대해 지적하는 부분은 사과나 개선하겠다는 말씀을 드렸다. 직무에 대한 부분은 사실과 다르게 알고 있으면 반드시 정확하게 알려드렸다. 직원 경위서와 상충하는 부분은 다시 확인했다. 충분히 시간을 두었다. 담당자 입장은 빨리 종결되는 것이 좋기는 하지만, 이런 과정을 통해 이해받았다는 마음이 들게 하고 싶었다. 잘못된 행동으로 종결하기보다는 상황 이해와 감정을 공감해주고 싶었다.

2017년 추석 연휴에 발생한 불만을 처리하면서 불만 업무를 내려놓고 싶었다. 윗사람들로부터 이용당했다고 생각이 들었다. 불만을 원만하게 잘 해결해줄 직원만 필요했지, 챙겨주고 싶은 직원은 따로 있었다는 생각을 하지 못했다. 나는 업무적으로 필요한 사람이었다. 동료들도 앞에서는 위하는 척했고, 돌아서서는 기억나지 않는다고 했다. 사고 치는 직원 따로 있고 해결하는 사람이 따로 있었다. 세상 물정 모르고 어리석게 살았다. 모닥불처럼 말이다. 누군가를 진급시키기 위해서는 희생양이 필요하다는 이치를 잊고 있었다. 일에 파묻혀서 말이다. 모두 회피하고 싶은 업무 불만을 하면서 주위를 둘러볼 여지가 없었다. 내 몸은 이미 다 타버렸다.

얼마 전 해운대도서관에서 '제임스 조이스를 읽다'라는 강의를 들었다. 단편소설 중 '진흙'을 설명해주셨는데, 조이스가 신데렐라를 자기해석으로 다시 쓰기를 한 작품이라고 했다. 고려대 최석무 교수님의 이야기 속으로 빠져들었다. 신데렐라와 진흙 속 마리아를 비교해가면서 말씀하셨다. 시간을 지키지 않는 신데렐라. 약속을 지키지 않았음에도 왕자와 결혼하는 행운을 가졌다. 말도 안 된다고 했다. 작품 속 마리아. 철저하게 시간을 지키는 사람으로 묘사되고 있다. 그래서 뭐? 실제는 아무런 일도 일어나지 않았다. 누가 약속을 잘 지키라고 했나? 자신이 정해놓고 지킨 것뿐이지?

이와 더불어 장석주 작가는 '문제는 과다한 노동과 성과가 결국은 자기 착취로 이어진다는 것'이라고 설명한다. 이건 또 무슨 말인가? 이번에 머리뿐 아니라 전신이 전율하는 통증을 느꼈다. 내가 불만 처리를 한다고 머리를 쥐어뜯으며 사례를 찾고 규정과 매뉴얼 책장을 넘기고 있는 모습이 아닌가? 황반변성으로 시력을 잃을지도 모른다는 판정을 받고서도, 책상에 앉아서 갈색 렌즈 너머로 시스템을 보고 있는 내가 아니던가? 내 살을 내가 파먹고 있었다.

페이스북에서 아시아나 영상을 봤다. 인천공항 서비스 직원과 정비사 인터뷰였다. 언제 가장 보람을 느끼느냐는 질문에 공항 직원은 '늦은 손님을 핸들링해서 태웠을 때'이고, 정비사님은 '보딩 하세요'였다. '가장 보람되다'라는 말에 시선이 머물렀다. 요즘에 꽂힌 생각은 '규정, 정의하기'이다. 나는 24년 공항서비스 직원으로 근무하면서 어떤 일을 했을 때 가장 보람되다고 생각했지? 나는 공항에서 하는 일에 대한 가치를 어떻게 규정하고 있었지? 왜 이런 질문을 한 번도 하지 않았지? 한 번이라도 멈춰서 생각해봤다면 조금은 덜 흔들렸을 것이다. 공교롭게 그런 상황에서 불어온 바람은 회사와 긴 이별을 하게 했다.

퇴사 직전까지 속을 끓게 하는 불만이 있었다. 인천공항에 근무하는 차장님과 통화를 했다. "넌 너무 열심히 했어, 너처럼 불만 처리하고 손님한테 그렇게 잘하는 사람이 누가 있니? 이제 그만해라. 애썼어. 이젠 직원한테 말 함부로 하면 안 되는 법도 생겼잖아. 고생했다. 고생했어." 나는 손님의 불편함을 해소해드렸을 때 가장 보람을 느꼈다. 오랫동안 불만 업무를 해서 그럴 수도 있겠지만 수하물 업무를 할 때 업무 자체에 대한 만족도는 높았다. 보람과 가치가 함께 공존했기 때문이다. 자신으로 인해 손님이 좋은 경험을 할 수 있어 즐거운 여행을 시작할 수 있다는 것과 불편해진 상황에서 나의 노력으로 조금은 덜 불편하게 될 수도 있다는 것이 일에 대한 가치이고 핵심이다. 분실한 가방이 LAX(로스앤젤레스)에 있는 것으로 확인이 되었다. LA에 있는 유나이티드항공(UA)에 가방을 빨리 보내달라고 전문을 타전했다. 답도 없고 가방도 오지 않았다. 항공사마다 수하물 관련 업무를 하는 본사가 따로 있다. UA 수하물 본사 담당자에게 전화를 걸었다. 짧은 영어지만 용기를 내서 통화했다. 며칠 후 가방이 부산으로 오고 무사히 손님에게 전달되었다.

고객 불만을 담당하는 직원으로 참 마음고생을 많이 했다. 손님한테 전화해야 하는 날 출근을 할 때면 가슴에 큰 돌덩어리가 얹어져 있었다. 한숨 쉬기는 버릇이다. 잠자기 전에도 뭐라고 말해야 하는지를 고민하고, 전화하기로 약속한 시각은 두려웠다. 내가 두렵고 긴장하고 있는 시간에 편하게 커피를 마시고 있을 사고 친 직원을 생각하면 미친 짓이라고 생각도 했다. 괘씸했다. 무릎도 대신 꿇었다. 공황장애 증상도 생겼다. 욕도 잘한다. 내 사인은 PUSKK18이다. 뭐든지 다 할 수 있는 사인이다. 불만 손님과 친해지는 재주가 있다. 실제로도 많은 분과 문제가 해결되고도 연락을 주고받은 적이 있다. 개인 핸드폰 번호는 지금까지 두 분에게만 알려드렸다. 한 분은 백두산 인삼으로 꿀단지를 주신 분이다. 조 사장님은 연락이 끊긴 지 10년은 넘은 것 같다. 연세도 많이 드셨고 당시 건강이 매우 좋지 않았다. 노모가 돌아가신 것과 유산으로 가족 간의 불화로 힘들어하셨다. 휴무 날 이마트에서 장을 보고 있었는데 연락이 왔다. 공항에 언제 올 예정인데 근무하는지를 물어보셨다. 그냥 일상적인 이야기를 하고 전화를 끊었다. 공항에 오신 날 공항 식당에서 젤로 맛있는 것을 먹으라고 했다. 조기 정식을 시켰다. 음식을 대접하고 싶었다고 했다. "김 과장, 그동안 수고 많았다. 내가 속을 많이 썩게 했었지. 고마웠소."

타이항공에도 자주 오시는 손님 중에 불편함을 말씀하시는 손님이 계신다. 아시아나 카운터 매니저였는데 워키토키로 불만 손님이 담당자를 만나고 싶어 한다고 사무실로 모셨다는 것이다. 어떤 손님인지 알 것 같았다. 사무실에 들어가 있으니 예상한 손님이 들어오셨고 손님도 한마디 한다. "내 과장님이 계실 줄 알았습니다. 그래서 사무실에 간다고 했지요." 본인의 입장과 직원의 태도에 한참을 말씀하신 후 돌아서 가신다. "진짜 아시아나는 과장님이 계셔서 다행인 줄 알아야 합니다. 과장님 얼굴 봐서 나도 참고 가는데, 모르긴 몰라도 그런 손님 나 말고도 많을 겁니다." 손님이 보기에도 어지간히 오래 하고 있다는 생각을 한 모양이다. 화나서 들어와서, 웃으면서 농담을 던지셨다. "다음에 또 올게요"라고. 나는 대답한다. "아니요, 커피 안 사 올 거면 오지 마세요"라고. 손님은 돌아서서 한 손을 들어 보인다. 그 뒷모습에 대고 고개를 숙인다. "안녕히 가십시오."

작년 11월에는 제주지점에서 오랫동안 불만을 담당했던 과장님이 다른 업무를 하신다는 메일을 받았다. 그때 생각했다. 내년에는 나도 불만 담당을 그만해야겠다는 생각을 했다. 때가 된 것 같았다. 최근 큰 사건・사고로 완전 탈진된 상태였는데, 제주에서 담당자가 변경된 것은 그 나름대로 이유가 될 수 있다고 생각했다. 아무도 하고 싶어 하지 않는 고객 불만 업무이다. 직원들은 저마다 하지 못하는 이유를 대었고, 자신들은 절대 할 수 없는 일이라고 했었다. 모두 다 그랬었다. 그렇게 올해 일사분기를 보냈다. 2019년 8월 31일까지 부산공항 불만 담당자였다. 내가 퇴사를 하면서 담당자가 변경되었다. 속으로는 진짜 괘씸했었다. 분하기도 하고 자기 실속만 차리는 그들이 꼴 보기 싫었다. 솔직한 심정으로 고백한다. 총알받이만은 아니었는데 어쩌다 이렇게 되었는지 모르겠다. 서비스 품질과 불만 업무에 대한 책임과 보람도 있었는데 끝을 보려고 이런 상황들이 벌어졌는지도 모르겠다. 누구에게나 아픈 손가락이 있다. 아픈 손가락이 있으면 만져보고, 관찰하고, 호호 불어서 성난 곳을 식히기도 한다. 고객 불만 업무는 그만큼 아픈 손가락이었지만, 담당자로서는 진정한 사람으로 성장하게 했다. 나는 내가 자랑스럽다. 서비스도 불만도 성심성의껏 정성을 다했으니 말이다.

5장

희망퇴직이란

1. 26년 4개월 그리고 마지막 포옹

금호그룹에서 아시아나항공을 매각한다는 뉴스를 접한 것은 2019년 4월 14일이다. 이 소식을 접했을 때만 해도 부산지점이 소용돌이의 한가운데 있을 것이라고는 상상조차 하지 못했다. 대통령 선거가 있었을 때도 누가 당선되면 우리는 삼성으로 넘어간다는 소문이 있었다. 실제로 매각이 되었다. 이제는 더 이상 금호그룹, 금호아시아나그룹이 아니다. 금호그룹이 아닌 아시아나가 되는 것이 마음이 아팠다.

올 초부터 실적이 좋지 않은 부산지점을 정리한다는 소문은 있었다. 사장님이 어떤 회의에서 올해까지 실적을 보고 부산지점의 운명을 결정하겠다고 했다는 것이다. 부산에서 출발하는 일본 노선은 전부 에어부산에 넘겨주었다. 중국 노선도 많이 감편했고 마닐라, 호찌민, 하노이 노선도 없앴다. 조금 운영해보고 실적이 좋지 않으면 단항을 시켰다. 사이판 노선도 마찬가지다. 국내선 제주도 편도 국제선을 연결하기 위한 노선이었다. 중국에서 부산에 도착한 후 제주를 다녀오고 다시 중국으로 나가는 노선이었다. 매번 지연될 수밖에 없었고 손님들의 불만도 늘 있을 수밖에 없었다. 이런 구조에서 실적이라는 명목으로 지점을 정리하겠다고 말한다는 것은 무책임하다고 생각했다.

매각 소식과 함께 부산지점은 빠르게 정리되었다. 5월 7일 저녁 8시 20분경에 회사에서 연락을 받았다. 부산지점을 외부 용역에 맡기는 것으로 결정이 되었단다. 어처구니없었다. 공식적인 발표도 없었다. 직원들 사이에서 소문만 무성했을 뿐이다. 일은 많은데 왜 일해야 하는지 모르게 되었다. 소문이 꼬리에 꼬리를 무니 인사팀과 여객지원팀 담당자가 부산에 왔다. 그러나 그들에게 무엇을 물어봐도 잘 모른다고만 했다. 그저 부산공항 도급화는 결정된 사항이라며 1차 지점장 면담 후 2차 본사 직원 면담을 진행하겠다고 했다.

이 시기에 전사적으로 희망퇴직을 받고 있었지만 거의 신청자가 없었다. 다들 퇴사보다는 서울로 올라가는데 어느 부서를 희망할 것인가에 대한 고민으로 바빴다. 하던 일 그대로 공항으로 발령 나기를 원했던 직원도 있었고 이 외의 부서로 발령을 희망하는 직원도 있었다. 나는 인재개발팀, 고객 만족팀, 홍보팀

순으로 희망했다.

지점장 면담이 끝난 후 인사팀에서 일반, 영업, 공항을 담당하는 대리와 면담을 했다. 1차 면담에서 희망 보직에 관한 확인 정도였다. 그렇게 형식적인 2차 면담이 끝난 후에 전 직원을 재배치한다는 소문이 났다. 짜증이 났다. 진짜 심하다고 생각했다. 부산 직원만 6월 7일 금요일까지 희망퇴직을 연장한다고 했다. 남편은 원래 정리해고 할 때 그렇게들 한다고 위로하지만 들리지 않았다. 언론매체에서 보도되던 장면들이 떠올랐다. 출근하면 비행기 날개 위에 올라가서 1인 시위라도 해야 할 것 같았다.

새벽 3시 30분에 일어나서 출근해야 했던 어느 날이었다. 새벽에 남편이 깨우는데 두 시 정도였다. 무슨 일인가 했더니 아무리 생각해봐도 나를 서울에 보내지 못하겠다는 것이다. 여태 고생했는데 이제 그만하라고 했다. 자다가 뜻하지 않게 들었던 말이지만 너무 고마웠다. 사실 나 또한 부산에 남는 것을 원하지 않았기 때문에 퇴사하지 않으면 서울에서 원하는 부서에 가기 위해 사투를 벌여야 했을 것이다. 솔직히 이제 그만하고 싶었다. 맞벌이하면서 애들도 잘 못 보고 지냈다. 다 컸으니 괜찮다고는 하지만 그렇지 않았다. 내 마음이 중요했다. 남편은 돈보다 아내의 마음을 봐준 것이다. 남편은 아내의 퇴사를 책임졌다.

6월 9일. 사직서를 쓰고 인사팀에 메일로 전송했다. 퇴직 날

짜는 6~9월 사이에 원하는 달로 정할 수 있어서 9월 30일로 했다. 이때가 계획상으로 카운터 도급이 완료되는 시점이었다. 이별을 준비하며 뜨거운 여름 성수기와 추석을 간신히 버텨냈다.

2019년 9월 20일 금요일. 아시아나항공 부산지점에서 마지막 근무를 했다. 9월 근무표를 작성할 때, 타이항공 본사 점검까지 받아주고 떠나기로 했었다. 평소처럼 동료들과 밥을 먹고 커피를 마셨다. 책상정리는 미리 해두어서 드라마처럼 상자를 들고 나갈 필요는 없었다. 갈 때 따라 나오거나 울지 말라고 했다. 멋지게 돌아서 나왔다. 속이 후련했다. 주차장에 와서 운전대를 잡으니 왈칵 눈물이 쏟아졌지만 이내 멈출 수 있었다. 울지 않을 것이다.

그 날은 남편 회사에서 주최하는 음악회가 있었다. KBS 방송국을 향해 바쁘게 출발했었다. 첫 곡으로 클래식 연주를 했는데 졸았다. 새벽 근무를 하고 공연이나 영화를 보면 무조건 잘 수밖에 없다. 마지막 곡은 소프라노 신델라가 부르는 'Those were the days'였다. 한국어로는 '지나간 시절.' 도입부 멜로디는 쓸쓸하고 애잔했다. 후렴구는 '라라 라랄 라라'라고 손뼉 치며 관객과 호응했다. 순간 모든 지나간 시간이 노래 속으로 빨려 들어갔다.

한편 회사에서는 잔류 인원 10명만을 남겼다. 다른 직원들은 정비 부문으로 발령이 많이 났다. 캐빈 정비, 중장비 등으로 업무를 받았다. 이미 발령이 난 직원은 실제로 기내 정비를 하고 있다고 했다. 의자가 넘어가는 기능이 고장이 났는지는 직접 의자에 앉아서 테스트한다고 했다. 테이블도 내려보고 나사를 조이며 기내를 수리했다. 중장비 쪽으로 발령받은 과장님은 바닥에 납작 엎드려서 구명조끼를 꺼낸 후 한 장 한 장 조끼를 펼치고 공기구멍을 불어서 잠시 놓아둔다고 했다. 바람이 새는지를 확인하는 과정이라고 했다. 캐빈 승무원의 말에 의하면 이 작업이 여간 힘든 일이 아니라고 한다. 공항서비스에서 일하면서 멋진 유니폼을 입고 근무하던 시절은 끝났다. 이제 안전을 위한 안전모와 신발 그리고 정비 작업복을 입어야 한다.

마지막 발령이 난 후 부산지점은 풍비박산이 났다. 남은 직원 간에도 분열이 생겼다. 떠나고 싶었는데 남게 된 직원과 혼자서는 책임질 수 없다고 발뺌하는 직원이 있었다. 남은 직원은 비난의 대상이 되었다. 도급화를 했던 울산과 여수공항에서도 같은 사례가 발생했었다. 비난은 엉뚱한 곳으로 향한다. 실제로는 회사를 이런 상황으로 만든 책임자에게 향해야 하는데 직원 간의 다툼을 조장해 자신에게 날아오는 화살을 교묘하게 피하고 있는 모양이었다. 아름다운 이별은 없었다. 퇴사한 직원은 회사를 원망하는 마음만 가득 채워 떠났고, 발령받은 직원은 남은 직원에게 화를 품고 떠났다.

어느 날 아침에 후배에게서 전화가 왔다.

"언니, 오늘 발령 난 사람들 마지막 근무래, 같이 가서 밥 먹고 오자."

"그래, 그러자."

왠지 그래야 할 것 같았다. 퇴사한 직원이 가서 부산공항을 떠나는 직원을 배웅해주는 모양새였다. 먼저 떠나본 사람으로서 진정 어린 어떤 마음을 전하고 싶었다. 고생했다고 말하지 않아도 포옹을 해주며 잘 견뎠고 잘 해낼 것이라고 전해주고 싶었다. 사무실에는 오늘 마지막으로 근무하는 직원만 남아 있었다. 부산에 남는 직원은 새로운 업무를 배우느라고 정신이 없었을뿐더러 다른 사무실에서 교육을 받고 있었다. 남는 직원도 마음을 많이 다쳤다. 그래서 이제 헤어진다는 사실을 알고 있음에도 불구하고 떠나는 사람들과 얼굴 마주하기를 무서워했다.

열 명 정도의 선후배를 꼭 안아주었다. 한 명씩 서로의 가슴이 닿도록 안았다. 수고했다. 행복해. 등을 톡톡톡 세 번 두드렸다. 전화한 후배도 얼마 지나지 않아 퇴사했다. 한 후배는 이미 퇴사한 내가 마지막 날에 찾아와 준 것이 고맙다고 말했다.

덕분일까? 서로 웃으면서 떠날 수 있었다. 울지 않으려고 뒤도 돌아보지 않고 걸어 나왔던 그날을 생각했다. 마지막으로 사용하던 책상에 앉아보았다. 서랍도 열어보았다. 모두 텅 비었다. 동전을 모아서 성금 낸다고 받았던 흰색 토끼가 놓여 있었다. 동전이 많아 묵직하다. 부산공항을 지켜낼 후배에게 토끼 배 갈라서 커피 사 먹으라고 했다. 후배는 웃기지 않는다고 했다. 활주로에서 항공기가 막 이륙해서 올라갈 때 기체 밑 부분 모습을 좋아한다. 비스듬히 상공을 오르는. 이곳에서 나는 1993년 5월 18일에 이륙했고 2019년 9월 30일에 안전하게 착륙했다. 안녕! 나의 아시아나항공이여.

2. 우리는 퇴직 동기입니다

탑승수속 카운터가 제일 먼저 도급되었다. 조업사 직원을 뽑는 단계와 투입 그리고 교육 부분은 파트장 정도에서만 공유되었다. 이 소식은 그룹장 회의에서 공개했고 몇 달 걸리지 않아 모든 단계가 끝날 것이라고 예측할 수 있었다. 나는 퇴사자이므로 모든 과정에서 한 발짝 떨어져 있었지만, 마지막까지 일정 역할을 했다. 예를 들어 수하물 업무를 할 때 조업사 직원과 같이 일을 했다. 서로 소속은 달랐지만 일을 할 때만큼은 애정을 가지고 했다.

나는 조업사 신입직원 교육에서 제외되었다. 교육할 직원이 없을 때만 자리를 주겠다고 했기 때문이다. 몇 번 교육하는 일이 있었지만 너무 열심히 해주지 말라는 말을 들었다. 충분히 이해가 되었다. 우리 자리를 빼앗아 갔는데 목청 높여 가르친다는 것이 불만일 수밖에 없다. 시스템 교육은 김포와 인천공항 직원이 출장 와서 가르쳤다. 본사에서는 도급하는 데 협조하지 않으면 좋지 않을 것이라는 으름장을 놓았다. 야박했다. 퇴사를 결정하지 않고 이런 과정에 놓여 있었다면 가만있지 않았겠지만, 그냥 모른 척했다.

한 날은 조업사 신입직원의 학력과 어학성적이 궁금했다. 지원자를 받은 후 토익은 기본 700점이 넘고 대부분 HSK 1급을 가지고 있다는 소문이 났기 때문이다. 지원 학력 제한은 전문대학 졸 이상이었지만, 서류 전형에서 토익 점수로 확인하니 700점대였다고 했다. 그렇게 분류하니 전부 4년제 대졸이었다는 것이다. 대단한 스펙이다. 그러나 실제로 카운터에서 업무를 하면서 시켜보면, 스펙보다는 사람과 일을 대하는 태도가 좋은 직원이 일을 잘했다. 변명하지 않고 인정하는 태도는 중요하다. 어학을 잘하면 외국인과 소통이 편리하지만, 그것이 전부가 되지 않아야 한다. 우리끼리 늘 하는 말이 있다.

"일 못하는 것은 용서해도, 버릇없는 것은 용서할 수 없다."

그러나 실제로 만나보니 몇 명은 영어를 잘 못한다고 했다. 토익 점수는 700이 넘어도 영어로 말하기는 어렵다고 했다. 어설픈 영어지만 시범을 보여주었다. 공부할 수 있는 교재를 챙겨주었고 공항에서 사용하는 단어를 습득하는 방법도 알려주었다. 공항은 비슷한 상황이 연출되니 순서대로 응대할 때 사용하는 문장을 외우는 것이 기본이 된다. 외국인 손님이 왔을 때 사용하는 단어를 잘 들었다가 다음에 사용해보면 좋다. 손님께 가방이 잠겼는지 궁금하다면 어떻게 물어볼까? 얼핏 생각해보면 'LOCK'이라는 단어를 선택해서 발음도 제대로 하지 못할 것이다. 게다가 '잠겼다'니까 과거형으로 써야 할 것 같다. 용기 내서 발음을 해보지만 알아듣지 못한다. 'Do you have a key?'라고 물어보면 간단하게 해결이다. 어려운 발음도 없다. 이런 식으로 문장과 단어를 수집해서 다른 외국인에게 시도해보고 잘 이해를 하면 다음에도 사용한다. 그러면 유창하지 않은 듯 유창하게, 조금은 덜 어색하게 대화할 수 있다.

기존 조업사 직원은 카운터 업무와 매니저 역할을 모두 배워야 했기 때문에 부담감이 컸다. 출국장에서는 신입직원에게 출국 업무를 가르쳐야 했다. 1인 3역, 4역은 기본이었다. 신입직원의 상황은 더 힘들다. 한 번도 해보지 않은 업무에 아시아나 시스템을 비롯한 7~8개 항공사 시스템을 익혀야 했다. 출입국 규정은 기본적으로 같지만 조금씩 다른 부분도 있었다. 출국 업무도 배워야 했다. 카운터 업무는 지식만으로 할 수도 없어서 직원의 성향에 따라 많은 어려움을 겪었다. 대개 나이는 23~25세 정도였다. 97년생이 제일 어렸다. 모두가 자식 같았다.

카운터에 앉아 업무를 하면서 공항서비스 직원으로서의 업무가 본격적으로 시작되었다. 5시가 출근이면 4시 40분에 모두 카운터에 앉아야 한다. 카운터를 쉴 새 없이 돌았다. 출국에서 하는 업무도 했다. 탑승구에서 탑승권 확인도 했고 기내에 문제가 생기면 막내 직원이 버스를 타고 이동하기도 했다. 워키토키로 막내 직원의 보고를 듣고 있자면 마음이 조마조마했다. 고된 업무와 스케줄로 한두 명씩 회사를 그만둔다는 직원들이 나오기 시작했다. 모두 세 명의 직원이 퇴사를 결정했다고 했다.

한 직원은 대구에서 영어교육과를 졸업하고 임용고시를 준비하는 중에 항공사 지상직 채용 공고를 봤다고 했다. 학교 선배가 인천공항에서 지상직을 하고 있어서 한번 도전해봤는데 합격이 된 것이다. 영어 선생님을 하고 싶지만, 임용고시도 어렵고 설령 합격한다고 해도 주요 과목 선생님을 하기는 어렵다고 했다. 부모님은 공항에서 일하는 것을 반대하셨고, 그만두겠다고 하니 잘했다고 하셨단다. 요즘에는 항공사 지상직 학원이 많은데 혹시 다녀본 적이 있는지 물었다. 다녀봤다고 했다. 대학교 2학년이 되면 취업이 걱정되는데 요즘에는 항공사 기내 승무원 외에 공항 지상직을 꿈꾸는 학생도 많다고 했다. 학교 앞에서 항공사 지상직 학원에서 전단을 나눠주는데 한 번 수강비를 내면 합격할 때까지 관리해준다는 것이다. 그렇게 등록하고 처음에 몇 번을 간다고 한다. 그러고는 잊어버리고 있다가 4학년쯤에 가서 면접이나 TOPAS, ABACUS와 같은 CRS 예약시스템을 배운다고 했다. 학원비는 약 200~220만 원 정도 한다고 했다.

그만두고 싶은 이유는 교대근무 때문이었다. 30년 다닌 사람들도 적응 안 되는 것이 교대근무다. 우리도 절대 적응되지 않는다. 미래의 에너지를 끌어다 쓰는 직업이다. 또한 동기 중 한 명이 카운터에서 수속하면서 수하물을 잘못 보내는 사고가 있었다. 그 동기처럼 자신의 실수로 다른 사람에게 피해를 끼치게 되면 그 불편함을 견디지 못할 것 같다고 했다. 스스로도 심적 부담감을 이렇게까지 느끼는지 몰랐다고 했다. 자신이 한 실수가 아닌데도 이렇게나 중압감에 시달리니 앞으로의 일을 생각하면 견딜 수 없이 고통스럽다고 했다. 항공사 업무 자체가 너무 부담스럽다는 생각이 들었단다. 보안에서 고객에 대한 직접적인 불편함까지 자신이 감당할 수 없다고 했다.

실용음악을 전공한 직원에게는 왜 전공대로 가지 않았는지 물어보았다. 내가 뮤지컬을 전공하는 아들을 둔 엄마라서 더 궁금했다. 공항에서 한번 일해보고 싶어서 지원했는데 경험해 본 것으로 만족하고 싶다고 했다. 그만두겠다고 했을 때 부모님 반응은 조금 더 해보라고 하셨다고 하는데 역시 교대근무가 힘들었단다. 출퇴근도 쉽지 않고 초과 근무와 야근, 조 근무를 불규칙한 패턴으로 지속하다 보면 아무래도 건강에 무리가 간다. 우리도 초과 근무를 많이 하면 수당이 나오지만, 그 돈은 모두 보약값으로 사용했었다.

주연이라는 직원은 아시아나항공에 촉탁 직원으로 일했는데, 조업사로 재입사를 했다. 쇄골 쪽에 염증이 있어 카운터 업무를 하지 못해서 그만두었던 것인데 출국과 라운지 업무를 하는 것에는 별로 무리가 되지 않아 조업사로 입사할 수 있었다. 그런데 다시 카운터 업무를 하게 되는 상황이 되자, 쇄골에 무리가 와서 통증이 재발했다. 라운지는 이미 작년 7월부터 업무가 종료되었다. 카운터 업무는 수하물 수속과 좌석 배정 등 두 시간 정도는 집중적으로 업무를 해야 한다. 아무래도 팔과 어깨, 허리 쪽에 무리가 갈 수밖에 없다. 공항에서 일하고 싶어도 더는 일을 할 수 없게 되었다.

개인적으로는 그들이 짧은 시간이나마 3개월 동안 집중적으로 배웠던 업무를 떠나는 것이 너무 아까웠다. 여름 성수기라는 힘든 시기도 무사히 보냈는데 말이다. 그래서일까? 근속 일은 많이 차이 나도 우리는 퇴사 동기라고 동질화했다. 젊은데 조금만 더 해보면 어떨까 하는 말을 하고 싶었지만 그럴 수 없었다. 섣부른 조언도 할 수 없었다. 그들에게는 3개월의 시간이 30년보다 더 힘들었을지도 모른다. 우리는 항공사 정직원이었고, 이들은 AQ라는 회사의 정직원이기는 하지만 아시아나항공 조업사 직원이기 때문이다. 그 무게를 견뎌내는 힘이 다를 거라는 생각이 먼저 들었다.

3. 내일의 태양은 다시 떠오른다

소파에서 자는 나를 깨운다. 새벽 2시다. 남편이 혼자 서울 보낼 수 없으니 사직서를 내라고 했던 그날이다. 잠이 덜 깬 상태에서 고맙다고 말하고 바로 본심을 드러냈다. "퇴직 후에 배우고 싶은 것 해도 괜찮아?" 누구는 심각하게 사직서 내라고 말하는데 철없는 마누라 말하는 것 좀 보소. 그러나 남편은 별로 놀라지도 않는 눈치다.

"그래, 당신 마음 가는 대로 하세요."

아침에 출근해서 살짝 고민했다. 남편이 진짜로 그렇게 결정한 것일까? 그냥 해본 말일까? 오후 1시쯤 남편에게 카톡을 보냈다. 새벽에 결정한 마음이 변했는지 재차 확인했다.

"사표 쓰세요."

오케이. 사직원을 출력했다. 적어야 하는 내용은 소속, 사번, 이름, 서명이다. 이제 보내기 버튼만 누르면 된다. 마우스를 잡은 오른쪽 두 번째 손가락이 허공에서 멈췄다. '까닥' 하고 끝내려고 했다. 알림창이 떴다. 전송 완료.

자발적인 상황은 아니지만 자진해서 사직서를 제출했다. 내가 그럴 줄 몰랐다. 아무도 내가 퇴사할 줄 몰랐다. 온몸에 닭살이 돋도록 소름이 끼쳤다고 했다. 애사심에 불타는 선배가, 끝까지 갈 줄 알았던 후배가 너무도 갑작스럽게 던진 사표였다. 모두 이유를 물어봤다. '그냥 서울도 가기 싫고 남기도 싫어서'라고 했다. 다른 할 일이나 준비한 것 있냐는 질문도 들었다. 아무것도 없는데, 진짜 없다. 올 초에 퇴사한 전 파트장도 소식을 듣고 다른 직원에게 전화해서 그랬단다. '뭔가 준비한 게 있으니까 관둘 거다. 그냥은 절대 관둘 사람이 아니지'라고.

나는 유튜브에서 김미경 TV 보는 것을 좋아한다. <김난도 교수와 '은퇴 앞둔 4050, 준비해야 할 3가지!'>를 바로 클릭했다. '전성기'라는 잡지에서 조사를 의뢰했고, 조사 내용은 '퇴직한 다음 날'이었다. 퇴직하기 전에 가족과 의논을 했는지, 퇴직 후 어떤 말을 가장 듣고 싶었는지 등에 조사한 내용의 답변하고 이야기를 했다. 퇴직(은퇴)을 준비한다는 것은 단지 경제적으로 몇 억을 모아야 한다는 것뿐만이 아니라고 했다. 내가 좋아하는 일을 찾고 준비를 해야 한다. 가족과 지인 그리고 취미 생활을 지속해서 할 수 있어야 한다. 자기 삶을 풍요롭게 해서 살아갈 수 있는 역량을 키우는 것이 가장 중요하다고 했다. 또 하나 기억에 남는 것이 있다. 'Retire=re+tire', 타이어를 다시 갈아 끼워라. 그것이 은퇴 이후의 삶이란다.

어쩌면 나도 모르는 사이에 퇴직을 준비하고 있었던 것일까? 요가는 어깨가 아파서 시작했다. 아쉬탕카 요가에 빠져 책을 사들였다. 요가는 평생 수련하고 싶다. 인재개발팀에 서비스 강사 교육을 받으러 갔다. 에니어그램(Enneagram)과 이야기톡에 대한 강의를 들었다. 관심 있는 교육은 찾아보고 참석을 했다. 에니어그램은 일반 강사 자격을 취득했다. 이야기톡은 스토리텔링 교육 놀이 지도사 입문과 중급과정을 수료했다. 11월에는 중급자격과 고급과정을 대구와 부산을 오가며 수료했다. OJT 32시간을 재수강이나 교육 지원을 하면 자격증을 받게 된다. 3P 자기경영연구소에서 독서경영 기본, 리더과정을 수료하고 독서 코치 리더 자격 인증을 받았다. 이 과정을 통해 바인더 사용법을 익히고, 시간관리, 목표관리, 성과관리, 꿈관리 등을 손으로 적었다. 독서모임 지성 나비에 참석했다. 2, 4주 토요일에 모임을 했다. 회사에서 기본 교육을 해주면, 개인 자금을 투자해서 기본과 심화를 배웠다. 자신을 위한 것도 있었지만 좋은 교육을 함께 하고 싶었다.

배운 것은 나 혼자만 가지고 있지 않았다. 지점 서비스 교육시간에 에니어그램을 강의했다. 진단지는 회사에서 사용 가능한 것을 이용했고, 좀 더 세부적인 상담은 배운 내용을 토대로 진행되었다. 공항서비스에서는 '응대 태도 불만 제로'라는 캠페인을 시행했다. 전사적으로 공동목표가 정해졌다. '오르락내리락'이라는 게임판을 활용해서 팀 빌딩으로 게임을 진행했다. 공동목표는 '응대 태도 불만 제로'로 정했다. 불만이 발생하지 않도록 하는 요인은 분홍색 포스트잇에 적었다. 불만을 발생하게 만드는 요인은 연두색 포스트잇에 적었다. 게임판에 우선순위에 따라 포스트잇을 붙이고 그림스티커를 붙였다. 게임 방법은 뱀 주사위 놀이와 같다. 게임을 진행하는 동안 서로 이야기하며 웃고 난리였다. 오랜만에 웃었고, 말도 많이 했고, 의견을 소통했다는 피드백을 받았다. 강사로서는 목표달성을 위한 교육이 중요하겠지만 한바탕 신나게 놀게 된 것에 더 기쁨을 느꼈다.

책에 대한 열망은 늘 강렬했다. 읽는 것보다 사들여서 내 것이라는 소유욕에 집착한다. 사고 싶은 책을 사지 못하면 죽을 것 같다. 정작 보고 싶을 때 사려고 하면 절판이 돼서 중고를 사거나 살 수 없게 된다. 그런 이유로 모든 책은 일단 구매하고 볼 노릇이다. 남편의 잔소리는 그다음이다. 책을 읽고 사는 삶을 살다 보니 이제는 책을 쓰고 싶어졌다. 책 쓰기 협회, 지도기관을 찾아봤다. 사람이 답이라고 했던가? 3P 바인더 독서경영 리더과정 16기 동기인 최서연 작가와 연락이 닿았다.

"선배님의 26년 경험이 책으로 나오면 많은 도움이 될 거예요."

그러면서 책을 써보라고 권유했다. 책을 쓰고 싶었던 마음이 들켰지만, 응원해주는 말에 용기를 얻었다. 나도 책을 쓰고 출간을 할 수 있는 사람이다. 공항에서 경험한 이야기가 도움이 된다고 했다. 9월 중순 부산에서 책 쓰기 수업이 개강되었다. 그것도 평일이다. 심지어 김해공항 옆이다. 명지에서 수업을 진행했는데 부산에 살면서도 처음 가본 동네였다. 마지막 근무 하루 전에 일일특강이 열렸고, 퇴사 후에 본격적으로 세 번의 수업을 받았다.

회사 업무를 더 잘하고 싶었고, 동료들에게 좋은 교육을 알려주고 싶었다. 준비하고 기회가 되면 인재개발원에서 또는 교육팀에서 강의하고 싶었다. 그래서 배우러 다녔다. 카운터 업무도 차별화 있게 하고 싶었다. 나는 좌석 배정을 하는 동안에 이야기하기를 좋아했다. 공항은 사람을 좀 긴장하게 만들기 때문이다. 한번은 에스컬레이터를 타며 앞에 있던 모녀의 이야기를 들었다. 딸은 엄마에게 공항이 처음도 아닌데 왜 이렇게 긴장하냐고 타박을 주고 있었다. 엄마는 몇 번 왔어도 공항은 항상 긴장된다고 말했다. 모두가 그런 것은 아니지만 그럴 수 있다는 생각을 하게 됐다. 이런 손님에게는 직원이 보이는 친근한 태도만으로도 긴장을 풀 수 있지 않을까?

"뭄바이는 기온이 35도가 넘는다면서요?"
"우리나라 뉴스에서는 인도 온도 안 알려주는데, CNN 뉴스 봤어요?"

타이항공을 타고 방콕을 경유하여 인도 뭄바이로 가는 손님에게 건넨 말이다. 그렇다. 며칠 전 우연히 틀어놓은 CNN 뉴스에서 인도 날씨 예보를 하고 있었다. 그게 갑자기 기억이 나서 가볍게 이야기를 건넸다.

인천을 거쳐서 아부다비로 가는 한 손님은 위탁 수하물 무게가 넘어서 카운터 앞에서 가방을 열었다. 책이 네 권 있었다. 책을 많이 챙겨 가신다고 말을 건넸더니 회사에서 독서경영을 해서 읽고 독후감을 제출해야 한다고 했다. 해외에 나가 있어도 꼭 해야 하는 숙제라고 했다. 그중 '습관의 재발견'이 보였다. 이 책은 내가 읽었던 책이라서 내용을 기억하고 있었다.

"습관을 아주 잘게 나누어서 몸에 익히면, 자동으로 하게 된다는 내용이었던 것 같아요."

손님은 해외 파견 근무 중이고 여러 항공사를 이용했는데 이런 직원은 처음이라고 했다. 수하물 무게가 넘어가는 바람에 좀 짜증이 났었는데, 재치 있게 톡 건드려주니까 기분이 너무 좋아졌다는 것이다. 책을 읽은 것 같은데 상대를 배려해서 대화가 매끄럽게 연결되도록 내용을 기억하지 못하는 것처럼 돌려 말한 것도, 말끝을 살짝 올려 말하는 것도 탁월하다고 했다. 손님의 칭찬으로 나 또한 기분이 좋아졌었다. 내가 베푼 배려가 손님도 나의 기분도 좋게 만든 셈이다.

불만이 발생하면 중간 해결자로서 반드시 중립적인 자세를 취했다. 양쪽이 원하는 방향으로 원만하게 해결해야 가장 이상적이기 때문이다. 그런데 이 사실을 실무에서는 아무도 알려주지 않는다. 그래서 나는 스스로 협상과 커뮤니케이션에 관한 책을 읽은 후 실무에 적용했다. '서비스'도 추세가 있기 때문에 해마다 관련 서적도 잊지 않고 읽었다. 우리는 책을 통해 많은 것을 스스로 배워나갈 수 있다. 열정만 있다면.

최근에는 이탈리아 여행을 다녀왔다. 『한눈에 보인다 이탈리아어 첫걸음』을 샀다. 피렌체에서는 피노키오 이탈리아어 오디오북도 샀다. 우리 집 남자 셋이 혀를 찼다. 남편이 말했다.

"이제는 이탈리아어 공부를 하겠다고? 차라리 영어 공부를 하시지! 중국어는 언제 하는데?"
"엄마 바이올린 배우고 싶어. 탭댄스학원은 없나? 요리책 보면서 새로운 요리를 하루에 세 개씩 해볼까?"

남편의 말에는 대꾸도 하지 않고 아들에게 내 소망을 말했다. 아들은 배우고 싶고, 하고 싶은 것이 많은 엄마가 좀 어리다고 생각하지만 그런 열정이 멋지다고 했다. 열정은 커리어뿐만 아니라 가족에게도 긍정적인 영향을 끼칠 수 있다.

어떤 지식을 안다는 것이 이렇게 매력적인지 예전에 미처 몰랐다. 『나는 항상 패배자에게 끌린다』에서 김경 작가는 수전 손택의 아들 데이비드 리프가 『문학은 자유다』에 돌아가신 어머니 대신 서문을 썼다고 했다. '어머니는 모든 것에 관심이 있었다', '어머니에게 삶의 기쁨은 안다는 기쁨과 완전히 일치했다', 수전 손택이 '뉴욕 지성계의 여왕'으로 살아남을 수 있었던 이유는 바로 안다는 것에 대한 치열한 진지함 때문이었다.

4. 친구와 떠난 여행, 제주

여행을 간다고 하면 누구랑 함께 가는지 물어본다. 어디를 가는지도 중요하지만, 누구랑 함께 떠나는지가 여행의 방향을 결정하기 때문이다. 친구는 바쁜 일상을 잠시나마 벗어날 짧은 여행이 필요했다. 혼자 떠날 계획이었는데, 문득 퇴직 예정자인 내가 생각났단다. 일정은 토요일 오후 출발하고 월요일 오전 비행기로 부산에 도착할 계획이라고 했다. 나는 결혼 이후 친구와 여행을 간 적이 없다. 설레고 가고 싶었다. 남편도 흔쾌히 다녀오라고 했다. 어쩌다 보니 주말에 계획도 없이 여행을 떠날 수 있는 사람이 되었다.

같이 여행을 떠난 친구는 중학교 1학년 때 같은 반이었다. 이름은 태인이다. 목욕탕도 같이 다녔다. 목욕 후에는 우리 집에서 찬밥에 물 말아서 꽁치조림을 먹었다. 학교 끝나고는 친구 집에 가서 놀다 오곤 했었다. 그러나 고등학교를 다르게 진학하면서 오랜 시간 연락도 없이 지냈다. 친구와 연락이 다시 닿은 것은 서울에서 부산으로 전입해 온 지 얼마 되지 않았을 때였다. 공항 카운터에서 사업을 하던 친구의 아빠를 만났기 때문이다. 공항 카운터에서 일을 하다 보면 사람을 우연히 만나기도 한다. 반에서 맨 앞줄에 앉았던 꼬맹이는 키가 175cm나 자라서 나타났고, 미국에 있는 딸을 보러 가는 지리 선생님, 수학여행 가는 생물 선생님, 가족과 함께 오신 수학 선생님도 만났다.

여객기는 제주항공을 이용했다. 주황색 유니폼이 기분을 좋게 했다. 공항에서 매일 보던 유니폼인데 새롭게 보였다. 아시아나는 갈색 톤으로 화사하게 보이지는 않지만 안정되고 편안한 분위기를 연출한다. 반면, 제주항공의 주황색은 기내의 밝은 불빛과 어울려 표정을 화사하게 했다.

얼마 지나지 않아 무사히 제주공항에 도착했다. 거의 10년 만이었다. 사전에 예약한 렌터카를 픽업하고 비 오는 제주를 느끼며 여행을 시작했다. 제주도에 특화된 내비게이션의 안내에 따라 애월로 향했다. 한담해안산책로를 따라 걸었고 애월 상점에서는 현무암 탄생석 팔찌를 샀다. 1+1 상품이라서 친구와 나누어 가진 기념품이자 우정의 표시였다. 저녁식사는 보말요리전문점에서 먹었다. 보말칼국수, 보말돌솥밥, 보말무침이 대표 음식인데 세트를 주문해서 모두 맛보았다. 보말돌솥밥에는 톳을 함께 넣고 지은 밥이 고소했다. 새콤달콤한 보말무침은 입맛을 돌게 했다. 보말칼국수는 조개 육수가 진한 미역국에 칼국수 면을 넣은 것 같았다. 구수한 칼국수 국물은 따뜻하게 몸을 덥혀주고 에너지를 채워주었다. 역시 음식이 보약이다.

둘째 날은 일정이 빡빡했다. 아침형 인간인 우리는 호텔에서 8시 전에 출발했다. 함덕해수욕장에서 유명한 '델문도'카페는 아침부터 사람이 많았다. 빈자리를 겨우 잡고 아침으로 아메리카노와 치즈 빵을 먹었다. 배를 채우고 밖으로 나오니 경치가 끝내줬다. 제주도의 바다는 따뜻했다. 현무암은 시커먼 돌이지만 구멍이 숭숭 뚫려 있어 답답하지 않다. 숨이 통하는 느낌이다. 잔잔한 바다는 물속이 훤히 들여다보인다. 옅은 하늘색과 초록색이 어우러져 평온하다. 해안과 접해 있는 산속 마을은 모든 것을 감싸고 있다. 현무암이 이국적인 분위기를 한껏 토해낸다. 제주 바다의 지평선을 보면 그냥 또 다른 바다가 있을 것 같은 느낌이 들었다.

빛의 벙커는 우리가 제주 여행을 온 궁극적인 목적이었다, '구스타프 클림트와 훈데르트바서'의 작품을 전시하고 있었는데 음악과 함께 작품을 벽면과 바닥에 비춰준다. 나와 친구는 바닥에 주저앉아 넋을 놓고 바라봤다. 입체적으로 시간이 흐르듯이 배열되는 영상에서 눈을 뗄 수 없었다. 가끔 어디서 본 듯한 그림이 나오면 왠지 반갑기도 했다. 두 작가의 작품 영상을 두 번씩 봤다. 한 시간 정도 시간이 흘렀다. 시간에 쫓기지 않았다. 계획한 장소를 보지 못해도 좋았다. 그냥 주저앉아서 미술 작품과 음악을 들을 수 있는 지금에 집중했다. 시간이 천천히 흘러갔다. 멈춘 듯했다.

이중섭 거리는 너무 한산했다. 일요일이라 관광객도 거의 없고 가게도 닫힌 곳이 많았다. 이중섭의 가족이 살았던 한 평짜리 방이 궁금했다. 부산시립미술관에서 이중섭의 작품 전시는 보았는데 제주의 방을 직접 보고 싶었다. 가족이 함께 살지 못한다는 것은 가슴 아픈 일이다. 한 평이지만 네 식구가, 함께할 수 있었던 그때가 이중섭 화가는 가장 그리웠을 것이다. 가족과 떨어져 살기 싫어서 회사를 그만둔 것처럼 말이다. 추사관은 알쓸신잡을 보고 알았다. 세한도의 집을 닮은 건물과 지그재그로 만들어진 계단을 직접 보았다.

제주는 날씨가 변덕스럽다. 비가 억수같이 내리다가 조금만 지나가면 땅이 말라 있었다. 달리는 차에서 바다를 보니, 해 지는 저녁노을이 분홍빛을 일구었다. 황홀경에 빠지듯 풍경에 매료되어 차를 세웠다. 바다는 금세 회색빛으로 변했는데 구름 속에서는 빛이 내려왔다. 마치 영화 속 장면처럼 죽은 자의 영혼을 데려가기 위해 하늘에서 빛이 내려오는 듯이 환한 빛이 내렸다. 현무암의 짙은 흑색이 분위기를 한층 높여줬다. 집에 있는 현무암 화분이 생각났다. 예전에 이끼식물을 심었는데 다시 식물을 심고 싶어졌다.

중문에서는 모둠 회 한 접시를 먹었다. 갈치 회와 고등어 회를 젓국과 기름장에 찍어 먹었다. 비싸기는 했지만, 제주에서 먹는 회 맛도 일품이었다. 저녁은 녹차 전문 카페에서 간단히 먹기로 했다. 말차라테는 진한 녹차 맛과 부드러운 거품이 입안에서 살살 녹았다. 테린느라는 디저트는 푸딩과 단팥묵의 중간 정도의 부드러운 맛이었다. 여행의 끝이 다가오고 있었지만 이때 맛본 달콤한 맛의 기억은 지금도 행복을 선사한다.

제주 여행을 함께 온 다정하고 살뜰한 친구는, 아이들이 수능을 보던 때도 미리 준비해서 직접 합격 엿을 전해줬다. 퇴사하기로 했다고 연락했을 때도 커피 쿠폰을 보내줬다. 마지막으로 출근하는 날을 기억했다가 전날에도, 당일에도 안부를 물었다. 항상 먼저 물어봐 주고 챙겨줬다. 그동안 수고했다고 만나는 자리도 마련했다.

이런 친구와 함께한 여행은 음식도 완벽했다. 보말은 마음을 위로해줬고, 카페에서 맛본 망고음료는 시원하게 가슴을 뚫어주었다. 한 잔의 따뜻한 아메리카노와 치즈 빵은 언제나 옳았다. 모둠 회는 풍성한 마음과 만족감을 주었다. 진한 녹색의 말차와 테린느는 정감 있는 친구와 같았다. 어쩌다 보니 맛으로 기억되는 여행을 했다. 머릿속은 텅 비고, 가슴만 활짝 열린 상태로 제주를 보았다. 친구의 세심한 마음으로 위로가 되고 힘이 되는 시간을 보냈다.

아직 친구는 오랫동안 해온 유치원 원장으로 일을 하고 있다. 여행 중 쉽게 잠을 자지 못하는 친구를 보았다. 나는 그동안 가까운 친구의 상황조차 잘 모르고 왜 그리 바쁜 척을 하며 살았는지 모르겠다. 무심한 사람이다. 시간이 흐르면 언젠가 그녀에게도 나와 같은 시간이 올 것이다. 그때는 내 차례다.

"친구야! 오데 가고 싶노? 요짝도 가고 저짝도 가보자."

5. 아트라베르시아모, 우리 함께 건너가자

아시아나항공에서는 근속 연수에 따라 우대 항공권을 제공한다. 근속 10년에는 기념 메달을 받았다. 근속 15년은 국내선 왕복 항공권을 받았고, 20, 25, 30년은 국제선 항공권과 여행 경비가 지원된다. 항공권은 직계가족이 사용할 수 있으며 왕복 두 장이 수여된다. 여행 경비 지원금은 연속 수에 따라 차등 지급된다. 최근에는 장기근속 우대 항공권에 관한 규정이 변경되었다. 일반석 좌석이 대기에서 확약으로, 비즈니스는 탑승 불가에서 좌석이 남는 경우 탑승 가능으로 상향 조정되었다. 일반석 확정의 의미는 무조건 목적지로 떠날 수 있다는 것이다. 이전에는 예약이 확정되어 있지 않아서 불안했다. 예정된 항공편에 탑승하지 못하면 호텔과 제반 사항에 영향을 미치기 때문이다.

근속 20년에 받은 항공권으로는 독일의 프랑크푸르트와 하이델베르크를 다녀왔다. 퇴사 직전에는 근속 25주년 항공권으로 이탈리아의 세 도시를 여행했다. 퇴직한 후에도 항공권 우대를 받을 수 있다. 근무 연수의 2분의 1 기간 항공권을 지원받을 수 있으며 최대 12년까지 왕복 8매를 사용할 수 있다. 나는 26년 4개월로 13년이지만 최대 12년까지 사용할 수 있는 셈이다.

우리의 여행은 언제나처럼 갑작스럽게 결정이 되고 출발을 했다. 하와이도 그랬고 프랑크푸르트를 갈 때도 그랬다. 장기 계획 없이 한 달 전에 혹은 보름 전에 결정했다. 여행이 결정되면 서점으로 달려갔다. 『프렌즈 시리즈 이탈리아』를 사서 읽기 시작했다. 블로그를 확인했고 먼저 여행을 다녀온 후배가 이것저것 상세하게 알려주었다. 일정을 짜고 호텔을 예약했다. 일일투어로 유로 자전거 나라를 이용했다. 로마에서 피렌체, 피렌체에서 베네치아는 이딸로 기차로 예약을 했다. 피렌체 두오모 통합권도 해당 사이트에서 직접 구매했다. 여행의 기쁨은 일정 짜기로 시작된다. 머리가 아프고 직접 예약하는 것이 번거롭지만 단체여행을 좋아하지 않으니 마땅히 해야 할 수고였다.

인천공항에서 4시간 정도 기다렸다. 활주로에 색동날개 세 개가 보였다. 눈물이 핑 돌았다. 오랜만에 보는 모습에 가슴이 찡했다. 함께했던 화려한 시간이 파노라마처럼 지나갔다. 한편으로는 비정상일 때 손님들 앞에서 대표로 말을 해야 하던 일과 온갖 불평의 소리를 듣는 난감함 등의 기억도 꼬리를 물고 떠올랐다.

피렌체에서는 우피지 미술관에서 그림을 본다는 것을 알았지만, 바티칸 박물관에서 온종일 그림을 보게 될 줄은 몰랐다. 여행 전에 충분히 사전학습을 하지 못했다. 『난처한 미술 이야기 5』에는 지식여행에서 설명한 대부분의 이야기가 적혀 있었다.

독서등을 켜도 기내는 어두웠다. 미술과 역사 이야기에 빠져서 어두운 줄도 몰랐다. 벌써 9시간이 지났다. 눈이 피로해서 더는 볼 수 없었다. 그때야 비즈니스 좌석에 앉은 남편을 찾아갔다. 인천공항에 근무하는 동기의 말에 따르면 비즈니스석에 앉으면 로마에 도착해서도 날아다닌다는 말이 있다고 했다. 로마에서 편안한 여행을 위해 비즈니스석은 남편에게로.

로마의 휴일, 일요일이다. 버스를 타고 로마 시내를 벗어나 수도교를 갔다. 맑은 공기와 넓은 대지에 쭉쭉 위로 솟은 나무들이 경관을 이루었다. 막 떠오르는 해가 눈이 부실 정도로 빛을 내리쬐었다. 일요일 오전을 즐기는 이탈리아 주민들을 만났다. 차에서 싣고 온 자전거를 내리고, 짧은 운동복 차림으로 달리기를 하고, 빠른 걸음으로 걷기도 했다. 다양한 크고 작은 개들은 목줄 없이 여유롭게 다니고 있었다. 우리도 천천히 걸으며 아침 산책을 즐겼다. 자전거를 탈 수 있는 멋진 환경이 부러웠다.

로마공항에서 숙소로 이동할 때 기차를 이용하려고 했으나 잘생긴 이탈리아 남자의 안내로 봉고차를 탔다. 남자의 제안에 동의한 것은 남편이었다. 기차 타는 곳을 물었는데 같은 가격으로 호텔까지 태워준다고 했다. 봉고차를 타고 세 팀으로 8명이 함께 이동했다. 이탈리아 남자의 운전은 거칠었다. 홱홱 돌리기도 하고, 상대 차를 박을 듯이 달려왔다. 신호등이 없는 길을 건널 때는 특히 조심해야 했다. 다들 무섭게 돌진한다는 느낌을 받았다. 보행자가 건넌다는 신호를 하면 바로 멈춘다고 했다. 길을 건너기 전에 차를 향해 손을 들고, 멈춰주면 뛰어 건너갔다. 남편은 '빨리 건너와' 했다. 웃음이 났다.

『먹고, 기도하고, 사랑하라』 책에서 주인공 리즈의 이탈리아어 선생 조반니는 'Attraversiamo'라고 말한다. '건너가자'는 의미이다. 내 귀에는 이 말이 이탈리아어의 완벽한 조합으로 들렸다. 아쉬움에 젖은 '아' 소리로 시작되어 짧게 떨리는 't', 이를 달래주는 's', 마지막에 여운을 남기는 '데-아-모'의 조합까지, 난 이 단어를 사랑한다.

Attraversiamo. 아트라베르시아모. 여전히 아쉬운 마음과 새로운 생활과 경험을 하는 순간의 떨림. 후회하는 순간마다 위로하는 남편. 그런데도 결정에 따른 어떤 것에 대한 미련이 남아 있다. 아쉬움, 떨림, 달램 그리고 여운으로 압축되는 지금의 모습과 닮아 있음을 알아챘다. 인생 책이 되는 순간이었다. 리즈처럼 이탈리아어를 배우고 싶어졌다. 리즈가 이탈리아어를 배우고 싶다고 말했을 때처럼 남편은 영어 공부를 열심히 하라고 했다. 또는 그렇게 배우고 애쓰며 살지 않아도 된다고 했다. 이탈리아어는 쓸데가 없다고도 했다. 배워도 필요가 없단다. 그런 남편에게 나는 리즈처럼 말하겠다.

"인생에는 오로지 의무밖에 없단 말인가? 이 상실의 암흑기에 접어든 내게 이탈리아어를 배우는 것만이 지금 당장 즐거워질 수 있는 유일한 활동이라는 이유 말고 달리 어떤 이유가 필요할까?"

지금 나는 퇴직과 퇴직한 다음 날을 살아내고 있다. 퇴직 전의 삶까지 꿰어내어 머릿속은 뒤죽박죽이다. 불과 몇 달 전 일인데 문득 '내가 회사에 다녔던 사람이었나?'라는 생각도 든다. 때론 자다가 벌떡 일어나서는 '회사에 늦었나?' 하는 일도 있다. 아직도 꿈속에서는 혼란스럽고 정신없는 사무실과 카운터가 나타난다. 등줄기에서는 식은땀이 줄줄 흐른다. 멍하니 누워 있다. 상실감의 암흑기. 그래도 이만큼 버틸 수 있는 것은 지금 당장 즐거운 일을 하고 있기 때문이다. 쓰고 읽는 시간을 통해 다른 한쪽으로 건너가는 데 오래 걸리지 않을 것을 확신한다. 혼자가 아니라 손을 잡고 함께 건너가 줄 사람이 있으니 더더욱.

Epilogue

글쓰기를 마치며

글을 쓰며 한 권의 책이 소중하다는 것을 깨달았다. 원고 작업을 하며 온 정성을 쏟아서 전하고 싶은 말을 적었다. 한 번에 술술 써 내려가기도 했지만 어떤 목차에서는 한 줄을 시작하기도 힘들었다. 내 글을 읽어줄 단 한 사람을 생각하며 쉽고 정확하게 전달하고 싶었던 마음이 컸기 때문이다. 내가 하는 말을 이해할 수 있을까? 말로 아닌 가슴으로 느낄 수 있을까? 끊임없이 고민했다.

글을 쓰다 보면 욕심이 나는 주제가 생기곤 했는데 그럴 때면 내가 쓰고 싶은 내용에 인용을 덧붙여 더 강렬하게 표현하고 싶었다. 그러나 초보에게는 불가능이었다. 욕심을 낼수록 글은 산으로 갔다. 그때마다 이은대 작가님이 하신 말씀을 기억했다. 자신의 이야기를 적으라고 했다. 남의 이야기를 흉내

내서 멋지게 적으려고 하니 될 턱이 없다고 하셨다. 작가님이 매일 적어주시는 '글을 쓰는 삶'이라는 글은 옆에서 허튼 행동하지 말라고 했다. 일단 무조건 적으라고 옆구리를 콕콕 찌르셨다. 그렇게 끝까지 완성할 수 있었다. 덕분에 허투루 쓰지 않았다. 그럴 수가 없었다. 나의 이야기를 통해 누군가가 용기를 낼 수 있거나 성장할 수도 있을 것이다. 나의 경험과 진실한 목소리를 공유할 수 있음에 감사했다.

『인생 수업』에서는 한쪽 문이 닫히면, 또 다른 한쪽 문이 열린다고 했다. 한쪽 문이 열리기 위해서는 고통스러운 시간이 될 수 있다고 했다. 인생의 전반전은 회사원으로 살아왔다. 이제 나에게 열릴 새로운 세계를 상상해볼 차례이다. 지금은 전반전과 후반전 사이에 주어진 쉬어가는 시간이다. 지금의 시간을 즐기라고 했다. 힘내서 무엇을 자꾸 하려고 하지 말라고 한다. 무리하지 않아도 된다고 말해준다. 알람도 맞추지 말고 그냥 자라고 한다. 쓰고 싶은 글, 읽고 싶은 책, 하고 싶은 요가를 하란다. 옆에서 자꾸 괜찮다고 말해준다. 남편에게 감사하다. 퇴사하게 해줘서 고맙다고 했다. 두 아들은 '엄마, 고생 많으셨어요. 수고하셨어요. 제2의 인생을 멋지게 사세요' 응원해줬다. 내가 하는 일이라면 무조건 믿고 지지해주시는 부모님과 오빠, 동생에게도 감사의 말을 전하고 싶다.

3P 독서경영 리더과정에서 만난 최서연 작가를 통해 많은 것

을 용기 낼 수 있었다. 글쓰기를 통한 성장과 브랜딩을 할 수 있음을 알려주었다. 마인드맵, 유튜브, 책 소개, 독서모임 등 다양한 도구와 배움의 길도 만들어주었다. 이은대 작가님의 칭찬과 가르침에 감사드린다. 보이지 않는 힘으로 끊임없이 쓸 수 있도록 도와주셨다. 혼란스러운 마음을 한눈에 알아보시고 눈물을 쏟게 만든 3P 자기경영연구소 강규형 대표님과 실천하고 적용하는 독서의 길로 이끌어준 이재덕 마스터에게도 감사의 인사를 전하고 싶다. 아시아나항공 독서 멘토이며 나비로 이끌어주신 김상경 작가님과 강의할 기회를 주신 우석대학교 박영식 교수님(전 아시아나항공 캐빈 매니저)에게도 진심으로 감사드린다.

2020년에는 읽고, 쓰고, 배우고 그리고 아쉬탕가 요가를 수련하는 삶을 살 것이다. 이를 통해 '나의 업글 스토리'를 만들고, 재미와 가치가 있다면 어떤 길이라도 걸어가 볼 것이다.

2019년 12월 11일

김정희

1993.5.18.~1995.1.17.
前 아시아나항공 서울여객지점 국제선 판매과, 일반영업
1995.1.18.~2019.9.30.
前 아시아나항공 부산지점 공항서비스 지상직 근무
(2018.10.~2019.4.
사내 독서동아리 운영)

2001.5.~2019.8.
부산지점 서비스 품질 및 고객 VOC 담당
사내 직무, 서비스 강사 활동
2003.3.~2003.12.
前 경남정보대학 관광학부 겸임전임강사

한국형 애니어그램 일반 강사 자격 획득
3P 자기경영연구소 독서경영 리더과정 수료
와이스토리 스토리텔링 교육놀이 지도사 고급 자격과정 수료
1인 기업 CEO 실전경영과정 수료

이제 출발합니다

초판인쇄 2020년 6월 30일
초판발행 2020년 6월 30일

지은이 김정희
펴낸이 채종준
펴낸곳 한국학술정보㈜
주소 경기도 파주시 회동길 230(문발동)
전화 031) 908-3181(대표)
팩스 031) 908-3189
홈페이지 http://ebook.kstudy.com
전자우편 출판사업부 publish@kstudy.com
등록 제일산-115호(2000. 6. 19)

ISBN 978-89-268-9998-4 03810